如生灵
双身之物

IKIDAMA NO GOTOKI DABURUMONO

［日］三津田信三　著

张舟　译

南方传媒

花城出版社

中国·广州

图书在版编目（CIP）数据

如生灵双身之物 /（日）三津田信三著；张舟译. --
广州：花城出版社，2024.5（2025.6 重印）
ISBN 978-7-5749-0126-1

Ⅰ.①如… Ⅱ.①三… ②张… Ⅲ.①中篇小说—日
本—现代 Ⅳ.① I313.45

中国国家版本馆 CIP 数据核字 (2024) 第 008162 号

合同版权登记号：图字 19-2022-148 号
原著名：《生霊の如き重るもの》，著者：三津田信三
《IKIDAMA NO GOTOKI DABURUMONO》
©Shinzou Mitsuda 2014
All rights reserved.
Original Japanese edition published by KODANSHALTD.
Publication rights for Simplified Chinese character edition arranged with KODANSHA LTD.
through KODANSHA BEIJING CULTURE LTD. Beijing,China.

如生灵双身之物
RU SHENGLING SHUANGSHEN ZHI WU
［日］三津田信三 / 著 　 张舟 / 译

出 版 人　张 懿
责任编辑　欧阳佳子　刘玮婷
特约编辑　张录宁
责任校对　梁秋华
技术编辑　凌春梅
装帧设计　李宗男
护封插绘　村田修
内封插绘　李宗男
出版发行　花城出版社
经 　 销　全国新华书店
印 　 刷　北京盛通印刷股份有限公司
开 　 本　880 毫米 × 1230 毫米　32 开
印 　 张　12.25　1 插页
字 　 数　290,000 字
版 　 次　2024 年 5 月第 1 版　2025 年 6 月第 2 次印刷
定 　 价　68.00 元

　　文库，原本是指收纳书物的仓库和书库，也指收纳书与记事簿，以及不常用物品的小箱子。以前者为例，京浜急行线的"金泽文库站"就是以前镰仓时代北条氏用来收藏汉书用的，"金泽文库"名字的由来便是如此。东京都的世田谷区也存在着收集着珍贵汉书的"静嘉堂文库"。后者则更多地被称为"手文库"。

　　江户时代以来，可以放入袖袂的小开本书籍逐渐流行起来，被称为"袖珍本"。明治三十六年（1903年），富山房发行了小开本的丛书，起名"袖珍名著文库"。随后，明治四十四年（1911年），讲述战国时代的猿飞佐助和雾隐才藏系列故事的讲谈社"立川文库"发行出版。讲谈是日本民间艺术，以口语化的方式讲述历史故事。而"立川文库"则是将讲谈收录成册集中出版的丛书，据统计，当时刊行量为200册左右。从那时起，文库就脱离了原本的释意，逐渐演变成了现在的类书集丛。

　　文库说法借鉴了日本出版业界的传统说法。而千本樱源自日本奈良县吉野山樱花盛开的奇景，世人皆称"一目千本樱"，形容樱花美景。千本樱文库的纳入作品皆为日系作品，题材包括推理、悬疑、幻想、青春、文化等类型，正如千本樱满山盛开的绝景。

　　现代日本，以"文库"命名刊行的丛书系列有200种以上，所谓"文库本"只不过是统称而已。日本传统的"文库本"常用的是 A6 尺寸的 148mm×105mm，也叫"A6 判"。千本樱文库的所有书籍将在"文库本"的基础上提升，达到 148mm×210mm 的开本标准。在追求还原的前提下，力图带给读者更清晰的阅读体验。

从 20 世纪 70 年代以来，日系推理小说逐步进入中国读者的视野。随着时代更替，涌现出了各种不同风格的作家。日系推理能够长久不衰的原因之一在于设立的各种新人奖，这些新人奖能为日本文坛输送新鲜血液，不断地发现优秀作品。但是，新人出道的条件并非只有获奖这一条途径。多样的文学新人奖具备相当完善的审查机制，即便是没能获奖的作家，也有机会出道。比如，东京创元社的"鲇川哲也奖"，有不少作家在当届没能获得大奖，只是止步候选阶段，后来却都成了人气作家。另外，不急于出道的作家也是有的。1994 年，东京创元社创立了"创元推理短篇奖"，第一届的赛事中收到了 123 篇投稿作品，其中名为《子喰鬼缘起》的作品晋级到了最终候选阶段。同年，由光文社公募投稿作品进行出版，鲇川哲也主编的《本格推理 3 迷宫的杀人者们》中也收录了一篇名为《雾之馆》的作品。而这两部投稿作品都出自一人之手——三津田信三。

早在 20 世纪 90 年代，三津田信三的投稿作品就已经被刊登在出版物上，也可以被视为出道作品。但被普遍认为是其出道的标志作品，还要等上七年。2001 年，讲谈社出版了三津田信三的第一本书，他的作家人生正式起步。他的出道作即为"作家三部曲"的第一作《恐怖小说作家栖息的家》，该系列被归为怪奇小说，作者的独特风格已经初见端倪。"作家系列"完结之后，三津田信三便打破常规，创作出了怪异谭式的推理小说"刀城言耶系列"。该作是以作家刀城言耶为主角，解决各种不可思议的犯罪事件的故事。作者巧妙地将乡土民俗学、本格推理写作技巧，以及惊悚恐怖氛围相乘组合，辅以二战前后的独特时代背景加以呈现，创造出了前所未有、无与伦比的文学魅力。"刀城言耶系列"在日本是由原书房和讲谈社两家出版社出版发行，因此引进整个系列的过程也并非一帆风顺。今后，千本樱文库将陆续出版整个系列的全部作品，还请各位读者尽情感受"刀城言耶"的怪异之谜。

千本樱文库编辑部

◇三津田信三

刀城言耶系列

◇《如厌魅附体之物》
◇《如凶鸟忌讳之物》
◇《如首无作祟之物》
◇《如山魔嗤笑之物》
◇《如密室自闭之物》
◇《如水魑沉没之物》
◇《如生灵双身之物》
◇《如幽女怨怼之物》
◇《如碆灵供祭之物》
◇《如魔偶招致之物》

作家系列

◇《忌馆·恐怖作家的居所》
◇《作者不详·推理小说家的读本》
◇《蛇棺葬》
◇《百蛇堂》

SA行系列

◇《避难所·杀人告终》
◇《废园杀人事件》

非系列

◇《赫眼》

家系列

◇《祸家》
◇《灾园》

物理波矢多系列

◇《黑面之狐》
◇《白魔之塔》

幽灵屋敷系列

◇《家中是否有可怕的事情》
◇《特意在忌讳之家居住》
◇《被邀请到不存在之家》

其他长篇

◇《七人捉迷藏》
◇《窥视之眼》

生霊の如き重るもの

『刀城言耶』系列 07

目　录
CONTENTS

如死灵行走之物

一

"眼前一个人也没有，可降下第一场雪后的地面上却散落着一些脚印……"

客厅的灯光被调得略暗，井坂淳则那端正的脸庞在暖炉火光的映照下，显得格外阴森。

"关于'何为恐怖之物'这个问题，托尔斯泰曾回答说，这样的光景是最恐怖的。"

"就是一种透明怪谈吧。"

都林成一郎插了这么一句后，上泽志郎颇具讽刺意味地说："好吧，要说绝大多数幽灵是看不见的，也确实没错。"由于感冒的缘故，他的语声中带着鼻音。

"但现在的这个是明明看不见，却有点点足迹印刻在雪地上……这种场景当然是很可怕的。"刀城言耶也忍不住开口道，"关于人眼无法看到的怪物，这类作品在欧美志怪小说里也能见到几部，比如莫泊桑的《奥尔拉》、安布罗斯·比尔斯的《妖物》、亚瑟·托马斯·奎勒-库奇爵士的《一对手》、罗伯特·史迈士·希琴斯的《被迷惑的古迪亚教授》。我最近读的一个短篇是出生于爱尔兰的奥布莱恩……"

见言耶还在兴致勃勃地大发宏论，本官武面露微笑，委婉地阻止他继续跑题："刀城君，请容我们过后再仔细聆听你的志怪小说谈，现在还是听井坂君说吧。"

"啊……好的。非常抱歉。"

此地位于郊外，离东京市中心甚远，却有一座屡经空袭仍奇迹般幸免于难的洋馆，乃本官一族的本家。如今众人所在的正是这座洋馆的客厅。本官武在国立世界民族学研究所教学，还是学生的言耶之所以造访他，是因为得了大学恩师木村有美夫的介绍。

"不过刀城君，听本官老师说，这次他不得不请你除夕夜过去，然后住到元旦。你怎么打算？"

言耶当然不反对。回老家也只是和父亲牙升面对面，很折磨人。而且不管怎么说，在这里可以从常到国外去民俗采风的学者那里听到他们在当地经历的活生生的怪谈。因为过年而坐失这种宝贵的机会，未免太可惜。

本官以研究非洲的假面礼仪著称。从战前到战后，有四位研究者经常出入他家。这是因为本官积极培养后学晚辈，还为他们提供别栋"四舍院"作住处。

刚才准备讲述亲身经历的井坂淳则，是城南大学的副教授。他专攻巴布亚新几内亚的狩猎民族——斯格肖族学，主要研究当地的精灵信仰。

伊野田藤夫是天谷大学的副教授，专攻巴厘岛的神话。在四人中，数他与本官家交往最久。最早使用"四舍院"的也是他。

上泽志郎与井坂同在城南大学任副教授之职。此人专攻非洲的假

3

面结社，却最憷去当地民俗采风。据说本宫在各方面都很照顾他。

都林成一郎在国立世界民族学研究所当助手，战后才开始出入本宫家，可谓整个团队中的新人。

四人出入研究所和本宫家，自然是因为敬佩本宫武这位民族学者的业绩，也仰慕他的人品。但言耶很快就意识到，并非仅此而已。此时，井坂坐在暖炉的右侧，美江子与他相对而坐。毫无疑问，把四人引入家中的正是这位姑娘。而这一点也如实地反映在了他们的言行中。

本宫武的独生女美江子自去年春季从女子大学毕业后，便一直帮父亲打理研究所。此前美江子还是学生，也许四人多少还有些顾虑。可一旦美江子在研究所工作后，各种风波似乎就开始冒头了。让人轻易地产生这种想象的原因在于，围绕着美江子，四人之间充斥着难以言喻的紧张感。

不过，一年中四人在本宫家聚首的次数寥寥无几，据说最能确定下来时间的是年末年初。民族学者总是在当地一过就是好几个月，正因为如此，至少正月还是想在故乡度过吧。所以，要是想听他们讲述经历，岂能错过这个时机。

原本言耶的前辈阿武隈川乌也想跟着去本宫家，但恩师面露难色："刀城君的话，我可以很自信把他介绍过去，至于你嘛……"

言耶也乐得单身前往，便摆脱仍想跟着自己的阿武隈川，终于平安到达了本宫家。

承蒙招待了一顿过年吃的荞麦面，又在劝说下洗了个澡，待众人舒坦地在客厅里休息时，手执洋酒发表怪谈的活动便开始了。本宫打头阵，接着是伊野田，现在则轮到井坂开始讲述。

"斯格肖是狩猎民族。他们从特殊的草根树皮里提取毒素，抹在吹箭上，用它来杀死猎物。当然吹箭也是手工制作的……"

井坂一边做着说明，一边拿出箭和箭筒的实物，让众人传看。箭由某种坚硬的木头削制而成，箭筒则是除去内节后的一段竹子，长度约五十厘米。

"这支箭上没有抹毒，但还是要小心摆弄。毒物在这个瓶子里。"

井坂接着拿出一个透明小瓶，展示完赤黑色液体状的毒物后，同样让众人传看。

"这些人在狩猎时非常勇敢，不过一旦村里有人死去，不管是疾病还是事故，他们都认为是死灵或精灵所致。"

"在巴厘岛，也有人相信地下栖息着恶灵，会给人类带来灾祸。"伊野田插话道，"不过，相比恶灵，巴厘人更惧怕被巫师下咒。"

"斯格肖人的死，其实也未必不能说成是一种诅咒。只是本人也好，其家人也好，都没有直接的头绪，所以有点麻烦……"

"这是怎么回事呢？"

"就以某个病死的少年为例吧。他祖父生前曾在河滩上强奸过好几个村里的妇女，其中一位受害者死后化为死灵，依附在河滩的大石上。少年不巧踩上了这块石头，被死灵害死了。"

"这就是所谓的'上一辈人造孽，下一辈人遭殃'吧。"上泽打了个响亮的喷嚏，调侃道。井坂立刻板起面孔，像是生气了。

言耶心道，这个叫上泽的家伙就不能少说一句吗！却也不想想刚才他自己是什么样。这时，伊野田若无其事地开口道："如果少年没有踩石头，就不会被那女人的灵作祟了？"

"嗯，有趣的地方就在这里。其实未必是女人的死灵在报复强奸犯的子孙。"

"可不是嘛。既然是附身在河滩的石头上，只要不往那里靠，就算是加害者的子孙也不会出问题。"

"但是，斯格肖族人在他们所生活的一切区域内，都会受到死灵、先祖灵或精灵的祸害。因为所有的'灵'都栖息于自然界的各种事物中。在不知情的情况下不小心触碰到了，立刻就会产生影响。"

"这样都没法安心出门了。"

听着上泽讥诮式的感想，井坂无可奈何似的苦笑起来："当然，说是祸害，也不是一定就会死。"

"对了，怎么知道是那女人的灵干的？"伊野田试图推进话题。

"一旦有人死去，族人们必会举行某项仪式。然后，精灵——当然也可能是死灵或先祖灵——便会告知死因。这次我在当地逗留时，侥幸得以参加这类仪式。就是刚才我提到的那个少年……"

至此，井坂淳则才终于开始讲述自己的亲身经历。

斯格肖族居住在高桩平台式的房屋里，底下空无一物的地面则是举行仪式的场所。首先，人们会在中央放上一块板，然后将粗壮的竹子切短，竖着一剖为二，并分别凿出小孔，拿绳子穿过，几乎就跟日本的木屐一样。他们把这竹木屐并排放于板的正中央，在板的四周洒水，使地面充分濡湿。完成以上准备后，村里的长老、巫师以及死者的家属便会进入高桩上的屋子。

在屋内，大家坐成一圈，像是要把底下的板围住一般，然后一起念诵巫师嘴中的话，一心等待精灵的到访。有时精灵马上就来，有时则始终毫无动静。精灵一旦出现，人们立刻就能察觉到。因为这时竹木屐会在板上行走。

是夜，村庄被泼墨般的黑暗所笼罩，没有一个人外出。相传，一旦在仪式举行的过程中遇见精灵，就会被它带走。因此，随着黄昏的降临，所有人皆闭门不出。游荡于村中的，只有在远处偶尔发出不安嗥叫的狗和喧嚣个不停的虫。

井坂参加的那次仪式，精灵迟迟没有到访。家属们逐渐焦躁起来，人圈里的巫师时不时地向井坂瞥上一眼，目光瘆人。

"精灵之所以不出现，就是因为有这个外人在！"

井坂生怕不知何时就会被人吼上这么一句。光是被轰走还算好的，保不准还会被赶出村子。不，一不留神性命都可能不保。因此，当地板发出"咔嗒"一声响时，井坂未及吃惊，倒是先感到了一阵安心。

然而，当行走在板上的竹木屐连续发出"咔嗒……咔嗒……"的声音时，他的颈后立刻汗毛直竖。

地板上明明没人……

不知从何时起，犬吠声和虫鸣声也消失了。之前还能感知狗在村中徘徊的动静，如今已荡然无存。

不久，巫师开始问话，脚步声也随之变得忙乱起来。据说发出声音的次数、音量高低、音色等各具含义，巫师需分辨其中的差异，以此对精灵的话做出解释。此外，根据竹木屐的运动方式是舒缓稳健、雄壮高调，还是激烈忙碌，又能辨别出到访的是什么灵。舒缓的是精灵，可以放下心来；雄壮的是祖先灵，要注意不能失了礼数；激烈的是死灵，必须多加小心，因为一不留神就有可能被附体。

"底下来的是死灵。"

趁巫师问话的间隙，井坂身边少年的父亲在他的耳旁低语道。也许是心理作用，井坂总觉得长老望向自己的眼中含着深意。

难不成长老认为，死灵要附体附的也是我吗……

紧挨着地板的臀部有种冷飕飕的感觉。高桩平台式住宅的地面只是由木板拼凑而成的，到处都有缝隙。一想到死灵即将从缝隙侵入，依附于自己，井坂便觉得如坐针毡。

不过，现在还能听到竹木屐的声音，应该没问题。

嘈杂的脚步声在回答巫师的问题。尽管事先井坂就声音的种类和意义得到了一定程度的说明，但还是几乎无法理解。不过，在脚步声不断入耳而来的过程中，他的脑海中突然浮出了一个想法。

对啊……肯定是村里的哪个人在扮演死灵。

受现场的气氛所慑，井坂差点儿相信了死灵的存在。若要做出极为合理且单纯的解释，那么真相只可能是这个。

对于一部分问话，有时脚步声并不会响起。但巫师丝毫不以为意，总是继续提出下一个问题。井坂很疑惑，这样没问题吗？当然，碍于现场的氛围，他不敢向别人打听。

过一会儿仪式接近尾声时，众人将再次念诵巫师嘴里的话，向死灵传达请其归去之意。此时，如果灵迟迟未归，那么在现场某人身上附体的可能性便会增大。据说脚步声若比仪式过程中的更吵闹，就证明灵其实不愿归去。

底下的击板声越发激烈，令井坂心惊胆战。

幸好之后脚步声逐渐平息下来。其音量慢慢减弱，宛如死灵在一点点地远去。然后……终于戛然而止。

井坂放下心来，不由得舒了口气。这时，弥漫于屋中的紧张感也骤然消失了。

巫师徐徐向众人传达死灵的话。由此，众人最终只明白了一件事：少年踩到了村外河滩上的石头，被附身于石上的灵害死了。

如此一来，岂不是根本就没弄清灵的真身吗？

地板上的死灵已然归去，井坂也得以从容地展开了这样的思考。他甚至感到不满，这和之前采访村民时听到的话不一样啊。

这时，长老站起身来，接着巫师和少年的家属也紧随其后，一一走出屋子。井坂也慌忙下了梯子，见众人在屋下的地面上站作一圈。从人群的缝隙中挤进去一看，眼前的光景令他吃了一惊。

放置在中央的板的周围，留有竹木屐行走的痕迹……

看足迹的形状，与其说是团团游走，倒不如说像是在同一个地方踏步。地面上各处都散落着这样的痕迹。

一部分问题没有得到脚步声的回应，而这些痕迹多半就是回答。

井坂的想法似乎是正确的。巫师一边听取长老的意见，一边对每一处足迹释义。结果众人终于明白了，附身于河滩石上的是死灵，是被少年的祖父强奸过的村妇。

不过，当时有一件事比灵的真身更令井坂在意。他们所站立的地方离板周围的足迹甚远。板的四周洒过水，地面很湿。然而上面却不见任何痕迹。倘若是某个村民扮演了死灵，此人究竟是如何走到中央的板然后又回来的呢？

井坂猛一抬头，看了看屋下的天花板。他想，如果挂上一根绳，没准就能像人猿泰山一样荡过去。然而，那里没有任何可以拴绳的地方。而且，地上洒过水后，耍这种把戏仍然会留下痕迹。

"当时地板上真的有死灵来过。"

井坂淳则用这句话为自己的讲述收了尾。

在他闭上嘴的一瞬间，室内变得鸦雀无声。众人的脸在暖炉火光的映照下，看起来就像是中了邪。这或许可以证明大家都被斯格肖族的死灵故事深深地吸引了。每个人都一言不发，沉浸在那阴森的余韵之中。

"我说……"这时言耶突然举起手。井坂显得有些不知所措，但立刻又露出笑脸："刀城君请说，你是要提问吗？"

"在仪式的过程中以及之后，真的有人被死灵附过体吗？"

"很遗憾，我没有亲眼看到。不过，听说以前有过好几例。被附体当然是很糟糕的，但事实上也有好处。因为死灵可以借被附体者的嘴说话。"

"就像恐山的通灵巫女那样吗？"

"斯格肖族的人不会召唤特定的灵。先祖灵偶然到访，家属中恰好又有人知其生前之事——虽说有过这样的先例，但其实是非常少见的。当然，仅从现象观之，可能是与通灵巫女的招魂术相似。"

"在死灵附体的实例中，有没有什么很可怕的故事呢？"

言耶情不自禁地探出身子，只见井坂面露苦笑后，立刻又恢复了严肃的神情："相传有个男人在仪式过程中被附体，突然跑到保管狩猎工具的屋子，用抹了毒的吹箭刺自己的脖子。据说当时他身子足足抽搐了三十分钟，才气绝身亡。很遗憾，这种毒没有解毒剂。"

"会不会是附体的死灵与这男人的先祖之间存在某些恩怨？"

"刀城君，你很敏锐啊。仪式基本由村中长老、巫师和被害者的家人执行，但人数较少时，不相关的村民也会参加。如此一来，自然也就可能发生这类不幸事件，虽说极为罕见。"

"好吓人啊……"

上泽轻声吐出一句感慨。别看他最初一个劲儿地插科打诨，但好像很惧这类故事。有传言说他不擅长去实地做民俗采访，没个民族学者的样儿，其原因恐怕就在于此。

"井坂老师没有特地从斯格肖族的村庄带回石头、草木之类的自然物体吧？"

听上泽战战兢兢地这么一问，都林率先做出了反应："啊！因为一不留神会把死灵也一起带来，是吗？"

井坂取出一株附有枝叶、状如细竹的植物，向二人展示："这就是他们用来制造吹箭筒的野生竹。"

二

建在本宫家宅基地上的洋馆拥有东、西两栋楼，是为本邸。此外另有本宫武的祖父孟治郎力主建造的别邸——四舍院。从正上方看，四舍院就像片假名的"ロ"，如名称所示，四个角上各有一间屋子，用游廊相互连通。不过，南侧走廊的中央有一长方形建筑。其屋顶的北端矗立着一座塔，与京都街头住宅中常见的望楼颇为相似，可睥视那四间屋子。与此建筑相对，北侧走廊设有一道气派的门，是四舍院唯一的出入口。

四舍院中，人们称西南角的屋子为"一舍"，西北角的屋子为"二舍"，东北角的屋子为"三舍"，东南角的屋子为"四舍"。第四间屋子不读作"しや"[1]，多半是因为听起来跟"死舍"一样。夹在一舍与四舍之间、拥有塔的长方形建筑是"正舍"。本邸的洋馆则被称作"本舍"，想必是四舍院那边已存在正舍的缘故。北侧的门可谓与玄关相当，却被称为"后门"。"口"字的里侧是中庭，中央有一座亭子，镶嵌着踏脚石的小道从后门一路延伸至彼处。

孟治郎造四舍院的目的非常清楚，就是为了养小妾。事实上他曾让情妇居住于此，最多时达到四人。正舍内含厨房、食堂和浴室，后门附近的中庭建有厕所，可见完全是当别邸使用了。

仅这项事实就已足够奇异，孟治郎设计的四舍院构造更是扭曲。四间屋子貌似互相独立，实则不然。两两之间的游廊并不绕过各屋。因此，比如要想从一舍去三舍，就必须从二舍或四舍的室内穿过。由于游廊两侧是拔地而起的板墙，所以无法翻越出去。换言之，一旦进入四舍院，无论想去哪里，都不得不在四间屋子、正舍和游廊打转。

孟治郎死后，本宫家一度将四舍院搁置，但到了本宫武这一代，又对其进行了改建。正舍用作图书馆，四间屋子用作研究室，厕所则被撤除。不过，游廊并无多大变化，只是在东西两侧走廊的中央破墙

1　四舍读作"よんや"。"四"在日语中可读作"し"（音读），也可读作"よん"（训读）。而"死"的音读也为"し"。——译者注

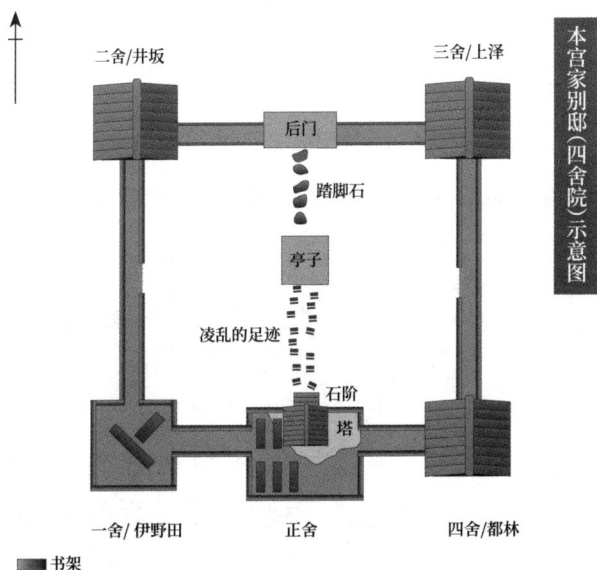

本宫家别邸（四舍院）示意图

二舍/井坂　三舍/上泽

后门

踏脚石

亭子

凌乱的足迹

石阶

塔

一舍/伊野田　正舍　四舍/都林

■ 书架

开门，以供人出入中庭。因此，四舍院的特殊构造被保留下来了。

"本宫先生希望使用这里的研究者们可以亲密交流，所以硬是保留了原样……"在四舍院的后门前，伊野田藤夫面露苦笑，向言耶介绍道。

昨晚，基于真实经历讲述怪谈的活动随着新年的到来而告终。据说之后井坂淳则和美江子出门做新年的首次参拜，余人都各自就寝了。这天早上，众人一起吃完煮年糕和年节菜后，各自为阵，悠闲地度过了整个上午。不过，上泽志郎感冒总不见好转，频频咳嗽，而言耶则受井坂和美江子之邀，在本舍的庭院里踢起了羽毛毽。

羽毛毽运动因午饭一度中断。言耶在心里抱怨"这叫什么事啊"，这时美江子悄悄对他耳语道："言耶君，你在这里逗留期间，可是会被迫陪井坂先生玩正月游戏的。"

"为什么？"

"他呀，人在日本的时候就执着于日本式的习俗。每年正月，我那还是小学生的表弟会过来玩几天，所以我总叫他陪着井坂先生，不料今年人家说因为感冒不能来了。这么一来，他的玩伴就只有我或言耶君啦。"

"啊？"

"都林先生倒是有制作陀螺的爱好，但不太喜欢自己玩；伊野田先生为人严肃，不可能玩这种小孩子的游戏，况且又是井坂先生的学长，井坂先生很难开口邀请他；上泽先生的话，鼓动一下还是有可能的。因为他相当擅长玩羽毛毽，总能把羽毛毽踢回到他想要的位置。只是现在他感冒一直没好，恐怕也很难了。然后，羽毛毽的话我还能凑合，要是换成放风筝或转陀螺啊……毕竟还得让男的上，而且是年轻的男孩子。"

"不不，我也不怎么擅长……"

"没事啦。说到放风筝，其实也放不了多高。至于转陀螺嘛，是一种用角力陀螺撞坏对方陀螺的游戏。不过，用的又不是言耶君的陀螺啊。"

美江子恶作剧似的微微一笑后，走进了本舍，仿佛在说"接下来的事就拜托了"。

太残忍了吧……

昨晚听井坂讲了关于斯格肖族死灵的亲身经历，言耶大感兴趣，本打算今天继续向他打听。然而看现在的情况，一不小心没准要陪他玩一整天正月游戏。

午饭过后，言耶火速随本宫进了书斋。他想，在和本宫说话的时候，井坂毕竟有所顾忌，不会来找自己吧。然而本宫却表示，好不容易有此机会，与其问他，不如找那四人谈谈。言耶万般无奈之际，伊野田来到书斋，说现在要去四舍院的研究室，于是言耶立刻要求同行。

前往四舍院的途中，伊野田讲述了这座奇妙建筑的来历。

"说起来，孟治郎先生为什么要把游廊造成那样呢？"

言耶提出了理所当然的疑问，伊野田略显为难地说："孟治郎先生是本宫先生的曾祖父，我不想说他的坏话，不过此人确实有些怪癖。"

据说孟治郎期望自己和某个小妾在床上时，有别的情人进屋；要么就是喜欢趁小妾熟睡之际偷偷穿过她的房间，从中感受到某种乐趣。

"在为此而建造的四舍院里，要我们研究者亲密交流……不不，这话就当我没说过。本宫老师并无恶意。"

穿过后门，近旁就是鞋柜，两人在那里换上了拖鞋。中庭栽着若干树木，中央处有一座亭子，亭后可望见正舍。季节如此，周遭绿意全无。或许是因此，眼前的景象着实萧索而缺少情趣。

言耶仰望正舍上的塔，似乎有人在攀爬，隐约可见人影。

"上面好像有人啊。"

"嗯？噢，是说塔啊。肯定是都林君了。"

听这口气，伊野田似乎完全不认可都林成一郎的研究者身份。

言耶跟着伊野田，从后门步入右边的走廊。两侧虽有木板墙，但高度只及地面到顶棚的三分之二处，因此户外的空气可以畅通无阻地进入。走廊的长度恐怕在四十米以上。

来到二舍前，言耶才想起这里是井坂的研究室，不禁有些慌张。为了去伊野田的一舍，无论如何都得穿过二舍。学长伊野田在旁，想来井坂不会死缠烂打，但他要是说一句"刀城君，咱们回头见"，可就难以推辞了。话虽如此，经由上泽的三舍和都林的四舍以及正舍前往一舍，又成了绕远路。这种提议只会让伊野田起疑心。

但愿井坂老师不在屋里……

言耶在心中祈祷时，手已按上门扉的伊野田突然回头道："对了对了，我说一下四舍院的规矩吧。穿过别人的房间时，在开门前必须敲三下门，然后不说话迅速地穿过室内。就算看到了什么，基本上也要视而不见。除非屋主过来搭话，否则必须遵守这个规矩。"

"嗯，好的。"

言耶回应过后，伊野田敲了三下，打开门一闪身进去了。言耶紧随其后，发现眼前便是书架。左右两侧的书架连绵不绝，从此处一直排到通往西侧游廊的门前。

原来如此，室内用书架做出了一条通道。

这么一来，人不管从哪扇门进来，都不必与屋中人照面。如今室内就传出了一些动静，看来井坂在屋里，只是言耶看不见他。书架有若干断开处，但视野可见的范围相当有限。想来井坂以为穿过屋子的是伊野田，并未多加留意。其他三间屋子肯定也下了类似的功夫。

离开二舍、步入西侧游廊后，言耶诉说了自己的想法。

"怎么说呢，我想是考虑到了各间屋子的房型。不过，相比其他房间，二舍和三舍无论如何都更容易成为通道，所以自然要做那样的布置。至于我的一舍，也就是井坂老师前往正舍，或都林君去找井坂老师的时候，才需要穿过。而且后一种情况的话，都林君也可能会走三舍那边。"

"房间是按先来后到的顺序分配的吗？"

"是啊。其实第二个来的井坂老师完全可以用四舍。不过他嘛，不管在哪儿搞研究，都能取得优秀成果，待人接物也圆熟，大概完全没问题吧。"

伊野田的措辞让言耶觉得很不对劲。这话听起来不仅像是在揶揄井坂的学术成就和与美江子的个人关系，还像是在说都林没有资格使用与他的一舍条件相当的四舍。

"好了，请进吧。"

既已抵达一舍，言耶应邀进了房间。于是，巴厘岛魔女兰达和圣兽巴龙的面具、描写黑魔术与白魔术的施行者恐怖斗法的绘画等，便赫然跃入了言耶的眼帘。不过，相比摆得满满当当的面具和木雕像，那排斜着穿过房间右侧的奇妙书架更令他在意。

"在我这里，书架是斜着把房间分成两块。对面是工作的空间，这边用来招待客人。"

"这样的话，穿过一舍时就不会打扰在那边工作的老师了。"

"不过呢，招待空间的中央也摆了书架，所以不会一开这头的门就能看到另一头的门。斜放的这排书架左右两端都设置了出入口，所以如果有不想见的访客从一边的门进来，我还可以悄悄地从另一边的门逃走。”

言耶猜测，伊野田不想见的人不是井坂淳则就是都林成一郎。

得以一窥工作间后，言耶被引入靠正舍一侧的招待间，听伊野田讲述了与名曰“恩甘贝”的公开火葬相关的怪谈。其间，原尾君惠敲了三下北侧的门后进来了。这位老妇人居住在本宫家，负责做饭、洗衣和清扫工作。她并非雇来的女佣，据说是本宫武的友人的旧交。

为了不打扰二人，君惠低调地说道：“老爷正在本舍找刀城先生呢。”

“我的故事，怎么说呢……还有十分钟就结束了，过后你再回本宫老师的书斋如何？”

正如伊野田所估计的那样，大约十分钟后他的故事就讲完了。不料，这时他猛然起身，说道：“能再等一会儿吗？我有一些资料想给你看看。”

打完招呼后，他一闪身进了工作间。

哪知言耶等了许久，都不见伊野田回来。他终于耐不住性子，离开座席，准备浏览一番书架。然而，书架上都是外文书，而且净是专业书籍。言耶有些招架不住。

他试图眺望中庭，但窗几乎被书架堵住了。这么说来，井坂的房间也是如此。不过，通往正舍的门近旁的窗还露出了一些。言耶不经意地往外一瞧，吃了一惊。

“哦，下雪了。”

从除夕到新年的第一天，小雨淅淅沥沥下个不停，今天早上才终

18

于停歇。看来是没多久又转成了雪。可惜雪不大，风也强劲，也许积不起多少雪。

不，还是这样比较好。积得厚了，井坂老师肯定会说"要不咱们堆个雪人吧"·。

言耶彻底对井坂产生了警惕心。他打算姑且回到座位上去，就在这时……

"嗯？"

言耶从窗口看到的景象非比寻常，不禁怀疑起自己的眼睛来。颈后汗毛直竖的同时，他的身子也僵硬了。

不过，怔立当场也只在一瞬间。紧接着，他便慌忙把脸贴上窗玻璃，凝视着户外。

明明不见一个人影，木屐却在独自行走……

三

木屐自个儿走起来了……

言耶的视线前方是从正舍进入中庭的石阶。下了石阶直走，尽头处便是建于中庭中央的亭子。木屐貌似是从那个方向独自走来的，如今恰好在爬石阶。这令人难以置信的光景跃入了言耶的眼帘。

怎么可能……

石阶只有三格，言耶确凿无疑地看到，木屐从第一格爬上第三格后，被轻轻甩脱下来。

莫非是人类肉眼无法看见的死灵在行走？

言耶的脑海中瞬间浮现出昨晚听到的故事。他清晰地想起了井坂在暖炉火焰的映照下讲述的斯格肖族的死灵故事。

"不会吧……"

下意识的嘀咕令言耶醒过神来，他跑出一舍东侧的门，沿短游廊一路飞奔，冲进了正舍。

正如伊野田所言，这里已被开辟为图书馆，除了排列整齐的书架外，别无他物。言耶情急之下，先迅速检查了正舍的西半部分，发现没有人躲藏在那里。

来到正舍的中心，就见那里有一座螺旋梯，似乎通向塔。另一侧——南墙下的窗边，君惠正坐在藤椅上做毛线活，身边有个小炉子。

"对不起。就在刚才，是不是有人从中庭进来后，又去了四舍？"言耶打起精神，问道。

君惠头也没抬便答道："没有，没人进来过。我只在刚打毛衣没多久的时候，看到都林先生上了塔，其他人都……"

"君惠阿姨是什么时候开始待在这里的？"

"午餐后收拾好碗筷，我就到这里来了。应该是一点半左右吧。"

她确实是在一点二十几分时穿过一舍的。现在是两点不到。换言之，在将近三十分钟的时间里，没有人从正舍的东半部分通过。

不对，我看到那木屐独自行走可是在短短几分钟前啊。

言耶再次向君惠确认。君惠声称言耶出现之前，只有都林从塔上下来时在她眼前露过面。都林本想去一舍，听君惠说那里已有言耶这位访客后，又立刻上塔去了。

"君惠阿姨进来时，门口的石阶上有木屐吗？你是否查看过？"

这个问题令君惠稍稍显出不快之色。

"不，没有木屐。虽然我耳朵不太灵，但眼睛还行。要是看到那里有木屐或草鞋之类的东西，我会好好把它们收进鞋柜。"不过，这时君惠第一次从针线上抬起头，"说起来，在你进屋前不久，门口那边好像是传出了'喔嘟、喔嘟……'之类的声音，像是木屐发出的……不过，确实没人到我这儿来过。"

言耶身子一颤，感到背心发凉。明明旁边有炉子，可还是觉得一股寒气冷彻了心肺。

既然没去正舍的东半部分，也没有登上螺旋梯，那就是往西半部分来了。可是，之前言耶就在一舍。而前往正舍的途中，不管是游廊还是西侧的图书室，都没见到人。这一点是确凿无疑的。

木屐的主人消失在何方了呢？

不对，从一开始这玩意儿就没了影子吧……

言耶为打扰君惠一事道歉后，战战兢兢地走近中央的门口。原本刚进本舍他就打算直接去查看石阶，结果却先检查了西半部分。后来他遇见君惠，便觉得先问她有没有看到谁为好。不过，在交谈的过程中，言耶的眼角余光始终没有离开出入中庭的门口。

如今对君惠的询问已经结束，可以尽快去门口检视石阶了。但是，言耶的步履异常沉重。

因为他不可抑制地感到，某个玩意儿至今还站在那里。

明明是冬季，门却大开着。雪已差不多停了。言耶朝下观看，石阶有三格，向地面落去。那双木屐在最上一格，显得有些凌乱，就像

21

是被人从脚上甩脱下来的。木屐带朝向言耶，仿佛有人从中庭走来、上了石阶、在那里脱下了鞋……

言耶在空无一物的眼前摆动双手，连他自己都觉得这动作十分滑稽。在木屐正上方的空间里，言耶数次挥舞双臂。当然，他不会碰到任何障碍物，唯有双手徒劳地划过虚空。

言耶将目光投向石阶的前方。地面被下到黎明的小雨濡湿，其上点缀着木屐的痕迹。如今细雪积聚，但因为雪量不大，足迹仍清晰地印刻在地上。

好奇怪……

言耶的眼睛追踪着木屐的痕迹，发现从中途开始脚印好像有些歪扭。他正琢磨着这是怎么回事呢，视线往前一挪，不禁瞪大了眼睛，脸上也顿时没了血色。

有人倒在亭子里……

言耶情急之下换上鞋柜里的草鞋，奔向中庭。他注意着不破坏木屐留下的足迹，向左方大幅迂回，接近亭子。

"井坂老师……"

那人侧躺着，头冲亭中的桌子，脚朝向正舍，左臂被压在身下，正是身穿和服的井坂淳则。井坂的右手抵着脸颊，身子不停地抽搐，那模样无比骇人。仔细看他的右脸颊，可以辨认出擦伤似的痕迹。

"我马上叫人……"

"过来"二字还未出口，井坂的颤抖便戛然而止。很快他的脸上没了生气，就连外行人都知道这意味着死亡。

言耶立刻返回正舍，但在此之前，他冷静地观察到了四件事。以至于后来连他自己都有些吃惊，当时竟能如此从容不迫。

第一件事，从亭子到后门之间的踏脚石的积雪上完全没有足迹。不光是那里，除了那奇妙的木屐印外，中庭的任何一处都不见任何痕迹。第二件事，一根前端被折断的竹筒掉落在亭子的南端。言耶看出那可能是吹箭筒。第三件事，亭子的桌下有一本打开的外文书，被倒在地上的井坂半掩着。第四件事，那些木屐印的样态极为不自然。

"君惠阿姨！井坂老师倒在亭子里了。不，请你等会儿再去那边。我把伊野田老师叫来，在此之前请你盯着那边的亭子。"

言耶尽力抚慰欲冲进中庭的君惠，然后奔向一舍。伊野田还窝在工作间，听完言耶的说明后大吃一惊。见伊野田慌里慌张地想要跑出去，言耶拦住他，问他借了照相机。这是言耶瞬间做出的判断。

言耶嘱咐伊野田踩着自己留下的草鞋印，把他从正舍门口带到亭子里。

"死了……"伊野田把完井坂的脉搏，慎重起见又摸了摸他的颈动脉，说道，"这个……可能是中毒了。"没等言耶讲述当时井坂的情况，伊野田已做出了推测。

"情况确实很怪异。"

言耶简单说明了来龙去脉，同时迅速用照相机拍下周围的情况。

"你说什么？木屐自己在走？"

"没错。"

"你想说你见到了这种绝无可能的现象？你是认真的吗？"看伊野田的眼神，像是在怀疑言耶的脑筋是否正常。

"是的。不过老师，就算我看错了，罪犯逃进正舍的事实也是确凿无疑。”

“嗯，因为有木屐印嘛。”

“可是，君惠阿姨说没有人从中庭进来过。”

言耶告诉伊野田：从结果上来看，君惠成了正舍东半部分的监视人，而他自己则检查过西半部分。

“怎么可能……啊，不对，这么看来罪犯是往后门逃了。”

“请你仔细观察，不光是踏脚石的小路，往后门去的地面上也都没有脚印。往东西走廊去的地面上也是。”

“那就是雪……”

“不不。我到达中庭时，雪都快停了。我想这雪从一开始就不大吧。你看，这木屐印就完全没被掩没。发现井坂老师的时候，他的身子还在抽搐。然后……好像很快就死去了。也就是说，罪行极可能发生在下雪期间。”

“……”

“然而，我们完全找不到罪犯从亭子逃走的足迹。唯一留下的木屐印朝向正舍，可是罪犯既不能登塔，也无法进入东西的走廊。没有一个人这样做过。所以我们只能认为，罪犯作案时这座亭子正处于密室状态，不是吗？”

四

伊野田与君惠各自在后门和正舍门口监视亭子。言耶则趁此期间奔赴本舍。本宫武当即报警，随后赶往四舍院。回到正舍，就见从塔上下来的都林和君惠在一起，之前在三舍的上泽则与伊野田会合一处，现场弥漫着嘈杂的氛围。只有美江子还不知道井坂的死讯。

警察赶来后，又是现场勘查，又是录口供，直折腾到了深夜。美江子并未像言耶担心的那样慌乱失度，但在接受刑警的连番讯问后，便卧床不起了。想来她是觉得井坂遇害是自己的过错。正如言耶昨晚猜想的那样，四个男人一直在围绕着美江子展开暗中争夺。

警方深疑井坂之死是毒杀。在分析结果出来前，尚无法弄清是否是斯格肖族人用的毒，但从尸体的特殊状况来看，可知不是普通的毒物。掉落在现场的竹筒被斜着折去一截，警方似乎认为毛刺的断面与尸体右脸颊上的伤痕有关联。换言之，警察认为，罪犯折去竹筒的前端、把毛糙的一面浸入毒药后，用它袭击了井坂。毒药瓶已在二舍的书桌上被发现，很有可能是罪犯偷出并使用后，又放回去了。

现已查明，案发当时，包括被害人在内的四位研究者都在四舍院内的某处。伊野田藤夫在一舍，上泽志郎在三舍，都林成一郎在塔上，井坂淳则在亭子里。当然，警方对这几位的讯问十分严格，竟持续了数小时。原尾君惠也受到了同样的对待，但警方从她身上完全找不到动机。不光是本宫武，其余相关人员也都对这一点做出了保证。归根结底，她只是重要证人罢了。

不过，现在还没到言耶同情那四位学者的时候。最关键的是，尽管他小心保存现场，又拍下了照片，可警方对其印象不佳。倘若相信言耶的证词，罪犯绝无可能从案发现场的亭子——准确地说，是中庭——逃离。况且，言耶还说木屐曾独自行走过，也无怪乎刑警会拿严厉的目光看他。

进而，那木屐印其实还存在另一个大问题。那便是言耶在亭子发现井坂、奔赴一舍之前，观察到的第四件事。由于实在匪夷所思，最初言耶觉得自己可能是看错了。然而，左看右看都只能那么想……听本宫武说警方的意见也是如此，言耶稍微放了心，只是事态并未因此而有所好转。

从亭子走向正舍的木屐印貌似曾在三分之二处转向，变为倒退而行，随后在石阶处又再次转向正面，径直登上了三个台阶。

罪犯为何要中途转向，倒退而行呢？

首先想到的一种可能是为了确认被害人的状况。只是，这里就出现了一个疑问：既然井坂是被斯格肖族的毒药所害，那么罪犯难道不清楚从中毒到死亡需要三十分钟吗？倘若真是如此，罪犯见井坂不停地抽搐，理应回去检视一番。但事实上，脚印倒退着，一路走到了石阶处。这奇妙的踪迹究竟意味着什么呢？

话虽如此，刑侦人员之一，一位叫曲矢的刑警，最初却显得非常乐观。这多半是因为他认定言耶看错了、搞错了，要么就是性质恶劣的玩笑，或是侦探小说狂热爱好者撒的一个谎。

然而，根据对四位学者和君惠的讯问结果，以及对中庭和亭子的现场勘查，曲矢渐渐明白，四舍院杀人案的"不可能性"是货真价实的。进而，他紧急下令冲洗的照片出来后，能客观印证这项事实的证据恐怕也都齐全了。如此一来，除非推翻言耶的证词，否则警方不得不面对一桩奇异的密室杀人案。正是因此，警方对言耶展开了没完没了的讯问。

"你小子再说这种无聊的谎话，一辈子都别想回家了。还不止呢，你就等着吃牢饭吧！"

两人独处的时候，曲矢没少威胁言耶。但不管对方怎么恐吓，言耶都不改证词。

"服了你了……真是又臭又硬。不过你听好了，再这样下去，就会变成人是你杀的了。"

到头来还是被看成罪犯了，就算是言耶也开始焦急起来。

来去亭子的脚印都是言耶的。君惠没见过只留有木屐印的地面。她和伊野田查看中庭，是在言耶已踩出脚印之后。当然，没有动机这一点对言耶有利。可是，一旦证明在物理层面上可能完成谋杀的只有刀城言耶一人，那该如何是好。倘若事态发展到这个地步，木屐的奇妙踪迹云云，最终都会被解释为侦探小说狂热爱好者设下的伪装。

"不不，我喜欢的是志怪小说，侦探小说没那么……"

"都一样！"

总之，现在的形势绝对不容乐观。

第二天也是，警察一早就开始了现场勘查和讯问。言耶见缝插针，找所有人问了情况。如此下去，自己也许会成为最大嫌疑人。一想到这里，言耶就坐不住了。

"啊，结果那天我把刀城君晾在一边了。"

伊野田进工作间找恩甘贝的资料，直到言耶来叫他为止都一直待在那里。

"我偶然瞥见别的资料，想到了一些事……然后好像就不知不觉地钻在里头出不来了。不过，因为这个你才会去看窗外、感觉到异变，最终发现了井坂老师，也算是好事吧。"

哪里好了，拜其所赐眼看就要蒙受不白之冤了……当然这话言耶没说出口。

"我一直在三舍。"上泽的感冒还没好，他不停地咳嗽、打喷嚏，一边嫌烦似的答道，"吃过午饭后我在本舍待了一会儿，然后去了四舍院。嗯？哦哦，只有都林君一个人曾经从三舍穿过。除他之外，我谁也没看到。是说窗户吗？四舍院的每个研究室都摆满了书架和资料架，不可能从窗户看到中庭。对了对了，亭子里的书是我的。除夕那天的下午天气不错，所以我在那儿读书来着。当时我在某个研究课题上突然来了灵感，急忙赶回三舍，所以才把书落下了。"

都林说他午饭后也曾在本舍稍作停留，随后去了四舍院。

"进了后门，我穿过三舍——对，上泽先生在里面——在四舍挑了一块橡木，然后上塔去制作陀螺。没错，橡木比较坚固，很适合用来做陀螺。嗯，当时刮着北风，天气很冷，不过塔里有火盆，所以没什么问题。至于井坂老师嘛，我都说了，我只在刚开始下雪的时候，看见他从后门走向亭子，后面的事就完全不知道了。"

问及当时在正舍的君惠时，都林答曰自己上楼前朝她打过招呼。

言耶根据从三人及君惠处问来的信息、警方告知本宫武的事实，再加上自身的记忆，归纳出了一份"案发前后四舍院内各相关人员行动表"。

下午一点	午餐结束。
一点零五分	井坂进入二舍？
一点十分	伊野田和言耶穿过二舍，进入一舍。

一点二十分	上泽进入三舍。
一点三十分	君惠向言耶传达本宫武的口信，随后进入正舍。开始下雪。
一点三十五分	都林登塔。井坂从后门走向亭子。
一点五十分	都林下塔，但马上又上了塔。
一点五十五分	言耶目睹木屐独自从中庭走向通往正舍的石阶。
下午二点	言耶进入正舍。
二点零五分	言耶发现木屐在中庭里留下的奇妙足迹。雪停了。
二点十分	言耶走到亭子那边，确认是井坂倒在地上。

结果，言耶意识到了一件令人毛骨悚然的事。他与伊野田穿过后门时，曾见塔上有人影浮动。伊野田说那人多半是都林，言耶在正舍与君惠交谈时也听说都林在塔上，因此满以为是这么回事。然而，言耶从后门向塔望去时，都林还在本舍，登塔则远在二十分钟之后。当时言耶和伊野田在一起，井坂应该在二舍，假如上泽也在本舍，那塔上的人影究竟是谁呢……

当然，上泽或都林有可能撒谎。但是，他们有何必要作伪证呢？假如井坂是被斯格肖族的毒药所杀，那么作案时间恐怕是一点四十分左右。据说这种毒进入人体后，只需三十分钟便可使被害人全身痉挛，最终导致死亡。换言之，一点刚过时，即使人在塔上，也完全不用担心自己受到怀疑。事实上，除非解开那个奇妙的密室之谜，否则

29

在推定案发时段内无论身处四舍院的何方，就连警方也没法怀疑你。

顺带一提，关于塔上人影的真面目，可以把本宫武、美江子和君惠排除在外。本宫武不可能先言耶等人一步赶到四舍院；此外，现已查明，当时美江子和君惠正在收拾午餐的碗筷。

"但是，光靠这个的话……"

言耶望着笔记本上的"案发前后四舍院内各相关人员行动表"，叹了口气。要讨论案情，无论如何都需要警方掌握的信息。估算出作案时间是一点四十分，也只是他的个人推测罢了。说起来，连凶手是否使用了斯格肖族的毒药这一关键事实，言耶都不清楚，又何谈破案呢？

不料，到了翌日下午，警方对言耶的态度突变。最初言耶困惑不已，但很快就想明白了。

他们知道了父亲的事。

言耶的父亲刀城牙升是一名私家侦探，以冬城牙城之名活跃于世。原本民间侦探与警察相处不洽乃理所当然之事，但此人却与众不同。他业绩卓著，破了许多难案奇案，以至于被各家报纸齐声称作"昭和的名侦探"。因此，警方不免要对他另眼相看。冬城牙城与警界高层也相交甚厚，发生轰动社会的大案时，警方还经常暗中向他求取意见。既已知悉言耶是冬城牙城之子，也就难怪现场的警员会态度突变了。

然而，言耶一向抗拒父亲，这种态度上的骤变令他很是不满。他本想靠自己洗清加诸自身的嫌疑，因此不满更深了一分。

"刀城君，关于你父亲的事……"

受本官的召唤，言耶来到书斋。当他听对方说想请冬城牙城来办理此案时，不由得吃了一惊。看来本官武一早就知道言耶的身份，只是这与言耶造访本官家的目的毫无关系，所以才不曾提及父亲的事吧。但是，如今宅内发生了可怕的杀人案，情况已有所变化。

"这个当然没问题……只是由我来向父亲……"

"啊，这个你不用担心。我会再找警方商量，一旦获得许可，就由我来打电话。我只是觉得先跟你说一声为好。"

"好的……多谢。"

"不过，你父亲是个大忙人，也不知他会不会接受委托。"

"这个么……我想至少他不会因为我跟案子有牵涉而出面。"

"不不，我并没有打算拿你当诱饵。"

见本官面露苦笑，言耶猜测对方莫非知道自己与父亲之间的纠葛？话虽如此，他也不好开口求证。

"那我告辞了。"

言耶鞠了一躬，离开书斋。紧接着他就被曲矢叫走了。

五

"你小子干吗不吭声啊？"言耶刚走进给警方录口供用的洋室，就遭到了刑警的质问，"为什么不说你父亲的事？"

"因为和这案子毫无关系啊。"

"这个我当然明白。我的意思是，为什么……"先前曲矢盯视言耶，仿佛在观察他的表情，此时则嗤笑了一声，"无所谓了。不管是什么出身，反正你是唯一一个可能杀死井坂的人，这一点毫无改变。"

"啊？你们还在怀疑我吗？"

"当然。就算是警视总监的儿子，可疑分子就是可疑分子。在没有洗脱嫌疑之前，我是不打算留情的。"

"哦……一般来说是该这样吧？"

"哈，真是个奇怪的家伙。好了，你的侦探游戏进展如何啊？"

"原、原来你知道啊。"

"找所有人问话这个事，你以为我没发现？把我看得太扁了吧！"

"这个就叫各有门道吧。"

"没错。好了，情况如何？"

"你这个问题叫我怎么……"

这回轮到言耶来揣摩对方的表情了，只听曲矢用爽快的口吻说道："把你感觉到的、想到的、思考过的事，照原样说出来就行。"

"可是，你打听这事究竟是……"

"我叫你说你就说。怎么着，难不成人真是你杀的？"

"不是我杀的。"

言耶明知对方在实施激将法，但以他现在的处境又不得不回应。不过，这或许是探听警方信息的好机会。如此转念后，言耶开口道："我倒是想继续玩侦探游戏，可是很多关键事实不清楚，所以现在进行不下去了……"

"比如说什么事？"

"比如井坂老师的死因……"

"验尸结果表明，是斯格肖族的毒药没错。被害人体内检出了瓶中的那种毒药。据说这个毒非常可怕，即便只是微量，一旦进入人体，首先会让人痉挛，然后昏迷，三十分钟后就能致死。当然，由于说不出话来，连呼救都做不到。"

"我发现井坂老师的时候，他还有痉挛的症状。但是，很快他就死去了，这说明……"

"嗯，这说明他被袭击是在一点四十分左右吧。罪犯折断吹箭筒的前端，在毛糙的一面抹上毒，用它戳伤了井坂的脸。"

"罪犯为什么要这么做呢？"

"知道的话，我们早就抓到罪犯了！"

曲矢言辞激烈，把言耶吓得一缩脑袋。

"没找到被折去的部分吗？"

"掉在亭子南端的地上了。"

"就在被折去头的竹筒附近啊，我倒是没注意到。"

"你们外行就是这样的。不过呢，尸体旁边还掉着一根竹筒。"

"是吹箭的筒吗？"

"要这么说的话，可就有点短了。"

"是井坂老师的遗物还是罪犯留下的东西，这一点还不清楚是吗？"

"很遗憾。不过，相比那根短竹筒，用作凶器的竹筒被折去头的地方更奇怪。"

"怎么说？"

"孔里插着一支吹箭。"

"真、真的吗？可是，我没听任何人说起过，就连本宫老师……"

言耶流露出吃惊之色，曲矢则不屑一顾地说："这是当然。我们警察怎么可能什么事都往外说呢。为了让讯问进展顺利，套出我们想要的信息，就不得不透露一点信息，而且也是必要的。但是，该隐瞒的事我们一概保密。所以，你小子也别往外说。"

到头来就是一通威胁，言耶姑且点了点头。

"可是，罪犯为什么不在吹箭上涂毒，然后用箭射呢？"

"问题就在这里。"曲矢罕见地摆出一本正经的样子，"但凡罪犯用了吹矢，就没有你那个令人头疼的密室之谜了。"

"这倒是，不过……事实上并没有被使用？"

"嗯。箭上没毒。而且被害人身上也找不到箭伤，所以用其他箭的可能性也是零。"

"这也太奇怪了吧。罪犯持有箭、箭筒和装毒药的瓶子，却不知为何没拿吹箭当凶器……啊！吹箭和瓶子是罪犯从井坂先生那儿偷来的吗？"

"恐怕是。听美江子说，大年夜出门参拜前，井坂顺道去了一次二舍。当时他多半是把吹箭和瓶子放回研究室了。肯定是有人在元旦的中午之前把它们偷出来了。"

"这么说，是有计划的犯罪？"

"倒也未必，这个就是本案让人棘手的地方。"

"毕竟罪犯是折断竹筒后拿它当凶器使的。"

"可以说这是一种相当冲动的行为。"

"罪犯心怀杀意，但也没想马上让井坂老师死，一直在等待时机——是这样吗？"

"差不多吧。在我看来，可能一开始罪犯只满足于偷出毒药，只是没想到机会来得意外地早。"

"对啊……井坂老师当时可能在寻找吹箭和瓶子。"

言耶与伊野田前往一舍的途中、穿过二舍时，听到室内有动静。他再次提起了这件事。

"我们查过二舍，室内并没有翻找的痕迹。当然，架子上还随意地摆着其他稀奇古怪的瓶子，估计罪犯没费多大的劲，就拿到毒药瓶了。"

"屋里是不是还有制作吹箭筒的材料——野生竹？"

"哈，你是说那个死灵附体的玩意儿吗？有啊。不过呢，更吸人眼球的是升官图、百人一首纸牌、羽毛毽、福笑[1]、陀螺、花牌之类的正月游戏用品。"

"和美江子说的完全一样啊。"

"井坂找了三十分钟左右后去了亭子，总之情况就是这样吧。"

"井坂老师最爱去那地方是吗？"

"听说是的。不过，那天他去好像是为了玩陀螺。"

曲矢告诉言耶，从被害人的和服怀里发现了绳子和两只陀螺。其中一个为都林所制，似乎井坂是打算一个人玩陀螺角力。

"就算是正月吧，可他又不是小孩子，还一个人玩起陀螺

1　福笑：日本新年的传统游戏之一。人们蒙上眼睛，把做成五官模样的厚卡片，贴在只画了一个轮廓的脸上。完成后的脸通常滑稽可笑，游戏者以此为乐。——译者注

来了……"

"有没有可能是都林先生约他来玩的？"

"你的意思是，那家伙是罪犯？"

"不不。案发时他在塔上，所以……"

"那家伙待的地方非常合适，按理是一个理想的目击者，哪知他什么也没看到。也是，就算从塔上往中庭看，因为有亭盖挡着，多半是什么也瞧不见的。"

"听君惠阿姨说，都林先生一度下塔想去伊野田老师那边，但听说我在二舍，又立刻回塔上去了。他连进中庭的时间也没有，而且那时还比井坂老师遇袭的一点四十分晚了十分钟之多。"

"从塔上投掷竹筒，恐怕到不了亭子那边，就算能扔到，也不可能击中亭盖下的被害人。"

"在这之前应该会先尝试吹箭吧？"

"这个还用你说！"曲矢大发脾气，但很快又若无其事地说，"你觉得伊野田有没有嫌疑？"

"要去一舍，就必须先通过二舍。从这层意义而言，伊野田老师进二舍合理合情，或许可以说他是最方便偷出毒药瓶和吹箭的人。"

"原来如此。但是案发时，他不是和你在一起吗？"

"他恰好在一点四十分左右进了工作间，一直没出来。快两点时我跑出一舍，十分钟后又回来了，这期间一直没见到伊野田老师的人影。"

"这么说，他有可能趁你不注意的时候偷偷溜出一舍？"

"是的。我所在的是东侧门那头的接待间，和北侧门之间隔着书架，所以他应该能悄悄走进西面的走廊。”

“确实。”

“不过，如果伊野老师是罪犯，他为什么不用吹箭呢？”

“西面走廊和亭子里的人之间，没有任何障碍物。听鉴识科的人说，这个距离就在吹箭可能的射程范围内。”

“我想伊野田老师可能是外行，不会吹箭。但是，这个应该比投竹筒成功率高得多。”

“没错。他听井坂讲过，所以知道只要蹭破点皮，这种毒就能起作用。”

“能想到的一个理由是当时在刮风。”

“吹箭恐怕不能笔直地射出去——原来你是这么想的。”

“这个理由能让人信服，但是……”

“你好像不太满意啊。”

“风也不是一刻不停地吹。瞅准间隙把箭射出去，应该也不是难事吧。”

“原来如此。”

“还有，如果伊野田老师是罪犯，就会出现一个问题，他是怎么知道井坂老师在亭子里的呢？”

“哦……”

“老师所在的工作间在中庭的另一侧，偶然瞥见是不可能的。而且，四个房间的窗原本就几乎都被书架或资料架挡住了。”

“伊野田也没嫌疑了呀……”低语过后，曲矢重整旗鼓似的说道，“上泽进入三舍是在一点二十分。直到都林穿过三舍的三十分钟后，才有人见到他的身影，所以有相当大的活动自由。"

"从三舍出发的话，可以进入北侧或东侧的游廊。"

"他的选择余地比伊野田大。不过，之后的情况也一样。为什么不用吹箭这个谜还是……喂，你怎么啦？"

言耶意识到了某件事，不由得睁大了眼睛。曲矢面露惊讶之色，注视着他。

"是不是明白什么了？"

"我明白罪犯不用吹箭的理由了。"

"你说什么？"

"不是不想用，而是没法用吧。"

"为什么？"

"因为感冒，所以一直在咳嗽、打喷嚏。"

"啊……"

曲矢张着嘴，面露吃惊之色，但随后又迅速恢复了严肃的表情。

"上泽是从除夕那天开始感冒的吧。他说前一天因为天气不错，所以去亭子里读书了，可能是被冻着了。"

"过完年也没见他好转，倒不如说好像更严重了。"

"所以怎么也没法吹箭……"

"前面我说过，伊野田老师是罪犯的话，问题在于他如何能知道井坂老师在亭子里。但如果是上泽老师……"

"对啊！他是要去那边拿回落下的书啊！"曲矢用兴奋的语气说道，"当时他发现了亭子里的井坂。旁边没有目击者。他回到三舍拿来了吹箭和小瓶子。到这里为止一切顺利，但由于感冒他无法吹箭。

于是他来到亭子，折去竹筒的头，用涂了毒的前端袭击井坂，然后逃进了正舍——这个你不觉得哪里奇怪吗？"

"我这是自己否定了自己的说法……就算因为感冒无法使用吹箭，可箭本身还是可以用的吧？没有必要特地把竹筒折断。既然能接近被害人，短箭应该比竹筒用起来趁手。"

"确实啊。"

"还有，要从亭子逃离，走正舍可就不太自然了。我想，如果上泽老师是罪犯，他会回三舍，如果伊野田老师是罪犯，他会回一舍。"

"难不成人在塔上的都林是罪犯？"

"都林先生登塔是在一点三十五分，他是从四舍过来的。下塔后再上去则是在五十分。罪犯从中庭南侧走向正舍是在一点四十分到五十五分之间，所以他不可能办到。"

"作案时段内天在下雪，所以，上泽从后门踩着踏脚石去亭子杀完人后，沿同样的路径回到三舍才是正常的想法吧。至于踏脚石上的足迹，自然是被雪消除的。"

"那雪下得并不大。井坂老师的脚印也许能被消除，但罪犯的脚印可就不好说了。如果罪犯是紧跟着井坂老师前往亭子的，一路跟来的脚印倒有可能被消除，但绝对会留下回去的脚印。最重要的是，你看，从亭子延至正舍的木屐印就被清晰地保留下来了，所以我们不可无视这一点。"

曲矢缩着脸，显得意兴索然。

"对了，警方把嫌疑人锁定为四舍院的那三位研究者了？"

"算是吧。本宫武没有动机。他要是对井坂不满意，禁止对方来这里就是了。"

"只要本官老师发话，把井坂老师撵出民族学界都不是难事吧。"

"至于美江子，说实话，在我看来还有嫌疑……不过，不光是她本人，伊野田、上泽和都林也都作证说井坂和她处得不错。所以目前她没有动机。另外，也没有证据表明案发时她出入过四舍院。"

"本官老师也好，美江子小姐也好，虽然可以走到后门所在的北侧走廊或西侧走廊，但感觉他们无法再从那里接近亭子。"

"君惠人在正舍，但就数她最没有动机吧。而且还有编织物这个牢固的不在场证明。"

"此话怎讲？"

见言耶侧头不解，曲矢扬扬得意地答道："君惠去正舍之前，美江子看到过她的编织物。案发后，我们过来讯问，之后美江子就病倒了。当时是君惠陪在床边照料，美江子说她看到的编织物比以前有进展，大致需要三十分钟的工时。"

"哦……这是刑警先生打听出来的吗？"

"是啊。从案发到开始照料美江子为止，君惠没有工夫打毛线，这一点根据本官和其他人的证词也可以看得很清楚。换言之，她没有实施杀人的时间。"

两人一时陷入了沉默。现场弥漫着"互相知道问题之所在，却犹豫着要不要开口"的氛围。当然，他俩抱有的感情正相反。

"我说……那些一看就觉得你脑子有问题的证词，你还是不打算撤回是吧？"曲矢终于开口了。听那粗鲁的口吻，可知他对这个问题感到相当不快。

"当时雪花纷飞，所以视野可能确实不够清晰。但是，雪也没大到会看不见穿木屐的人啊。"

"真要下得那么大，还能看见木屐吗？"

"是啊。所以说，我只看到了木屐。只有木屐在行走。"

"你这小子，开玩笑也要有个限度……"

"我有什么必要开玩笑或说谎呢？我完全没理由一定要说那样的谎话。"

"你不是很喜欢恐怖故事和怪谈吗？"

"所以就捏造了这件事？"

曲矢目不转睛地凝视言耶："不，你小子看起来还不至于那么蠢。"

"就算我看错了，那奇怪的木屐印也还是一个谜。"

"没错。"曲矢长叹一声，附和道，"我们向君惠确认过，正舍石阶上的木屐并不属于哪个特定的人。后门和正舍两边都有鞋柜，备有好几双室内穿的拖鞋、中庭穿的木屐和草鞋。你看，井坂穿的也是木屐，而来去亭子的你和伊野田各自蹬上了草鞋。"

"是的。"

"据说每次君惠去四舍院，都会瞄一眼两个鞋柜，看看有没有哪边偏多或偏少。"

"案发当天是什么情况呢？"

"好像没什么可疑的地方。她说她虽然觉得有点凌乱，但还没到需要整理的地步。"

"也就是说，罪犯未必需要回到取木屐的鞋柜那边？"

"嗯。罪犯多半是从后门所在的北侧走廊，追着井坂来到亭子。然后在那里趁其不备袭击了被害人，并逃进了正舍。"

"最后又消失了……"

言耶刚接话，曲矢便脸色阴鸷地瞪着他，说道："不妨相信你的证词，假定罪犯是透明人。但即便如此，还是有一个情况很不自然。"

"什、什么情况？"

"井坂明明是一点四十分左右遇袭的，可你看到透明人的木屐却是在五十五分。就算假设罪犯作案后又在亭子里待了几分钟，结果仍然是此人竟花了十多分钟走到正舍。"

"……"

"通常罪犯总是想早点逃离现场的吧？"

"没准是……"

"没准什么？"

"木屐印从中途开始转向，不就是因为罪犯在那里耗了将近十分钟吗？"

"用这时间干什么了？"

"这个……就不知道了。"

"我说你……"

"又多了一个新谜团呢。"

曲矢仰面朝天，徒呼奈何。与之相对，言耶则凝视着虚空中的一点，专注地思考起来。

他在思考与那奇妙的木屐印相关的种种谜团……

六

在客房的床上，刀城言耶迎来了不眠之夜。他所住的本舍的西栋皆为客房。因四舍院杀人案之故，预约的访客一个也没来。所以，除了他没有别的住客。伊野田等人与本宫家的人同住东栋。这大概是因为他们之间相处有如一家人。

本宫邸建在远离市中心的郊外，平常总被寂静所笼罩。如今只有言耶一人的西栋更是长年冷清。从除夕夜到今天，有时言耶觉得这里就像一片废墟。到了深夜，甚至还有一种睡在地下骨灰堂里的感觉。

言耶喜欢旅途中感受到的那种大自然的宁静。这比什么都能让他静下心来，然后凝神思考，很快被引入香甜的梦乡。当然，这绝不代表没有声音。大自然的振音总是存在的，譬如风吼声和浪涛声、虫鸣声和蛙叫声。不过，它们终究只是宁静的一部分。能听到，但完全不会介意。倒不如说它们能够助言耶静思，使他的心情变得平和安宁。

但是，本宫邸的客房不同。不，准确地说，应该是案发后的客房……从除夕夜开始，言耶便感到这里太过安静，但也完全不觉得难受。因为对他来说，稍显阴森的气氛更为有趣，尤其是在听完陌生国度的怪谈之后。那天言耶沉湎于怪奇的氛围中，心满意足地入睡了。

然而，如今言耶不仅成了命案的发现者，还被视为嫌疑人，又是奇异现象的目击者。从那以后，他开始害怕在西栋睡觉。一上床，便只有凄苦层层压来，而不再是原本令言耶心喜的宁静。夜风吹过的嗖嗖声，树木摇曳的沙沙声，胡乱地灌入他的耳中。即便如此，宅内死一般的寂静仍步步逼近，以至于让人不由得感到寒冷。

这天晚上，言耶也在被窝中辗转难眠。现在原本是思考案子的时候，但过分的宁静反而阻碍了他的思维。进而，言耶总觉得自己的神经下意识地关注着其他事物，仿佛周围的寂静中潜伏着无比邪恶的东西，而防御本能察知其存在后迅速启动了一般……

今天……不，按照日期应该是昨天。晚餐时，上泽提起了言耶的出身，结果所有人都知道了他的事。尽管言耶觉得这没什么，但食堂的气氛却不知不觉地微妙起来。众人移步客厅后，情况仍未改变，言耶渐渐有了一种如坐针毡的感觉。

这奇怪的氛围究竟是怎么回事……

言耶迷惑不解，怎么也想不明白。不过，在与众人继续交谈的过程中，他开始隐隐有所察觉。

他们期待我解决这个案子。不，是相信我会解决这个案子……

当然，这只是大家一厢情愿的期待、擅自产生的执念。言耶只是冬城牙城的儿子，并非侦探，这是明摆着的事。而且，关于这个案子，他完全不必背负任何义务或责任。说起来，谁都该知道他目睹了怪异现象，自己都还束手无策呢，这种错误的过度信任究竟是从何而来的呢？简直不可思议。可能是长时间和曲矢待在洋室里，使众人无端产生了误解。

名侦探的儿子正在和警察讨论案情……

莫非大家是这么想的？言耶用已适应黑暗的眼睛望着客房的天花板，苦笑起来。

被怀疑时，他认为只能靠自己来解谜。只是，如今这嫌疑消除了。曲矢多半不会承认，但刀城言耶的名字肯定已不在警方的嫌疑人名单上。这位刑警把各种查案方面的秘密信息告诉言耶，就是最好的证明。两人交谈时，言耶还没有反应过来，事后冷静一想，便意识到了，曲矢给他提供了大量信息。

难不成那个刑警也对我抱有期待？

不这么想的话，可就难以理解了。曲矢像是一个叛逆的人，想来绝不会认可什么父母的权势。然而曲矢却对言耶说了那么多，莫非是从他身上看到了希望？

不过，当事人言耶早已打消这个念头。既然嫌疑已解除，再装侦探的样儿就毫无意义了。罪犯之谜、杀人手法之谜、中庭的密室之谜、奇妙的足迹之谜、看不见的死灵之谜……言耶对这些谜团当然抱有好奇心，只是他可没打算靠自己的力量去破解。而且，原本他就觉得自己承担不起。杀人案本身是确凿无疑的现实，但是如果真有怪异混入其中，还是别轻率地参与进去为好。

九岩塔杀人案……

过去那段不祥的记忆险些在脑海中复苏。言耶把被子拉过头顶，强迫自己入眠。然而，睡魔始终没有降临。

顺带一提，本宫告诉言耶，冬城牙城从去年底开始全力调查雄家的洋式庭园杀人案，所属侦探事务所已回电说无暇接受这边的委托。不过，据说父亲已从警方那里拿到四舍院杀人案的卷宗，浏览了一遍。

"其实，你父亲通过事务所的人要我给你带一句话。"本宫的表情显得极度困惑，"说是'四舍院中不见南太平洋的死灵行走，倒有西洋的盐之恶魔兴风作浪'。我完全搞不懂这是什么意思……"

在"完全搞不懂"这一点上，言耶也不遑多让。拜其所赐，他越发睡不着了。

如此这般，也不知愁闷了多久，不过，不知不觉中言耶迷迷糊糊地打起了瞌睡。突然，他猛地睁开双眼。

好像听到了什么？

有声音从远方的某处传来，在它的刺激下，言耶感觉自己的意识清醒了。那不是风的吼声，也不是树叶沙沙作响的声音。

是什么呢……

言耶凝神细听。恐怕不会是大自然发出的声音。感觉是一种更不自然的……但又十分危险的……极其不祥的声音……

本官邸的西栋万籁俱寂。门的开合声、走廊的脚步声、盥洗室的水流声、床的嘎吱声以及人的喧哗声一概没有。只要言耶不动，入耳而来的便只有他自己的心跳声和呼吸声。

在这无处不静谧的无声世界里，从远方传来了一种奇妙的振音。

喔嘟……喔嘟……

回响声直传到言耶的客房，仿佛有人正穿着木屐走在西栋的走廊上。

喔嘟……喔嘟……喔嘟……喔嘟……

这声音使人联想起《牡丹灯笼》里阿露的亡灵每晚走向新三郎的住处时，木屐发出的响声。言耶的背脊顿时颤抖起来。

不是幻听，确实有木屐的踩踏声传来。这深更半夜的，又是在屋内，而且还是在本舍的西栋，究竟是谁，出于什么理由，要穿着木屐行走呢？

不，岂止如此。这阴森的木屐声正一点点地向言耶就寝的客房靠近。在中庭目击到的死灵那无形的身影，清晰地重现在他的脑中。言耶目睹的只是独自行走的木屐，然而不知从何起时他产生了幻觉，竟从中看见了透明的妖魔。

哐啷……哐啷……

那东西又出现了吗？正在向唯一的目击者言耶走来吗？

哐啷……哐啷……

木屐声渐渐响亮起来，那东西确实在迫近。

哐啷……哐啷……

言耶从床上起身，披上长袍，迅速扫视了一番室内。但是，没有任何东西可用作武器。

哐啷……哐啷……

声音已经抵达邻屋的门前。言耶慌乱之下，把背贴住与门相对的另一侧墙，屏住了呼吸。

哐啷……哐啷……哐啷……哐啷……

脚步声停下来了。在言耶所在的客房门前，那木屐声戛然而止。

一瞬间，寂静回归。但周围的空气十分紧张。室内和走廊仿佛被笼罩在异样的氛围中。透过门能够感受到从对面袭来的冰冷气息，绝非只是冬季的寒气所致。言耶不禁打了个冷战。

邪恶的某物正站在走廊里。

这一点确凿无疑。然而，自己是否有勇气与这样的对手对峙，是否敢于和其正面对抗呢……

话虽如此，言耶却也做不到永远站着不动。他悄悄握住把手，心里数完"一、二、三"后，猛然将门打开。

一双木屐被甩落在门前，鞋尖冲着言耶。木屐之上随意摆放着用于制作吹箭筒的野生竹。

七

本官邸本舍的客厅里聚集了命案的所有相关人员。促成此事的是曲矢。言耶向他报告昨晚的木屐惊魂夜，声称因此被激发了某种灵感，结果曲矢命令他自己向众人说明。

"虽然我觉得如此这般由我在这里进行说明……"

刀城言耶刚来了一句开场白，曲矢便横加干涉："前言就免了吧，快给我进入正题。"

"哦……那好……"

言耶首先讲述昨晚的经历，于是转眼间客厅就被嘈杂之声淹没了。不光是胆小的上泽志郎，都林成一郎和美江子也为之色变。言耶待众人安静下来后，说道："实话实说，我非常害怕。不过，当我看到木屐上的野生竹时，突然领悟了。罪犯做得太过火了。"

"这次你倒没觉得是南方的死灵来了？"曲矢开了句玩笑。但是，从他的口吻中完全感觉不到讽刺意味。

"假如死灵正依附在野生竹上，那么竹子本身是不会动的。"

"仅以井坂老师的话来看，确实如此。"

伊野田藤夫出言附和后，曲矢接过话茬："你模仿侦探搞调查的事，大家都清楚。然后又知道了你是那位冬城牙城的儿子。而另一方面，罪犯发现你似乎对木屐脚印之谜既烦恼又害怕。于是为了动摇你的精神，罪犯再次让看不见的死灵走动起来。只是罪犯多此一举，还用上了野生竹。"

"嗯，我想应该是这样。如果是真正的死灵，走到客房门前后消失就完事了。但一个活人则必须赤脚走回去。当我在脑海中描绘这一场景时，我终于意识到，在本案里大家完全陷入了一个巨大的陷阱。"

"所谓的巨大陷阱是什么？"本宫武代表所有人问道。

"我们认定那奇妙的木屐印是从亭子逃往正舍的罪犯留下的。但是我们完全没有考虑到另一种可能——其实那可能是被害人从正舍走向亭子时留下的。"

"你、你说什么……那是井坂老师的脚印？"伊野田惊呼道。曲矢之外的人也都吃了一惊。

"可、可是刀城君，井坂老师为什么要中途背身而行呢？"

"因为他在放风筝。"

"啊……"美江子低呼了一声。

"井坂老师走下石阶后，一度回头望了一眼塔。随后他走向亭子，从三分之一处开始，以背身的状态升起风筝。"

"是这样啊……"

"我和伊野田老师通过二舍时，听到室内有动静。我满以为是井坂老师在里面，因此错误地认为他是从后门所在的北侧走廊去往亭子的。事实上，当时井坂老师在塔上。"

"对啊！刀城君看到的人影……"

"正是井坂老师。可能是他在放风筝前，确认了一下风向。接着，就在君惠阿姨从一舍前往正舍的短短一刻内，井坂老师从塔上下来，进入了中庭。前后只差了几十秒。君惠阿姨只是朝石阶瞥了一眼，并没有注意到井坂老师的存在。"

"那当时在二舍的……"

"是翻找吹箭和毒药瓶的罪犯。"

"这么说……"

"是的。罪犯就是你吧，都林先生。"言耶指出了罪犯。

都林身子一僵，众人的目光齐刷刷地指向了他。

"你作证说看到了从北侧走廊去往亭子的井坂老师。你有何必要撒这样的谎？"

"我、我没说谎。你有我说谎的证据吗？"

"假如当时是井坂老师在二舍寻找吹箭和毒药瓶，他可不会找不到东西还能悠闲地想着去玩陀螺。"

"也许他没注意到东西被偷了，只是在工作呢？再说了，案发时我在塔上，不可能接近井坂老师啊。"

"我和曲矢警官讨论到最后，得出的结论是，尽管罪犯偷走了吹箭和毒药，但绝不是有计划地企图谋杀井坂老师。对罪犯来说这纯属侥幸，他只是利用了一个偶然来临的机会。"

"我人在塔上，哪可能有这样的机会啊？"

"井坂老师升起的风筝被塔身挂住了——就是在这一瞬间，不是吗？"

"……"

都林的脸上顿时没了血色。

"井坂老师进入中庭，是在君惠阿姨来正舍的一点三十分之前。然后，在你登上塔的三十五分前后，风筝被挂住了。也可能是风筝飘进了塔吧。总之，你俩之间有过'帮我取一下风筝''明白了'之类的对话。书架和资料架遮挡了研究室的窗，而君惠阿姨又在专心打毛线，加之耳朵有点背，所以谁都没听见你俩的交谈。你试图摘下风筝，但没想到费了不少时间。我想这个情况你应该向井坂老师打过招呼，于是他无所事事，环顾四周，在亭子的桌子上发现了一本外文书，并把它拿在手中。"

"所以那本书才会掉在那里啊。"上泽恍然大悟似的说道。

"当时，井坂老师所持的风筝线正好越过他的右肩，向上延伸。见此情景，你想出了一个不可思议的机关。你的手法是，把刚偷来的竹筒折去前端，制造毛糙面，在表面上涂抹瓶里的毒，然后将这件临时凶器穿上风筝线，刺向井坂老师的右颊。"

"做出这么离奇的事……"伊野田望着面色苍白的都林，像是在说"真是难以置信"。

"相比射出吹箭，这样更能确保刺伤被害人的脸颊一带，使毒药进入体内。当然，能用箭的话是再好不过的，但它无法穿上风筝，所以才临时使用了竹筒。"

"可是，就算当场想到了，是否真能立刻付诸实施呢？"

"当时都林先生在塔上制作陀螺，理应持有刀具。我想从线上剪下风筝是轻而易举的事。"

"原来如此。"

"美江子小姐曾说井坂先生的风筝放不了太高，想来是指风筝线也比较短吧。因此，作案后回收风筝线的工作也得以顺利完成。不过，缠风筝线的短竹筒被留在遗体旁。"

"你、你说得没错。"美江子的表情中夹杂着恐惧与悲哀，"井坂老师和都林先生在陀螺上有共同语言，所以我想他应该非常了解井坂老师的风筝。"

"关于这个风筝……"言耶看了曲矢一眼，续道，"警官先生检查二舍时，发现各式各样的正月游戏用品中，唯独少了风筝。当时我想，莫非是因为井坂老师放完风筝后去了别的地方？"

"风筝本身是怎么处理的？"伊野田问道。

"只要拿刀具拆散，纸的部分用塔上的火盆烧掉，剩下的就只有竹条和线了，怎么着都能往衣服里藏。"

"刀城君，"本宫用严厉的目光盯视着都林，说道，"当时他犯下罪行，是因为觉得在那种情况下自己绝对不会受到怀疑吗？"

"是的。君惠阿姨会确保他的不在场证明，即案发时绝没有下过塔的事实。不过，原因不止于此。"

"你的意思是还有别的理由？"

"都林先生同时又想到，如果能让人误以为井坂老师走向亭子的脚印是罪犯逃入正舍的脚印，就可以嫁祸给伊野田老师。"

"你、你、你说什么？"伊野田震惊之余，也极为愤慨。曲矢说着"好啦好啦"，安抚了他一番。

"正舍的西侧有君惠阿姨在，三舍有上泽老师在。两人自然会作证说，进入正舍的罪犯没有逃到他们那里去。"

"于是在一舍的我就会被怀疑上……"

"那个……"赶在伊野田再度发火前，君惠斯文地开口道，"都林先生从塔上下来时，我对他说过，刀城先生在一舍……"

"对、对啊！我确实听君惠阿姨这么说过。"都林一下子来了劲头，"既然如此，我还会想着嫁祸给伊野田老师吗？"

"你错了。当时你已犯下罪行，所以别无选择。对了，君惠阿姨，你有没有告诉都林先生本宫老师找我的事，以及伊野田老师知道后说十分钟就能把话讲完的事？"

"啊，这么说起来……"

"井坂老师的遗体被发现时，我可能已不在一舍——你赌的就是这个吧。原本你是打算让下塔来的自己充当发现人。"

言耶话音刚落，伊野田颇显惊讶地问道："他一度从塔上下来后又马上回去了，就是为了向君惠阿姨打听我的情况吗？"

上泽立刻接口道："可是，这样就太危险了吧。与其一不小心给君惠阿姨留下印象，倒不如一直在塔上还能让不在场证明更扎实呢。"

"不不，正相反。都林先生从塔上下来是出于别的目的。向君惠阿姨打听伊野田老师的情况，则是为了掩盖这一目的。"

"这个所谓的目的是什么？"

"拿到一双木屐。"

"啊？"

"君惠阿姨打毛线时几乎不抬头，即使都林先生一边和她说话一边从鞋柜里取出木屐，也不会被发现。"

"难不成那双木屐……"

"正是。为了确保大家误以为脚印是罪犯从亭子走向正舍时留下的，就需要那双木屐。只要把木屐扔在木屐印终止的一端，谁都会深信有人曾走到过那里。"

"等一下……"上泽插话道，"可是君惠阿姨作证说，他马上又上塔了。难道是他迅速把木屐放到石阶上了？"

"不是的。就算君惠阿姨没抬头，中庭的出入口也在她的视野范围内。所以，接近门口是危险之举。此外，她听到木屐的声音，是我赶到正舍前不久的事。当时，都林先生已再度上塔。"

"对啊！最关键的是，你不是说过你看到木屐在独自行走吗？"

"那是都林先生从塔上用风筝线把木屐放到石阶上的一幕，碰巧被我看到了而已。"

"你说什么……"

"他偷偷拿着木屐上塔后，把它们并排放置，用风筝线穿过木屐带。于是木屐恰好被吊在'U'字的底部。然后，他保持这一状态，把木屐吊下去，试图将它们搁在石阶的最上格。只是没能做成，最终掉在了最下格。于是，他往回拉风筝线，让木屐移到最上格。这情景在我看来，自然就像木屐自个儿爬上石阶似的。由于雪花纷飞，看不清风筝线，所以就更像那么回事了。"

"这手法也太繁复了……"上泽半是愕然半是佩服。

"移到最上格后，只需放开风筝线的一头，拉拽另一头，就能轻易把线收回。只是，原本并排的木屐在移动过程中毕竟还是歪了。不过，这状况看起来恰似有人甩脱了木屐一般。"

"原来是各种偶然叠加的结果啊。"

"从这层意义而言，中庭的密室可以说也是偶然的产物。顺便说一句，竹筒的前端可以丢进亭子，但装毒药的瓶子不能如法炮制。因为瓶子会陷入泥泞的地面，从而暴露从高处抛下的真相。因此，我想他当初是打算藏在衣服里，下塔后趁遗体被发现、场面一度混乱时，把瓶子藏进一舍的某处。然而，由于得知我在一舍，他只好无奈地放在了二舍的书桌上。"

"你、你没证据吧……"都林绵软无力地反驳道。不过，看他那模样，差不多已经放弃抵抗了。

"这种事就交给我们吧。"曲矢起身来到门口，一边召唤警察，一边说道，"都林成一郎先生，能否请你去局子走一趟呢？"曲矢保持着谦恭的姿态，要求都林自愿同行。

"……"都林无言以对，转身背向众人，与警察一起走出了客厅。本宫和美江子一动不动地目送他离去，眼中满是痛心之色。

"刀城君。"门关上时，本宫像是突然想到了什么，"你父亲所说的'有西洋的盐之恶魔兴风作浪'，到底是什么意思啊？"

"这里的しお不是食盐，可能是指潮水吧[1]。"

"潮之恶魔吗？"

"准确地说，我想应该是指西洋流传的'恶魔鱼在兴风作浪'。"

"恶魔鱼……啊，是指海里的章鱼吧。"

"是的。父亲想让我通过这句话联想到放飞于天空的风筝。但是，说恶魔鱼的话，提示就给得太明显了。所以，才说成了'潮之

1　日语中，"盐"和"潮"均读作"しお"。——译者注

恶魔'。"

"原来如此。多半是因为他信任你吧。"

言耶没有回应对方的话，这时曲矢把他拉进了走廊。

"接下来的事就交给我们了。犯罪手法搞得这么清楚，我们绝对能找到物证。至于动机嘛，除了美江子的问题，肯定还有别的，比如学术地位不同导致的嫉妒心或自卑感。"

"嗯……应该是吧。"

言耶可没刑警那么信心十足。不过，接下来的事确实该归警方管。

"只是呢……"曲矢的样子突然变得有些古怪，"那个事，好像不是你想的那样。"

"呃……那个事是指？"

"案发后，不管是本舍还是四舍院，都一直在警方的监控下。我问了昨晚巡逻本舍东栋的警察，他说没人从屋里出来过。"

"啊？可是都林先生……"

"不不，他也待在屋里没出过门一步。换言之，昨晚没人去过西栋……总之，情况就是这样。"曲矢把想说的话传达完毕后，转身离去了。

"这么说，那木屐和野生竹……"刀城言耶喃喃自语道。他唯一能做的只是凝视着突然降落的纷飞大雪，呆然木立。

如

天魔跳跃之物

一

"有户人家在祭祀奇妙的宅地神。"

在大学上完课后，从神保町出来的刀城言耶前往旧书店，物色过去《新青年》发行的怪奇小说特刊，这时耳边传来了一个声音。

"黑哥！你是什么时候来的？"

言耶猛然回头，就见身后的书架前伫立着学长——阿武隈川乌的庞大身躯。顺带一提，"黑哥"是言耶起的绰号，单纯只是因为从"乌"这个罕见的名字联想到了"黑色"。

别看他人高马大，只要有心，简直能像猫一样接近你……

想象着阿武隈川悄悄向自己靠近的情景，言耶觉得又滑稽又瘆人，心里有种说不出来的感觉。不过，很快他就对学长的话本身在意起来。

"这个奇妙的宅地神是什么呀？"

然而，阿武隈川面朝书架所在的方向，一声不吭。岂止如此，他还一个人嘀咕起来了。

"哦！这里还有一月份发行的《侦探小说杰作选》啊。"

"学长你……"

"嗯，既然有《侦探小说年鉴》这么个副标题，肯定每年都会出

58

一本吧。"

"我说……"

"喔！看这附录，内容挺充实啊。"

"黑、黑哥？"

"连侦探作家的住址一览都有，这可真是……"

"阿武隈川学长！"言耶戳着他的上臂，大声说道。对方总算转过了上半身。

"什么呀，是你啊。原来你在这儿。"阿武隈川装傻充愣，这话活像蹩脚演员念的台词，"不过，你可不能在书店里大声嚷嚷啊，会妨碍其他顾客的。"

进而，他居然还摆出道貌岸然的样子，说教起来了。也不看看在过去的人生中，是谁总是实打实地给别人添麻烦。

"好好，对不起。好了，那个奇妙的宅地神是怎么回事啊？"

不过，言耶也习以为常了。他早已对阿武隈川的奇异言行免疫，所以未做无谓的争辩，坦然承认错误后，再次询问那关键的内容。

"你在说啥？"然而，阿武隈川还在装傻。明明是他自己抛出的话题，却又佯装不知。

"这个不是黑哥刚才说的吗？说有户人家在祭祀奇妙的宅地神。"

"哦？是这样吗？"

"我说学长……"

"我只是来这里看书的。"

"我也是啊。可是，我在找《新青年》的时候，黑哥在我背后……"

"我可是很有教养的。"

"哈？你在说什么呀。"

阿武隈川的老家在京都，是一座虽小但颇有历史渊源的神社。因此，他的确是出身名门，本人也有事没事就往外说，毫无顾忌。话虽如此，由于高贵的出身与其人的鄙俗之间反差过大，几乎所有人都会遭受冲击……

"从刚才开始就觉得你有些古怪。"

言耶险些加上一句"虽说你一直都蛮怪的"，慌忙闭上了嘴。虽然他完全不明就里，但看得出阿武隈川是在闹别扭。既然如此，就没必要再故意惹他不高兴。

"我是说我有一颗体谅别人的心。"

看他斗气的话说个不停，言耶觉得自己的判断是正确的："莫非是学长的宽厚之心和奇妙的宅地神之间存在某种关系？"

"少油腔滑调！"

"莫非是黑哥的宽厚仁爱之心和奇妙的宅地神之间存在某种关系？"

"这种肉麻的话……"

"阿武隈川乌先生那颗充满宽容与慈爱的高贵之心，和那奇妙的宅地神之间到底有何关联呢？"

"你真是这么想的？"

"当然。平日里一直受您的各种照顾……"

其实是言耶不得不经常关照他，只是他在意宅地神的事，姑且打算大唱赞歌，直到对方开口为止。不料，阿武隈川却露出一脸讥笑："哦？可你却要抛下这么照顾你的学长不管。"

"啊？我不是在好好地陪着你吗？"

"什么叫恩将仇报，你这个就是！"

"哈……"

"就算是这样，因为我心地纯良，所以一搞到有趣的传闻，还是会告诉我宠爱的学弟。我这个人还真是好……"

言耶不禁愕然。世上也只有阿武隈川会自己夸自己，被自己的话所陶醉吧。就在下一个瞬间，他几乎"啊"的一声叫出来。

本官家的事他还在记仇呢！

去年岁末将近的某日，恩师木村有美夫把言耶介绍给了国立世界民族研究所的教授本官武。据说每年一到岁末，前往世界各地民俗采风的研究者会纷纷归国，聚集在本官家，通宵达旦地讲述各自经历过的怪谈。本官教授称，如果不介意在他家度过除夕夜，言耶也可以参加。言耶欣喜万分，自是拜托恩师为自己打点。

阿武隈川听说此事后，提出他也要去。但木村面露难色。木村教授为人十分温厚，总是为学生着想，所以自然也是一个理性的人。他拒绝了阿武隈川，说："刀城君的话，我可以信心十足地把他介绍过去，至于你嘛……"以教授的性格而言，如此直截了当实属罕见。

即便如此也不会放弃——言耶自认了解阿武隈川，知道他就是这种人。但木村也是阿武隈川的恩师，既然明明白白地说了"不行"，这回他也毕竟是没辙了吧。

去年除夕的傍晚，言耶怀着少许对学长的同情，出发前往本官家。途中，言耶发现不少与他擦肩而过的人神色奇异，用一种惊讶似的目光望向自己的背后。言耶不解，回头一看，竟发现围墙边、电线

61

杆下露出一个硕大的后背，直吓得往后一仰身。是阿武隈川！看来他是从出租屋一路跟着言耶而来的，自以为现在藏得挺好。

毕竟学长是那德行，贸然过去打招呼的话，他肯定会理所当然似的跟着一起来。

言耶决定佯装不知，再次迈开脚步。然而，转过街角时再观察，还是看到了阿武隈川的身影。而且，最初他还会在电线杆或邮筒背后躲一躲，不久便开始"偷工减料"，只是把脸转向一边，好似在说"眼睛没对上就不算被发现"。

阿武隈川的态度令言耶愕然不已，于是他动起真格，想要甩掉对方。这下胜负立见分晓，转眼间言耶就拉开了两人的距离。

光是这些倒也罢了，没准阿武隈川还不至于如此记仇。当然，言耶觉得还是记仇的可能性更大……问题是，言耶在本宫家的别邸"四舍院"里，目睹了肉眼看不见的死灵蹬着木屐走路的景象，更遭遇了亭子密室杀人案。照阿武隈川的说法，就是"这么有趣的经历只有你一人独享，太狡猾了吧"！言耶告诉他，自己被一个性情古怪、名叫曲矢的警察视为最大嫌疑人，倒了不少血霉，可对方充耳不闻，甚至还显得又羡慕又懊恼。

罢了罢了……

"嗯……那么古怪的宅地神，以前我可从没听说过。"

言耶刚在心里叹了口气，阿武隈川便用矫揉造作的语气煽动他的好奇心。

"黑哥，你就别故弄玄虚了……不不，你说得没错。请你行行好，告诉我吧。"

言耶双手合十，一边作揖一边连连低头。他一遇怪谈便心痒难忍，实在放不下这件事。阿武隈川都那么说了，必是罕有的例子，言耶无论如何都想知道。唯有在这种事上，言耶对学长信赖有加。所以，他怎么也无法置若罔闻。

"拜托了。黑哥，学长，阿武隈川大人，乌大明神！"

"干吗干吗，别胡乱吹捧。"

"可是，要把黑哥捧上神坛的话，还就得是乌大明神，不是吗？"

"……这倒也是。"

"到时请您务必做我家的守护神……"

"你不是住在出租屋里吗？"

"所以说是将来嘛。要是学长能做我家的宅地神，还有比这更让人放心的吗？"

"也是，因为我是一个品格高尚的人……"

"祭祀您的祠堂就用最高级的木材——缟柿。祠堂前会排列好多鸟居，上面飘扬着写有'乌大明神'这四个字的幡。"

"搞得太奢华也不太好吧。"阿武隈川嘴上这么说，脸上却是乐滋滋的。

"不不，鉴于黑哥的伟大成就，这样都算是简朴的。本来嘛，我们应该建一座大神社，不过这对凡事讲究典雅谦和的学长来说，反倒是失礼之举。"

"这个就是你太多心了。"

看来阿武隈川的心里话是：能大点就再好不过了。

"对不起。要祭祀学长这样的伟大人物，好像还没有先例可循，所以确实相当困难。为此，我有必要从今天开始，学习了解各种宅地神。顺便问一句，刚才黑哥所说的宅地神，祭祀的是什么来着？"

"嗯？啊啊，那个不是人。"

"是神灵吗？"

"不是。嗯，说起来其实是一种跟妖怪差不多的东西吧。真就和天狗一样……"

"哦？叫什么名字？"

"天空的天加妖魔的魔，天魔……"

"天、天、天魔！"

言耶突然大声嚷道。他爱怪谈胜于一切，因此也就染上了一个恶癖。一旦知道有自己未知的妖魔鬼怪，或听到闻所未闻的某种怪谈，言耶就会浑然忘我。这时，他再也看不到周围的事物，全副心思只集中在尚未知晓的鬼怪或奇异的故事上。有些时候，有些场合，他还会情绪大失控。这怪癖实在是让人棘手。

"说起来，宅地神的祠堂祭祀的神，多是这家的祖先或代代已故去的人。这是因为其基底流淌的是祖灵信仰，无论如何祭祀的都会是与家族有关的人。当然，从自然神、普通意义上的神到狐狸，乃至天狗或鹟等所谓的类似于妖怪的东西，都包括在内，但是这个叫天魔的东西……"

"喂喂，声音太大了。再轻点……"

"啊，对了！这个宅地神是在哪儿祭祀的？住宅内的一角？住宅边上的一角？住宅的后山？还是离住宅有点远的自家山头或庄稼地旁边呢？根据祭祀场所，可在一定程度上知道天魔是怎样一种东西……"

"我都说了，把声音放低点……"

"嗯。离住宅近的话，仅由家人祭祀；离住宅越远则全村共同祭祀的倾向越强烈，这个也是有的。不过，仅限于特定家族的，又分只有本家祭祀，和包括分家在内全族一起祭祀两种。进而，就算是全村祭祀，也有各家皆各自祭祀宅地神的情况。这么一想……"

"我、我说小言啊……"

到了这个地步，就连阿武隈川也拦不住言耶。要让他安静下来，只有说出那宅地神的事。

"在店里吵吵嚷嚷的，烦不烦啊！要说话上外头说去！"

不过，由于旧书店老板的一通怒吼，这次言耶难得地清醒过来了。大概是因为被不相关的第三者批评了，他才得以一下子恢复正常。

被赶出旧书店后，二人在神保町一家常去的咖啡馆"希尔豪斯"坐定。

"我还想买书来着……都怪你，这几天我都没法去那家店了。"

阿武隈川频频抱怨，不过言耶最清楚，他可不是胆小如鼠的人。更何况，现在哪儿还顾得上什么学长想要的书呢。

"黑哥。"

"知道啦，知道啦……告诉你就是了。"

阿武隈川夸张地做了个仰面朝天的动作，绷着脸开始了讲述。

"武藏茶乡有户人家姓箕作，代代都当村长。他家后院是一片深邃的竹林，相传自古就栖息着类似于天狗的东西，好像还真的掳走过几个人。"

"是什么时候的事？"

"远的在江户时代，近的有昭和初年的。事实上，就数二十多年前发生的这件事细节最清楚。"

"难不成是有人目击到了那个像天狗一样的东西……"

"不不，很遗憾，那东西一次都没被目击到。无非就是竹林的上方沙沙作响或是感觉到了某种气息云云。所以，准确地说，表述成消失要比掳走……"

"消失！"

听言耶这么一嚷，阿武隈川慌忙环视店内，说道："喂，要是这里都赶我们走，看你怎么办！"

"啊……对不起。"

"真是个不让人省心的家伙。"

"那么黑哥，昭和初年发生了什么事呢？"

阿武隈川仍然绷着脸，万般无奈似的继续说道："箕作家住宅的东侧，也就是相当于后院的地方有座别栋，一个叫宗明的老头曾在那里隐居。夏末的某个傍晚，老头和他的三个孙子在后院待着。老头拿周围丛生的竹子当材料，给孙子们制作黄豆枪、水枪、竹蜻蜓、挑担人偶。只要有一把折叠刀，这些玩具连孩子也能做，但孙儿们年纪还小，所以老头自然是干劲十足。不久，为了寻找更好的竹子当材料，老头进了竹林，结果就像被抹掉了似的没了踪影。整个过程那三个孩子都看得清清楚楚。"

"说是竹林，一般并不会长得很密集吧？"

"是啊，感觉稀稀拉拉的。不过话说回来，人也绝无可能躲在粗竹子的背后。原本世上就没有多少比人体还粗的竹子吧。三个孩子看到老头在四五根竹子之间'忽'地一下不见了。而且，据说消失的样子就像是被吸上了天空。"

"这算是天狗造成的……突然失踪吗？"

"以前的话，人们肯定会这么说。其实后院的竹林是向北延伸的，东侧那片没走几步就是悬崖。所以，大人们听到消息后，认为老头是坠崖了。这在孩子们看来，自然就像人一瞬间就消失了一样。他们就是这么想的。"

"原来如此，这解释非常合理啊。不过，这种感觉和'就像被吸上天空似的消失了'完全相反啊。"

"就是啊，而且崖下也找不到老头的人。最重要的是，根据孩子们的证词，老头是在离崖边还有五米远的地方突然消失的。进而……"按理阿武隈川讲这些并非心甘情愿，不料现在倒卖起关子来，故意停顿了片刻，"搜寻的家人之一说自己在老头消失的地方，听到了声音。"

"是这个叫宗明的老人的声音吗？"

"是啊。还是从头上传来的……当然，老头不可能爬上竹竿，抬头往上看也不见人影。但是，这位家人确实听到了老头的声音——很微弱的一句'救命啊'……"

"很像大卫·兰克失踪案啊。"

"那是啥事？"

"一八八〇年九月二十三日，美国田纳西州的白人农夫大卫·兰克在前往农田的途中，突然消失了。家中的妻子和两个孩子、农田附近的大舅子和路过的熟人都清晰地目睹了这一幕。消失地点是一片草地，一棵树也没有，视野良好。大家赶赴现场，发现那里什么也没有。除了杂草变得有些枯黄外……"

"草的颜色变了，这个有点糟心啊。"

"是啊。然后过了些日子，大卫的女儿说她站在现场时，听到地底传出一个声音，像是父亲在求救。"

"哦！确实很像啊。"

"只是……"

这回轮到言耶吞吞吐吐，像是在逗弄对方了。于是，阿武隈川一脸焦急地问道："只是什么啊？少卖关子，快说！"

"安布罗斯·比尔斯的短篇里不是有一个非常类似的故事吗？"

"是吗？"

"就是以 *Mysterious Disappearances* 为题发表的三篇作品之一，名叫 *The Difficulty of Crossing a Field*……"

"哦，是那个呀。姑且译为《谜之失踪》和《横穿原野的困难》没问题吧？不过，也可以认为是比尔斯以那个案子为原型创作了这篇小说吧？"

"乍一看作品的发表时间，像是这么回事。但事实上，比尔斯的短篇问世后又过了几十年，大卫·兰克失踪案才被杂志报道出来。据说杂志采访了大卫的女儿，这话听起来煞有介事，但事后想想，这篇报道的源头可能就是比尔斯的作品。"

"什么嘛，原来可能是虚构的啊。"

"相反，比尔斯的作品倒采用了实例介绍的形式，文中的事件发生在一八五四年七月，事发地点距离阿拉巴马州的塞尔玛有六英里远。消失者是一位农场主，名叫威廉森。有趣的是，作者在三篇作品的最后，以《值得关注的科学》为题，介绍了莱比锡的赫恩博士的假说。"

"什么假说？"

"用一句话来概括，就是'非欧几里得几何学空间的存在'。"

"哦哦，是指长宽高都比三维空间多的那种空间？"

"人类的可视范围内存在可称之为'无场所'的空洞，落入其中就会进入不可视范围，身体不再被看到，声音也不再被听到。"

"就是'传播光线的以太中存在空洞'之类的玩意儿吧。这种理论听听就得了。总之一句话，箕作家发生的可是真人真事。而且……"阿武隈川再次使坏，停顿了片刻，"最终发展到了死人的地步。"

二

"什么？难道是发现了宗明先生的尸、尸体？"刀城言耶吃惊地问。

阿武隈川乌立刻摇头道："不是的。老头一直下落不明。是后来箕作家的长子宗寿，也就是宗明老头的儿子啦，他在土窖里发现了一本江户时代的记录，名叫《武藏茶乡风土记》。据那文献记载，他家的竹林中栖息着天魔。宗寿十分震惊，便在老头消失的地点砍去竹子，建了一所祠堂。这是为了安抚天魔和供奉父亲。"

终于说到那奇妙的宅地神了，言耶顿时产生了轻微的疲劳感。不过，这也只在一瞬之间。

"祭祀可认为已故去的父亲，同时又祭祀被视为元凶的天魔，确实很罕见啊。只有前者的话，就是祖灵信仰，从中可窥见祈求佑护的目的。而后者难道不是一种若宫信仰吗？"

"怎么说呢，所谓若宫信仰，是指把带来灾厄的狂暴怨灵置于更强大的神格之下加以祭祀，以平息其怒火吧。"

"啊，对啊……箕作家的宅地神不具有那关键的强大神格吗？"

"把怨灵当作宅地神祭祀，自然是要把其怀有的意欲激烈作祟的愤怒引向外界，以保护自己的家族。与此同时，又通过庄重的祭祀把幸福召进家门。换言之，就是在家内家外分别利用怨灵拥有的强大力量。所以，只要对天魔祭祀得法，嗯，应该是没问题的……"

"祭祀不得法吗？"

"他们清除竹子时，当然也没有胡乱砍伐，只是砍去了周围碍事的竹子，留下了两根高竹。相传老头就是在这两根高竹之间消失的。据说宗寿把其中一根视为老头，另一根视为天魔，在两根竹子的对面建造了祠堂。"

"从正面看，那两根竹子就像石狮子一样啊。"

"还真是的，也可能是为了追求这样的效果。"

"都做得如此周到了，还是发生了什么事吗？"

"这个事发生在战时。"或许是对话渐入佳境的缘故，阿武隈川的语气热络起来，"从这年春天开始，箕作家经常有食物被盗。直到夏天快结束的时候，在某个雨后天晴的傍晚才终于找到罪犯。这人叫田村穗，不满十岁，是附近佃农家的儿子。据说是因为看不得家人饱受饥寒，才做了小偷。"

"是被箕作家的人抓了现行？"

"对。他潜进正房的厨房翻找东西，结果这家人从外面回来，发现了他。发现人是宗寿的长媳，名叫悦子。穗慌忙逃走。他跑进土间，不料侧门封着，所以只好往宅子里跑。他穿过正房，从游廊奔向后面的别栋。悦子急忙追赶，见穗逃进了别栋的隐居所，便在走廊上站住，不知该如何是好。"

"为什么？"

"当时宗寿已经移居别栋。这个人脾气暴躁，就算是家人，事先未经许可也不能靠近别栋。虽说是为了追小偷，可要是一起冲进别栋，没准会惹得他大发雷霆。所以，悦子下意识地犹豫起来。"

"啊……原来是这样。"

"但是，当时宗寿好像不在屋里，别栋里静悄悄的。要是在，应该会马上引起大骚动。只是这么一来，悦子又萌生了别的担忧。偷东西的小孩都闯空门了，还袖手旁观，这要是被公公知道了，他不知会发多大的火……"

"这老头很麻烦啊。"言耶心道，这简直就是阿武隈川乌的翻版嘛。当然他不会说出口。

"就在悦子不知所措的时候，宗寿从别栋出来了。一问才知他刚从田里回来。悦子战战兢兢地将穗的事如实相告，老人没发怒，而是面露困惑之色，嘀嘀咕咕地说'那应该会跟我撞个正着啊……'。"

"他是根据时间来推断的吧？"

"啊，没错。悦子和宗寿一起进了别栋。仔细一看，榻榻米上有些痕迹，像是孩子穿的鞋留下的。从南侧的后厦到东侧的竹林，有一条嵌着踏脚石的路，路左侧的地面上印有相同的足迹。换言之，穗跑进别栋后，径直冲出后厦，往后院方向逃走了。"

"这样的话，他应该会在某处和回来的宗寿老人撞个正着吧？"

"是啊。悦子和老头沿着踏脚石前进十米左右后，石路向南折去，不久便来到了小小的后门。老头就是从这南门去田里，然后又返回的。穗要逃走，出的肯定是这个门。顺便说一句，从转角到后门的路虽然短，却是九曲十八弯，无法一眼看到后门。"

"话虽如此，从别栋到后门就只有一条道对吧？换言之，两人要是没在石道中途碰面，可就太奇怪了……"

"你这个疑问很快就被解开了。悦子发现，穗在雨后潮湿的地面上留下的脚印，在石道开始南折的地方，径直朝东面而去。多半是穗察觉有人从后门进来，情急之下想躲进竹林吧。要么就是想转到祠堂背后。"

"也就是说，宗寿老人来到转角处时，穗君已经跑进竹林了吗？"

"不不。"言耶以为一定会得到肯定的回答，不料却被阿武隈川断然否定，"他们两个没碰面，不是因为穗躲进了竹林或祠堂背后。"

"那又是因为什么？"

"因为他消失在空中了。"

"啊？"

鉴于之前的对话内容，从某种意义上说，言耶可以预想到这种状况，但他还是大为震惊。

"你是说，宗明老人的事也发生在穗君身上了？"

"穗沿石道左侧奔跑的脚印，从石道向右，也就是向南折去的地方开始，转而一直线朝祠堂冲去……但在半路上又突然中断，就此消失了。"

"是在去往祠堂的中途吗？"

"石道转角离祠堂约五米，到四米的地方还有脚印，再往前就什么也没有了。"

"如果设想成跳上了祠堂……"

"然后呢？"

"然后……就是爬上了竹子。"

"他是猴吗？好吧，他一直没啥吃的，身子应该又瘦又轻，和岁数不太相称吧。可是像竹子这种滑不唧溜的东西，真爬得上去吗？就算能爬上去，他还是得从哪里下来吧？最后仍然会留下脚印。"

"果然还是不可能吗……但是，走回头路的话，那里离石道有四米远，穗君应该跳不过去。"

"装作逃进竹林，其实是从石道返回了别栋？这解释不坏，不过就像你说的那样，四米的距离他跳不过去。再说了，那些是奔跑的脚印，来个一百八十度大转弯的话，应该会留下相应的痕迹吧？"

"也就是说，是在奔跑的过程中消失……"

"就以现场的情况来看，确实是这样。而且，因为是奔跑嘛，所以相比钻入地面，感觉更像是被吸上了天空。"

难道发生在宗明身上的现象也降临到穗身上了？

"黑哥，难不成穗君他……"

"嗯，他的尸体被发现了。"

刚才阿武隈川说过，这事最终发展到了死人的地步，所以言耶有此猜测。果不其然，少年死了。

"太阳下山了穗还没回来，田村家的人很担心，开始在附近搜寻，后来也找到了箕作家。悦子如实相告后，田村家的老婆子立马嚷嚷道'是宗寿干的好事'！宗寿老头脾气暴躁、目中无人，平日里风评就不怎么好。不过，箕作家毕竟是当地强豪，光是小孩子失踪这点事，谁都没法拿他怎么样。而且，我觉得田村家的人隐隐知道穗在外面偷东西的事。"

"因为孩子没回家就去箕作家，这个很不自然，对吧？"

言耶立刻点明了阿武隈川推理的依据，令对方露出了兴味索然的表情。

"没错。一般总会认为是去哪里玩了吧。虽说他们已经把附近搜了个遍，但直接上箕作家找人，应该是有理由的。"

"穗君的祖母瞬间断定是宗寿老人捣的鬼，也是因为有这样的背景吧。"

"所以田村家的人安抚好情绪激动的老婆子后，突然进了厨房的侧门，准备搜家。宗寿老头也为此勃然大怒，结果酿成了一场大风波。最后，老婆子被家人带回去了……但第二天她又趁老头外出，偷偷跑进箕作家。悦子发现了她，却又带她去了后院。所以你看，这老婆子还挺厉害的呢。"

"然后就发现了穗君……"

"她们在后院东边的崖下找到了穗的尸体，后脑勺都裂了。不过，这是被什么东西击打出来的，还是从崖上坠落时撞到了岩石，就不得而知了。悦子和老婆子在竹林搜索的过程中，下了会儿暴雨，把所有的痕迹都冲掉了。"

"宗寿老人受到怀疑了吗？"

"田村家的老婆子坚称是宗寿干的。这事当然也闹到了警察那里，不过根据各种情况可知老头是清白的。"

"为什么这么说？"

"首先，完全找不到从石道转角处去往东侧悬崖的脚印。从穗的那串脚印的起点开始，有一条土道通过祠堂右侧，一直延伸至悬崖。这条路蜿蜒曲折，在后院的竹林中一边行进一边去往箕作家的北侧。然而，哪儿都找不到一丝痕迹。讽刺的是，下雨前田村家的老婆子亲眼确认过。你说还有比这更确凿的证词吗？"

"如果穿过竹林，靠近悬崖……"

就不会留下痕迹了。言耶刚想这么说，阿武隈川便摇头道："即便如此也会留下痕迹。而且，要想接近悬崖，压根儿就不可能完全不踩上土道。"

"假如是宗寿老人抓住穗君，又抱又拽地把他带到崖边推下去的话，绝对会留下痕迹。"

"嗯。然后是第二点，经调查发现，老头进后门前，和附近的人站着说了会儿话，接着就在通往别栋的游廊里碰到了悦子，之间仅相差五分钟。年事已高但精神矍铄的老头跟一个营养不良的小孩，怎么说呢，真要打起来，谁胜谁负一目了然。不过，穗肯定会拼死抵抗，想来宗寿无论如何也不可能在五分钟内把人带到悬崖边推下，然后回别栋进入走廊。"

"而且，这样也会留下痕迹。"

"第三，穗的这串奇妙的足迹，田村家的老婆子也看得清清楚楚。要说这是老头干的好事，可就太胡来了。"

"那结果是……"

"也因为是战时发生的事，结果就这么糊弄过去了。官方公布的死因是事故死亡。本来嘛，对方在当地就是有头有脸的主，更何况死者是入室行窃，田村家那边并不占理，无法太强硬。只有那老婆子好像还不依不饶的。"

"脚印之谜啊……"

言耶想起了本宫家四舍院里发生的亭子命案，但按下没说。这种时候惹阿武隈川不开心，可是很麻烦的。

"当地人都说是天魔出现了，这一点对箕作家相当有利。换言之，可以说成宗明老头和穗都是天魔的受害人。"

"啊，原来如此。"

"而且，在穗消失的那段时间里，正好有人从箕作家后院附近走过。那人说当时竹林上方有声音传来，这使得天魔的存在更具现实性了。"

"那人听到的也是求救声吗？"

"不，据说是很瘆人的叫声，听不分明，感觉也不像是人的声音。"

"不是穗君，而是天魔的声音？"

"有可能。事实上，穗的脸和手脚上有无数擦伤和割裂伤。"

"也就是说，他被天魔抱上天空、移至竹林上部的叶子与细枝丛生的地方后，被投下悬崖，所以才有了那些伤？"

"也有人是这么想的吧。后来又发生了一件令人毛骨悚然的事。没多久，祠堂旁的两根竹子中，被当作宗明老头祭祀的竹子一天天地枯萎下去。"

"啊？"

"宗寿老头立马大发脾气，说这个不吉利，干脆连着天魔的那根竹子，把两根都砍了。"

"什么?!"

现象确实不吉利，但因此就砍伐竹子，未免本末倒置。而且，把没问题的竹子一并砍掉更是毫无道理。

"要祭祀怨灵之类的宅地神，在改造住宅以及捣鼓祠堂周围的树木或岩石时，也得非常小心才是。因为一不小心就会引发恶劣影响。可他却把本该祭祀的竹子砍掉了……"

"真是个可怕的老头。"

"后来什么事也没发生吗？"

"有孩子消失了。"

"又、又有……不会也是在不可思议的情况下……"

"不是。而且，这次甚至不清楚是否真是天魔所为。"

"这话怎么说？"

"田村穗事件过后，箕作家的后院在当地孩子们的眼里成了可怕的恶魔之地。"

"这是肯定的。"

"不过，要说怕得谁都不敢接近，那倒也不是。"

"嗯嗯。明明充分感受到了天魔的可怕——不，正因为是这样，所以才想去看看那地方。这种心态可以理解。孩子的话，就更不用说了。"

"噢噢，你小时候也这么变态吗？当然，现在也差不离。"

"谁、谁是变态啊？而且，现在也差不离这种话……"

阿武隈川嫌吵似的无视言耶的抗议，继续说道："话说有一天傍晚，几个和你一样心理扭曲的小孩聚在一起，偷偷跑进了箕作家的竹林。不过，他们既没看到什么，也没遇上什么事，所以就各自回家了。不料，其中一个发现自己的折叠刀丢了，便慌忙回去寻找。"

"是一个人吗？"

"嗯。大家一起进去的时候什么事也没有，所以很难开口叫别人陪着一起去吧。"

"确实……对了，说到折叠刀我就想起了宗明老人，总觉得有点瘆人啊……"

"这个事后来好像真的传开了。"

"总之，回去找折叠刀的孩子就这么失踪了，是吗？"

"这是畠持家的一个男孩，名叫丰太，当年九岁。不过，完全没有证据表明丰太是在箕作家的后院消失的。"

"他的朋友没看见他进入竹林吗？"

"因为是大家散去后的事，丰太邻居家的孩子只是听他本人说要回去找折叠刀，但他返回箕作家后院的一幕，谁也没有真的看到。"

"原来如此。"

"话虽如此，首先应该搜索的毕竟还是那片竹林。于是畠持家和左邻右舍在宗寿的许可下，进行了搜寻。但是，哪儿都不见丰太的踪影，人也没掉在崖下。老头大动肝火，说你们这么找碴真是岂有此理。结果那孩子的下落一直没能搞清楚。"

"嗯……"

这件事过于匪夷所思，令言耶发出了一声沉吟。紧接着，阿武隈川理所当然似的说道："综上所述，小言，这个老头就交给你啦。"

"你说什么?!"

三

车窗外，让人觉得不在同一个东京的乡村风景已连绵许久。东京都内曾因空袭几乎化为灰烬，一度好似被大火烧尽的原野，空无一物，但在这数年间眼见着已恢复都市的风貌。就说聚集在那里的人吧，数量非比寻常，总是充满着活力。相比之下，武藏茶乡的风景似乎几十年、几百年都没变过。

武蔵野は月の入るべき山もなし

草よりいでて草にこそ入れ[1]

奈良时代的《万叶集》所咏诵的彼时样貌，仿佛真的还残留至今。当然这绝无可能，言耶只是在眺望着倒退而去的杂树林和田野

---

1 可译为武藏野没有让月亮下沉的山，它升起又沉落在草丛中。——译者注

时，从这片土地中看到了淡淡的幻影。

言耶向紧挨在身边的阿武隈川乌如实讲述了自己的感想，立刻招来了对方极具现实性的回应。

"你傻啊！这一带曾经有飞机制造厂，至少被美军空袭过十次，连民宅都跟着遭殃了。"

"黑哥，这个我也知道啊。我不是那个意思……"

"我说，都什么时候了，你还能这样沉浸在田园诗般的妄想中，到底是怎么做到的啊？真想看看你脑子里长的是啥玩意儿。"

阿武隈川恶语相向也不是没道理。两人乘坐的是战后的采购列车[1]，因此车厢内人满为患。好在没到窗栏和车顶上也都是人的地步，可谓条件尚可，但拥挤不堪的状况并无改变。

"啊啊，总觉得心情烦躁，原来是因为中午到了。"

周围都是去乡下买粮食的人，难免不会被刺激到食欲。阿武隈川变得不开心、阴险、凶暴，必定是在饥肠辘辘的时候。当然，在酒足饭饱的状态下，他也绝对谈不上性格良善……

"啊，现在正是时候，就让箕作家请我们吃午饭吧！"

"哦？你们是老熟人吗？"

"和谁？"

1　采购列车：原文为"買い出し列車"。由于战争导致的粮食短缺问题日益严重，日本政府从一九四一年开始实行稻米配给制。一九四二年以后，主食配给量不断下降，副食品更是匮乏。因此，大量城市居民坐火车前往近郊农村，以高价购买粮品遂成为常态。战后，随着配给的停滞，这种现象更是一度猛增。——译者注

"当然是箕作家的人啦。"

"嗯，算是见过面吧。"

"怎么见面的？"

"当然是在探问天魔的时候啦。"

"那时是第一次见面吧？"

"这还用说。"

只有这点交情就期待对方给饭吃，真是心大。而且，怎么想也不觉得箕作家的人能对他有好印象。

从武藏茶乡站下来后，言耶死命拉住想直奔箕作家的阿武隈川乌，把他带进了站前的荞麦面馆。

"这可是你请我来的。"

阿武隈川以此为借口，硬是让言耶请客，要了盖浇饭和荞麦面。结果言耶急等家里汇生活费的钱包越发瘪了。

这天从清晨开始，不似二月的暖阳便洒满了大地。然而，随着列车远离市中心，天空渐渐阴云密布。两人从荞麦面馆出来时，眼看天就要下雨，想享受饭后散步的乐趣也没这个氛围了。只是，他俩也不能就此打道回府，便溜溜达达地往箕作家走去。

途中，言耶仔细询问了阿武隈川探得天魔传说的过程。因为就这样登门拜访令他感到不安。

一问才知，阿武隈川先是找当时正好在家的悦子强行打听，接着又挑拨田村家的米子——穗的祖母，问出了更多信息。阿武隈川尽挑来劲的事说，于是言耶左右套话，终于让他供出了与悦子交谈时被宗寿发现、当即被赶出家门的事实。因此，后来他是挨个找附近的居民打听的。

哎呀呀，事先问明情况算是做对了。

倘若两眼一抹黑地上门去……光是想想就觉得害怕。从结果来看，可以说阿武隈川对围绕着天魔发生的案子调查得相当详细。但问题在于这个过程中他对相关人员造成的心理影响。想必他不会揣度对方的心情，只是冒昧地一味打听自己想知道的事。从某种意义上说，正是拜这厚颜无耻的态度所赐，他才能如此细致入微地解释给言耶听。

"唉，那老头的火暴脾气真不是盖的。田村家的老婆子也是一个难对付的主。"听这语气，阿武隈川好似在说自己的英雄事迹，"你小子只招老年人喜欢，所以嘛，这两个老头老太就交给你了。"

换言之，这才是他把言耶拉来的理由。

"黑哥，你……"

你搞出的那些纠纷，我可没听你说起过——至此言耶不得不抗议，就在这时，他发现周围的情况有些奇妙。许多擦肩而过的人，纷纷投来难以言喻的目光。起初言耶以为原因在于自己穿着在日本还很罕见的牛仔裤，但众人的视线显然指向了阿武隈川。

啊！可能是碰上了学长胡乱打听过消息的当地人……

然而，阿武隈川本人大概早就忘了对方的脸，毫不理会那些简直能把人扎痛的目光，装作若无其事的样子。最后他竟然还能指着前方的大宅院说"看，那就是箕作家"，于是引来了更多人的注目，直叫言耶无地自容。

"学长，我们快走吧。再磨磨蹭蹭阵雨就要来了。"言耶催促步履悠闲的阿武隈川，快步向箕作家走去。

正要穿过高大的长屋门[1]时，"哗"的一声真的下雨了。虽说到得及时没被雨淋湿，但是又被困在门下了。

"找人带路吧！"阿武隈川突然朝门卫室喊话。完全搞不懂他是认真的，还是开玩笑。

"里面有人？"

"啊，应该没人吧。"

"……"

"到这种地方来，就得讲究相应的礼法。"

"想不到还能在礼节方面受到黑哥的指点……"

"这也是我们年长者的职责嘛。"

阿武隈川说话脸不红、心不跳，言耶不再理会他。

待雨势稍减后，两人奔到正门前。这次是言耶请求引路，不久，一个像是杂役的姑娘从里面出来了。言耶报上大学的名字，说自己正在研究罕见的宅地神，请求一睹箕作家的天魔大人。

"请稍等。"少女姑且回了屋，片刻后出来了一个年近五十的女人，一副战战兢兢的样子。言耶猜到了几分，再次自报家门，并询问对方的名字。果然是悦子。悦子往好里说是柔顺，往坏里说则是缺乏自主性。言耶见她这副模样，不由得深感同情。想来她曾屈服于学长的强硬态度，不得不唯唯诺诺地言听计从。先前悦子显得畏畏缩缩，恐怕也是因为听少女通报来客的目的，想起了阿武隈川乌这个如噩梦

1　长屋门：两侧有长条房屋的宅邸的大门，常见于日本的武士住宅和部分富农家庭。——译者注

一般的人物。

"突然上门打扰，非常抱歉。我们是……"

言耶说明了来龙去脉。事实上，民俗采风在大学里也是教学的一环，在这种场合下如何措辞，言耶已轻车熟路。而且，按恩师木村有美夫的说法，言耶予人好感乃天性使然，在绝大多数情况下，无论对方多难相处，也总能在不知不觉中和他谈笑起来，其过程十分自然。

悦子敞开心扉也没花多长时间。尽管她支支吾吾地说，宗寿不巧外出，她不好擅自做主让言耶等人参观宅地神，但又隐约显露出在公公回来前不妨带两人进去一看的想法。

"哎呀哎呀，这不是正好吗？"这时，阿武隈川突然插话道。

言耶进玄关时，他似乎没跟着一起来，而是在外面偷窥屋内的情况。

"上次我们只是谈了几句，没来得及参观祠堂，那老头……啊不，那老人就回来了。所以……"

"啊！是、是、是你！"悦子盯视着突然现身的阿武隈川，表情彻底僵硬了。

"好了，我们去吧。啊，热茶可以等会儿在和室里慢慢泡，当然点心也可以到时再上。要留我们吃晚饭的话，那就却之不恭啦，在这里住一宿我也不反对。不过，现在我们打算先去参拜宅地神，毕竟是研究者，禀性难移嘛。"阿武隈川滔滔不绝，一边迅速脱下鞋，自说自话地上来了。

"等、等、等一下……"悦子慌忙阻拦。

"啊，没关系的。去别栋的路我熟。"话音刚落，阿武隈川便马不停蹄地进了宅内。

"黑哥，这可不好。"言耶一惊，想出言阻止，然而阿武隈川早已不见踪影。

"对、对不起。请恕我失礼！"言耶向目瞪口呆的悦子鞠了一躬，也脱下鞋追了过去。

很快言耶就看到了阿武隈川走在走廊上的背影。不过，他在某个和室前站住了。那里似乎是佛堂，有一座气派的大佛坛。言耶好奇阿武隈川在看什么呢，当坛上供奉的水果和点心映入眼帘时，他立刻感到一阵羞耻。

"你在胡闹啥呀？"言耶忍不住语气强硬起来。

"老头不在家，这种机会怎么能错过！"阿武隈川如此回应后，不紧不慢地迈开了大步。

"也不能因为这个就随便往别人家里闯吧。"

"没关系的。那阿姨我熟，而且上次我还告诉她了，我来自京都的一家高贵的神社。"

"你和她哪里熟了？说起来……好吧，就算是参观祠堂，可为什么要往别栋跑啊？"

"你傻啊。就算老头在，我们也能转到后院去看宅地神。但是，如果你想体验一下穗走过的路径，除非老头不在，否则是很困难的。"

"为什么要这么做？"

"你傻啊。做一遍同样的事，没准就能明白点什么。"

"是这样吗？"

"笨蛋！这种事不用我说第二遍……"

"说别人笨啊、傻啊的，我说学长……"

"笨蛋就是笨蛋！"

"刚才你在佛堂想拿佛坛上的祭品，对吧？"

阿武隈川突然陷入沉默之际，两人进入了通往别栋的游廊。就在这时，悦子也已赶到，三人之间发生了小小的争执。

宗寿不在时让阿武隈川这样的人进别栋，悦子怕公公知道后，自己性命不保；阿武隈川毫无根据地断言绝对不用担心败露；言耶则说我们这就告退，显出要打道回府的样子。

"这人来了，所以我一直没机会说。其实就在刚才有个小孩进了别栋。"

"什么？"

"不会吧……"

悦子和言耶各自惊呼起来，但言耶很快就反应过来了。

"黑哥，你是……"

你是信口胡诌，想蒙混过关吧——言耶没说出口，只用眼神质问对方。

"不，是真的。我只看到了一个背影，但确实是小孩没错。"

"是畠持家的丰太君吗……"

"不、不会吧……你的意思是，现在他倒又出现了？"

悦子完全被吓着了，阿武隈川则继续穷追猛打："根岸镇卫的《耳囊》卷五里，有这么一个故事。古时候，近江之国有个叫松前屋市兵卫的财主，在迎娶新娘后不久的某个晚上，叫女佣拿上灯火陪他去厕所。不料过了许久也没回来。夫人怀疑他和女佣偷情，前去查探，见女佣无所事事地在厕所门口等着。夫人朝里面喊话，没有回音，便打开了门，结果里面空无一人……市兵卫进厕所后，就此消失无踪了。家里不惜花重金到处搜寻也找不到人。无奈之下夫人只好招婿，以继承松前屋的家业。一转眼二十年过去了，某天厕所里有声音传出，过去一看，只见市兵卫蹲在那里，身上还穿着当时的衣服。问他这些年去哪儿了，他也答不上来。市兵卫说肚子饿，于是就给他饭吃，一瞬间他的衣服灰飞烟灭，变成了赤身裸体。这一话讲的是二十年后归来者的故事，相比之下，丰太消失的年数……"

"学长，你干吗要比较这个？"

就在这时，别栋的门"哗啦"一声开了，一个老人从屋内现身。

"公、公、公、公公……"悦子惊慌失措，语声都发颤了。

"哦……"一旁的阿武隈川也难得露出了狼狈之态。看他俩的样子，可知这位老人便是宗寿。老人貌似早已年过七十，但身高、肩宽、腰围都非常出众，显得神采奕奕，完全没有正在别栋安闲度日的感觉。

"初次见面……"言耶即刻致以问候，简短地说明了前因后果，同时也做好了立刻被逐出门的心理准备。

不料……

"嗯。进来吧。"宗寿竟爽快地请言耶等人进去。对此悦子的惊愕更胜于阿武隈川，她瞠目结舌，身子动弹不得。

"到底是小言，简直是老人杀手啊！"另一边的阿武隈川则发挥他的轻浮做派，一边跟着言耶一边小声嘀咕。

两人被请进的别栋是一间十三平方米大小的屋子。正面的左侧是壁橱的纸门，右侧设有壁龛。壁橱上方的匾额中画着七福神，壁龛的挂轴上则是飞翔于赤富山的龙，不过感觉两者都颇为廉价。左侧近墙角处堆着箱阶式的衣柜，中央设有洗茶器处，跟前立着带玻璃门的书橱。洗茶器处与书橱间有一小窗。房间右侧的纸拉门紧闭，其外侧多半是后厦。榻榻米上，稍稍偏里处并排摆放着书案和火盆。宗寿在书案前背对壁龛坐下。看来他另有卧室，估计是在正舍那边。

"这里清扫略有不周，不过也不用介意吧。"

正如宗寿所言，火盆周围炭黑点点，壁橱前落着灰尘，踩在榻榻米上也感觉底下有细碎之物，令人不适。这或许是因为平常他讨厌家人出入此间。只是，宗寿这话怎么也算不上迎客之辞。当然，言耶等人也没资格说三道四……

言耶鞠了一躬，刚在书案前落座，便听身旁的阿武隈川一边坐下，一边嘀咕道"没有坐垫吗"。

于是，言耶慌忙开始详述此行的目的，以遮盖学长的声音："在您外出时冒昧前来叨唠，却承蒙厚意，不胜感激。先前我也稍稍做过说明……"

宗寿一言不发，显出侧耳倾听的样子，但似乎不怎么感兴趣。尽管已被请进房间，但言耶总觉得对方就快下逐客令了，心中不由惶恐起来。

不料老人却说道："既然如此，现在就请你们来见识一下天魔大人。"

随后他打开纸拉门，撇下目瞪口呆的二人，走进了后厦。

"鞋子就随便在这里选一双穿上。"

放眼望去，只见脱鞋石板上七倒八歪地散落着数双木屐和草鞋。

"怎么了？你们不是觉得我家的宅地神很稀奇，所以想来看看吗？"

"啊，是的。"言耶急忙起身。

"嗯……想不到你这老人杀手这么厉害……吃你这张俏脸的不光是老婆子啊。难不成这老头有断袖之癖？"

阿武隈川慢吞吞地跟着言耶，一边在他耳边嘀咕让人恶心的话。拜其所赐，言耶颈后"唰"地起了一层鸡皮疙瘩，从后厦下来时仍然不敢拿正眼瞧宗寿。

宗寿老人、刀城言耶、阿武隈川乌依次走上踏脚石。宗寿还是一言不发，言耶始终眼望下方，阿武隈川则一个劲儿地小声抱怨没有茶水和点心。这奇妙的三人组在箕作家后院结队而行的光景，想必十分古怪。

不过，三人中只有言耶早早发现了那东西，他开口道："请等一下。"

"怎么了？"

"什么事啊？"

前后二人停下脚步，言耶没去看他们，只是指着踏脚石旁的地面。

"这里的足迹是怎么回事？"

他回头观察，就见踏脚石的左侧散落着点点足迹，从后厦底下一直延续到前方。

"是……孩子的赤脚印吧。"

"事情是这样的……"阿武隈川低语过后，言耶接过他的话告诉宗寿，学长曾看到一个孩子模样的人进入了别栋。

"孩子？"

"是的。我们想没准是畠持家的丰太君……"

"荒唐！"

"可是，从前围绕着天魔大人发生过非常奇妙的事。比如，您家宗明先生的失踪，还有田村家的穗君在不可思议的状况下消失后尸体被发现的事。"

"原本散播毫无根据的谣言，说丰太这个孩子是在我家竹林里消失的，就是田村家的老太婆。"

"啊，原来是这样。"

"煽动畠持家的人、扩大矛盾，也是那老太婆干的好事。打仗那几年，她怂恿孙子到我家偷东西，一看人没了，就跑来大吵大闹，还说是天魔大人捣的鬼，真是岂有此理。这还没完，丰太下落不明居然也说成是我家的责任。从那以后，一有小孩要进后院，我就马上把他们轰走。没错，不光是小孩，野猫野狗也休想蹿进我家的竹林……好了，现在先说这个脚印。看这样子，肯定又是哪家的小孩偷偷摸进来了。"

宗寿一脸怒气，顺着地面上的脚印往前走。言耶和阿武隈川紧跟其后。走了没多远，在踏脚石向右拐弯的地方，足迹如分枝一般，笔直向东而去，却又突然消失在前往宅地神祠堂的途中。

"这、这是……"

眼前的景象令言耶目瞪口呆。紧接着，宗寿胆怯似的喃喃低语道："和那时一样……"

四

"这……感觉就像人往祠堂奔去的途中，突然消失了。"

言耶听着身后阿武隈川的话，回到了别栋的后厦。方才来到踏脚石向右拐弯的地方之前，他几乎是低着头在走路，所以想再度对周围做一番仔细检视。

从后厦下来，左侧便立刻进入了竹林的范围。所有竹子恐怕都有五六米高。离别栋几步远的地方，有一间小小的库房。言耶问其用途，宗寿答曰里面收着各种农具。踏脚石的右侧是茂密的草丛，颇有些高度，因此看不见对面的情况，从而构成了一道天然围墙。草丛与踏脚石之间的空间相当狭窄。

那串脚印奔跑在踏脚石左侧的地面上，看这势头，感觉是从别栋的后厦跳下来的。步幅基本相同，从库房前跑过时速率也没变。在踏脚石向右折去的拐角前，似乎一度停下过脚步。此后，脚印再次笔直前进，正好在拐角与祠堂的中点一带突然消失了。

言耶在踏脚石上一边来回走动，一边查看脚印的状态。

"我说，你明白什么了没？"阿武隈川自己一动不动，倒要求言耶把观察得到的结果告诉他。

"感觉脚印是孩子留下的。从别栋的后厦跳下来就跑，看这情形，像是急着要逃走。不过，在踏脚石转向后门的拐角前，脚印站住了。"说到这里，言耶转向宗寿，"刚才您从别栋出来之前，莫非是外出后又从后门回来了？"

"嗯，是啊。我去地里了，后来开始下大雨就回来了。"

"也许是留下脚印的人跑到这里时，"言耶指着脚印停留的地方，"感觉有人要从后门进来，所以不由得停下脚步想了想，然后放弃从后门出去，姑且打算去竹林里躲藏。"

"再次跑起来后，结果在半路上突然消失了？"

"好像是。"

面对不可思议的景象，言耶说明了此地可能发生过的情况。阿武隈川也随声附和。这时就听宗寿再次低语道："和那时一样……"

"是指田村穗君的那件事吗？"

言耶一问之下，老人默默点头，缓缓朝祠堂方向望去。只是，他的视线似乎投向了更前方，而非宅地神。

悬崖……

宗寿意念所指的是竹林东侧尽头的悬崖。言耶觉察到了这一点："保险起见，我们去看看崖下。"

"对啊，我们走。"然而，回应的人是阿武隈川。话音刚落，他便擅自行动起来。

"等一下，黑哥……啊，注意别踩到脚印。"

"我知道。别拿我当外行！"

也不知阿武隈川要以哪方面的行家自居，总之他与脚印保持着一定距离，在其右侧行进。而宗寿则自然而然地跟在了他身后，于是言耶决定担负起殿后的任务。

踏脚石的拐角处几乎笔直地分岔出一条土道。三人沿着土道前进，不久便看到祠堂前左右各有一个竹桩。这是祭祀天魔和宗明的那两棵竹子的遗迹。

　　"请问哪棵是宗明先生的竹子？"

　　宗寿回头，注视着言耶，用力指了指左侧的竹桩，那表情像是在说"这学生竟然连这个也知道"。

　　土道从宅地神的跟前开始向右迂回，画着舒缓的曲线远去。由于两侧竹树丛生，感觉从此处开始才算进入了竹林。只是，这种突然阴暗下来的氛围，并不使人心情愉悦。四周充斥着某种气息，令人不禁想到，那高耸的竹林上方莫非真有天魔乱舞？

　　不久，众人来到了悬崖前。悬崖深三四米。被杂草覆盖的地面上到处裸露着岩石。

　　"不像是有孩子掉下去的样子啊。"

　　"而且来这里的途中，地面上也没有任何痕迹。"

　　慎重起见，言耶也确认了竹林中从悬崖一侧向北延伸的土道，但见到的只是被午后暴雨淋湿的地面。

　　"也就是说……虽然不知道是哪儿的小孩，"宗寿望着言耶说道，"总之是在刚才脚印消失的地方，碰上了和田村穗一样的情况啊。"

　　"呃……看起来是这样。"

　　"这么说，明天又会在这崖下发现尸体吗？"

　　"不不……这个还不好说……"

　　言耶一时语塞，身旁的阿武隈川却滔滔不绝起来："这种可能性恐怕完全存在。消失时的情况如此相似，认为后续也会一样，不是天经地义的事吗？说起来，不管是东洋还是西洋，活人消失之类的现象从前就有……"

不过，阿武隈川没提这次的奇妙脚印之谜，只把昨天刚从言耶那里听来的大卫·兰克失踪案说了一遍，听那口气，就像是他自己从文献中挖掘出来似的。即使对方是宗寿这样的人，只要能意气风发地进行一番演说，想必他就满足了。

然而，老人直接无视阿武隈川，依然把脸对着言耶："那我们该怎么做？等明天再来检视崖下还是现在就去搜一遍竹林？"

"我认为有必要搜索竹林，但查清是谁留下的脚印也很重要吧？"

"哼，多半是附近的哪个把这里当成魔鬼之地的小孩。"

"那就更应该及早采取措施……"

"你是要我挨家挨户，跑遍附近所有有小孩的人家吗？！"

"啊，不是的，在这之前……"言耶这么说固然是因为见宗寿发怒，想引开对方的注意，但他确实对某件事十分在意。

"你想说什么？"

"阿武隈川学长说今天的情况与田村穗君的那次一模一样，但我总觉得……"

"你想说不太一样？"

"为了确认这一点，我们不妨先回到脚印那边。"

言耶和宗寿开始往回走时，独自喋喋不休的阿武隈川才慌忙跟了上去。

"那个是你大学里的学长？"

这是老人第一次主动搭话，问的却是这种问题。所谓的"那个"，自然是指阿武隈川乌。言耶答说"是的"。

"交友还得更慎重一点啊。"

老人长叹一声，用劝诫似的口吻说道。没有必要、没有心情，也没有材料可供反驳，所以言耶老实地点了点头。

三人沿着曲折的土道返回，宅地神所在的祠堂由远及近，从茂密的竹树间露出了半个身子。在雨后的阴云下，而且还是在晦暗的竹林中见到这幅景象，言耶总觉得有某物正在竹后一动不动地窥探自己，上臂不由得起了一层鸡皮疙瘩。

"这个哪里不一样了？"

刚回到脚印终止的地方，阿武隈川便发出了责问。原以为他一直沉醉在自己的演说里，想不到把言耶和宗寿的对话都听去了。

"首先是和踏脚石之间的距离。据说穗君那时，脚印是在跑了四米左右的地方消失的。"

言耶看了看宗寿，以示确认。对方答曰："应该是吧。"

"但是，这次的脚印恐怕只跑了两米多一点。大致是在踏脚石拐角和祠堂的中点处消失的。"

"挺细心啊。情况确实是这样，但距离虽然缩短了，可人还是消失了呀。还是说怎么着，你的意思是，这点距离的话就能跳回踏脚石了？如果是这样的话……"

"关键就在这里，黑哥！"言耶兴奋不已，指着消失前的最后一个脚印说道，"穗君留下的是向祠堂跑去的脚印，所以难以想象他能回到踏脚石上，这个和距离无关。而这里的脚印……请仔细观察。虽然也是跑动留下的，但可以看出最后有一点偏斜吧？"

跑动留下的脚印通常前掌会陷入地面，但没有脚后跟的痕迹。而眼前的脚印则清晰地留下了脚后跟的痕迹。

"嗯……"阿武隈川发出令人不快的沉吟声,死死地盯住那个脚印,"话虽如此,但这孩子不可能在这里转向,跳回踏脚石吧?"

"是啊。"

"也不像是站住的样子。"

"嗯。这个痕迹给人的感觉是……不,这只是我个人的观感……"

"什么感觉?少卖关子,快说!"

"看起来就像这孩子在奔跑的过程中,突然被抱上天了,不是吗?"

言耶举目望向竹林的上空,阿武隈川和宗寿被他带动,也抬起了头。竹树仿佛承受不了三人的目光,"咔嗒咔嗒咔嗒"地摇曳着,叶与叶擦出的"沙沙"声倾泻而下。宛如天魔在跳跃。

下一个瞬间,地面突然摇晃起来。

"呜哇!是、是地震吗?"

"好大啊。"

言耶和阿武隈川一边嚷嚷,一边东奔西跑,一旁的宗寿有如脚下生根一般纹丝不动。地面晃得厉害,但停止得也快。

"呼……地震过去了?"

"脚下好像还有难受的感觉。"

感觉地面就像一块豆腐。也许是因为深信大地乃坚实之物,一旦波动起来,便给人一种难以言喻的不适感。

"这个程度的话,受害情况应该……"

"不会很严重"还未说出口,言耶先吃了一惊。因为老人脸色大变。言耶心想莫非是地震的缘故，可地面晃动之时，他与另外二人不同，一副泰然自若的样子。反倒是地震平息后，才有了急剧的变化。

"您怎么了？这一带地震是不是特别多啊？"言耶觉得可疑，但仍然贴心地问道。

"啊，没错。"宗寿条件反射似的点点头，但随即又粗鲁地说道，"差不多行了吧？"

丢下这句话后，他便想立刻回别栋。

"啊？不、不管这个脚印的问题了？"

"与我无关。"

"可是……"

"我带你们看了天魔大人的祠堂，也走了竹林，还去检视过崖下。你应该心满意足了吧？"

"多谢。承蒙陪同，感激不尽。但是，这奇异的脚印放着不管可有点……"

"那就明天再过来一次，检视崖下。"

"我当然想这么做，但在这之前必须找到留下脚印的人。"

"我都说了，这事跟我没关系。自说自话偷跑进来、自说自话消失的小孩是谁，我完全不关心。"

"我并不是要您和我们一起搜索，只是……"

"你们给我滚！"

"请等一下。消失的孩子……"

就在这时，第三个声音插入两人之间："孩子怎么了？消失是怎么回事？"

循声望去，只见一个老婆子从后门快步走来，身后则是畏畏缩缩的悦子。

"这位学生，刚才你说孩子消失了对吗？这是怎么回事？请告诉我。"

老婆子求助似的一把抓住言耶的右手腕。言耶心有所悟，询问对方的名字，果然是田村米子——穗的祖母。

"悦子！你这是干什么?！"

宗寿怒气冲冲地瞪视悦子，顿时令她浑身一颤。

"对、对、对不起。是田、田村婆婆……上、上门来问，小美里有没有来过……所以我就告诉她，来访的一个学生说见到过小、小孩……"

眼看宗寿要勃然大怒，言耶拼命劝解，同时一边安慰悦子，一边向惊慌失措的米子询问情况，费尽了心思。每到这种关键时刻，阿武隈川全然派不上用场。

美里是穗的妹妹，比穗小六岁。听说她今年九岁，那么哥哥去世时她还只有三岁。不过，美里对哥哥还留有些许记忆，似乎特别仰慕他。

"小美里确实来过这儿吗？"言耶询问米子，对方点点头，正想说什么。

"啊！"她突然发出似惨叫又不似惨叫的声音，匆匆走向踏脚石的拐角。

"这、这、这脚印是……"

"是的，看上去像是孩子的。但还不能确定是小美里……"

"宗寿先生！"米子猛然回头，对宗寿怒目而视，"你把美里弄哪儿去了？快把孩子还给我！"

"我什么也不知道！"

"不，就是你捣的鬼。穗也好，畠持家的丰太也好，都是你干的好事。"

"你有什么证据……"

"他们三个不都是在你家竹林消失的吗？"

"休要含血喷人！"

"学生看到有孩子进了你的别栋。从别栋到这里又有小孩子的脚印，所以人肯定是在你家竹林里消失的。"

"就算是这样，这和我又有什么关系？"

"从后门进来前，我问过在附近聊天的中田和川添。他们说，打你回来后，没有人出入过后门。听悦子说，看到孩子后没多久，你就从别栋出来了。也就是说，你从后门去别栋的途中，应该遇到过那孩子——我家美里。"

"关于这件事，他们二位已经很好地做出了解释。他们认为，这孩子感觉到我要回来，所以放弃从门口逃走，打算躲进竹林。"

"然后就消失了不是吗？还留下了这种解释不通的脚印。证据已经清清楚楚地摆在这里了！"

"我家后院有奇怪的脚印，怎么就成我的责任了？如果你想说是我让那些孩子消失或死掉的，那就请你解释一下，我是用什么方法做到的？说呀！看你怎么让我心服口服！"

两人神色狰狞，久久地怒目相视。悦子惶恐不安，言耶陷入了沉思，阿武隈川似乎在津津有味地观赏眼前的这场对决。

不久，米子瘫软似的坐倒在地上，抽泣起来："请把美里还给我。那孩子再没了，我可……美里没有过错，是我……一直在给她讲穗的事……可能美里想自己调查，就从这儿的厨房跑进了别栋……沿着哥哥以前走的路径……"

"哼！这就叫自作自受。"

"美里当然没有任何恶意。她还是个孩子……想念哥哥的好孩子，所以才……做错事的人是我。"

"啊，看来是这样。"

"事情就是这样，所以……求你高抬贵手……把美里……把那孩子……"

米子在踏脚石上不停地磕头。言耶看不下去，怜惜似的伸出手，想努力把她搀扶起来，但无济于事。为了孙女，米子只顾磕头求情。

在这颇为悲壮的氛围下，突然响起了阿武隈川轻浮的语声："啊，各位请不要担心。我的这位不肖弟子马上就能解开不可思议的脚印之谜……"

五

"你、你在说什么呀?！"

言耶又是吃惊又是慌张，而阿武隈川还在一旁喋喋不休："其实有什么好隐瞒的呢。我是某神社的继承人，我家神社在京都也是历史悠久、源流正统，门第高贵。从小别人就叫我神童，说我前途无量，实在是一个罕见的德才兼备的有为青年，以至于无数人都把未来的希望寄托在我身上。就像很多德高望重者一样，慕我之名而来的人络绎不绝——这个叫刀城言耶的小毛孩也是其中之一。虽说跟我家的血统没得比，但这小子的父亲毕竟是没落贵族出身。只是他身为继承人，实在是没什么出息，所以我姑且收留了他，教他修习各种技艺，这个怎么说呢……"

"等一下黑哥……你怎么尽说胡话啊……"

每句话言耶都想订正，但在如此情况下突然说这些不着调的事问题更大。因此，言耶想死命阻拦。然而，阿武隈川丝毫不以为意，只顾一边大肆夸耀自己一边贬损学弟。

言耶束手无策，正自走投无路之际，猛然发现宗寿、米子、悦子都一脸茫然地看着阿武隈川，此前现场充斥着让人难以忍受的氛围，如今却奇迹般地消散了。

莫非学长要的就是这个效果……

言耶险些心生敬佩。两人交往甚久，言耶比谁都清楚这是高估了阿武隈川。阿武隈川没用关西腔说话，那语气叫人听了浑身不舒服，简直反胃。

"……如此这般，这小子成了我的一个弟子。"

原以为阿武隈川的演讲终于要结束了，不料他又说到了言耶最不愿被人提起的父亲。

"不过呢，这个毛头小子、不肖弟子的父亲啊，竟然是那个被誉为'昭和名侦探'的冬城牙城，你们很吃惊吧。当然，他是属于有其父未必有其子的情况，但即便如此，我还是抱有一丝希望，觉得他应该多少继承了一点名侦探的才能，同时长年对他进行指导，直到今天。"

刀城家原先确是贵族。但其父牙升厌恶特权阶级，为反抗将来不得不继承公爵之位的现实，离家出走，不久便当上了私家侦探。此后，他使数桩难案奇案得以解决，被誉为名侦探，名副其实地登上了所谓的人生巅峰。由于老家与他断绝了关系，他不再用本名"刀城牙升"，而自称"冬城牙城"。

这位伟大的父亲与言耶之间，其实有着一言难尽的纠葛。正如父亲当年的离家出走，言耶也像是要逃离父亲一般，如今过着寄宿生活。不过，由于光靠打工赚不出学费和生活费，言耶不得不接受家里的资助，这种状况更令他感到憋屈。

学长明知言耶与其父之间的不和——当然，他并不清楚细节，却特地提及父亲，究竟是打的什么主意呢？

言耶心中沸腾起对阿武隈川的愤怒。就在他想发难说"胡闹也请有个限度"时……

"学生侦探！拜托了，请你救救美里。求你了！虽然拿不出像样的谢礼，只要那孩子平安回来，凡是能做的我都会做。所以，请你把那孩子……"

米子突然跪倒在言耶脚下，发出了恳切的请求。

"啊？不、不……我绝不是那、那个什么侦探……"

言耶语无伦次之际，阿武隈川用教导的口吻说道："言耶君，这位妇人都这么求你了，难道你不懂一个祖母对孙儿的真挚情感吗？真是丢脸啊。我可不记得这样教育过你。"

言耶当然不记得阿武隈川教育过自己，只是一旦落入对方的话术，说再多也没用，所以言耶只当没听见。但米子那边可不太好交代。

见言耶犹豫不决，阿武隈川又立刻说道："名侦探冬城牙城的名号可要废了。"

"这事和我父亲没关系吧？"

"换上冬城牙城的话，这个谜早就被破解了。"

"那就找我父亲好了。"

"喂喂，现在在这里的人可是你。最关键的是，就这种程度的谜团，那位名侦探会接受委托吗？"

"这种程度的……我说黑哥，你这话太过分了吧。这个很可能关系到小美里的生死。"

"所以才需要侦探啊。"

"我不是侦探……"

"因为不是，就什么也不干了？你是想逃避吗？"

"就算你这么说……"

"反正也胜不过你父亲是吧？破了本官家四舍院杀人案也只是偶然是吗？啊，对啊！那个案子能破就是因为有你父亲的帮助……"

"不是的。"

听言耶的语气与之前不同，阿武隈川闭上了嘴。不过，很快他又若无其事地开口道："哦？原来是光靠自己的推理能力破的案啊。那桩案子也跟奇妙的足迹有关，对吧？既然你真是靠自己的能力解开那个谜的，眼前这个谜你装看不见可就太奇怪了。毕竟还是需要父亲的力量吧……"

"不需要！"言耶斩钉截铁地答道。他先是温柔地搀起跪倒在自己脚下的米子，随后走向踏脚石的拐角。于是，阿武隈川、米子、悦子也自然而然地跟随着他。宗寿纹丝不动，唯有视线始终不离言耶。

"拜访此地之前，关于穗君的消失，其实我脑中已经有了一个解释。"言耶依次打量四人的脸，"不过，那只是基于案情证据的推理，我本想实际看一下现场，希望能抓到什么头绪。但遗憾的是，我只得到了更多的案情证据。"

"请告诉我！"米子再次求助似的拉住言耶，恳求道，"真相是什么都无所谓，请你告诉我，那孩子身上到底发生了什么……"

"好的，只是……"

"犹豫什么呢？案情证据又有什么关系。"见言耶事到如今还踟蹰不前，阿武隈川开口给他鼓劲，"当然，这个也不是单纯的有没有关系的问题。如果真能很好地解释一切现象，就算没物证也很厉害了。只要能让这里的人都信服，承认这就是真相也可以啊，不是吗？"

"拜托了，请告诉我。"

见米子含泪乞求，言耶终于开始讲述自己的推理。

"穗君的脚印沿着踏脚石的左侧，从别栋笔直奔向了那座祭祀宅地神的祠堂。踏脚石与右侧草丛之间的空隙相当狭窄，所以能理解他为何选择了左侧。但是，他为什么没有跑向后门，而是要去天魔大人的祠堂呢？"

"不就是因为顺着踏脚石直线奔跑的途中，发现老头回来了吗？"阿武隈川答道，仿佛在说"这不是理所当然的事吗"。恐怕他本人也没注意到自己把宗寿叫成了老头。

"嗯，没错。不过，宗寿先生从后门走到踏脚石拐角处之前，穗君通过分叉点，在祠堂前消失——这个想法其实没有任何根据，不是吗？"

"嗯？被你这么一说……"

"穗君感觉有人要从后门进来了。也许是宗寿先生，这种可能性很大。于是，他放弃在拐角处转弯，继续直走，打算躲进竹林。但是来不及了。"

"你的意思是……被老头发现了？"

"是的。从后门到拐角的路虽然短，但九曲八弯，无法将前方的情况尽收眼底。因此，宗寿先生在抵达拐角之前看不到穗君的身影。"

"那后来呢？"

"宗寿先生可能'喂'地大喝了一声。而穗君多半很害怕，觉得这样下去要被抓了。一瞬间他感到走投无路，想着必须做些什么。"

"嗯嗯，然后呢？"

"所以，他跳了起来。"

"跳向祠堂吗？"

"不是，是跳向祠堂边高高耸立的竹子。"

"我说你啊……我不是说过吗，就算跳上了竹子，也没办法转移到别的地方去。在竹子之间移动是不可能的……"

"不是的。穗君并没有打算转移到别的竹子上，而是爬上了那根竹子。"

"爬上？喂喂，这下就更逃不掉了吧？难不成你想说，他就这样消失在天空里了？"

"和这个差不多的。"

"什么意思？"

"也就是说，他爬过头了。"

"……"

"由于穗君爬到了顶部，竹子被他的体重压弯了，而且还是向宗寿先生的方向弯去。"

"啊……"

"后院的竹子有五六米高，而祠堂两侧的两棵竹子更高。踏脚石的拐角离祠堂约五米，所以竹子弯曲后，其顶端正好垂至宗寿先生的头顶。于是，身高体长的宗寿先生伸手把竹子扯了过来。当然我不知道他是要把穗君抖落下来，还是单纯地想摇晃竹子吓唬对方。只是，抓着竹子的顶端时，也不知是故意还是偶然——这个已无从查证，宗寿先生松手了，要么就是竹子滑脱了。一瞬间，弯曲到极致的竹子弹了回去。在此过程中产生的反作用力全被施加在穗君身上。也就是说，竹子向西侧弯曲后恢复原状的反弹力，把他甩向了东侧的悬崖。"

"嗯……倒也不是没可能啊。"

"在穗君消失的可能时段内，从后院附近走过的人听到竹林上方有叫声传来。这恐怕真的是穗君的惨叫声。"

"啊啊……"米子发出哀号，以双手掩面。

"我认为穗君爬上的是祠堂左侧的竹子。"

"为什么？"

"祠堂右侧的竹子和悬崖有土道相连，所以之间几乎没有竹子。可穗君的脸和手脚却有无数擦伤和切割伤。这证明他被甩出去时穿过了密集的竹林。"

"原来如此。"

"还有一点。穗君事件发生后，祠堂左侧的竹子开始枯萎。这应该是竹子硬行弯曲导致某处受损，所以才枯萎了。"

"宗寿先生！这位学生说的是不是真的？"米子虽然在哭泣，但仍刚毅地抬起头，质问老人。

"那么早的事，谁知道！"宗寿当即做出了回应，但他答非所问，而且还显出了狼狈之色。

"穗的事……就不提了。"米子继续道，"当然，不提肯定是不对的，但毕竟是过去的事了。可是美里……至少那孩子……请把她还给我。"

"喂，你小子听着！"宗寿突然向言耶怒目而视，"你说我用竹子把穗弹下了悬崖，那美里呢？现在竹子早就没了，但美里的脚印和穗的时候一样，也消失了。这个你怎么解释？我把美里怎么了，你倒是说说看啊。"

"小言，没问题吧……"

阿武隈川嘴上咕咕哝哝，语声中含着忧虑。正如宗寿所言，即便承认事有凑巧，哥哥遭遇的事也发生在了妹妹身上，但那竹子既已被砍去，可就说不通了。

"小美里的消失和穗君的情况完全不同。"言耶依然保持着冷静，"穗君的脚印延伸至祠堂跟前，相比之下，小美里的脚印只走到一半的地方，两者原本就存在这一巨大差别。"

"也就是说，就算竹子还在，从脚印消失的地方是跳不上竹子的对吗？"

"这是一个理由。还有一点，她的最后一个脚印，不光有脚尖，还留下了脚后跟的痕迹，所以很难认为她是向前方跳去的。"

"那就是往上跳了？"

"然而，脚印消失处的上方空无一物。"

"那还能往哪儿跳呢？"

"剩下的只有后面了。"

"后面？可是，并没有转身的痕迹啊。背对着跳的话，怎么也不可能跳回踏脚石的拐角吧？"

"她并没有跳，而是被拉回来的。"

"哦？是被宗寿这老头拉回来的？他是怎么做到的？站在踏脚石的拐角上，怎么着手也伸不到脚印消失的地方啊。"

"宗寿先生从地里回来，手上肯定拿着锄头，我认为他使用了这把锄头。他以长柄代臂，把前端的刃当手指用，钩住小美里的衣服，一下子把她拉了过来。宗寿先生身高、肩宽、腰围都很出众，人又非常精神。只是一个小女孩的话，应该能轻松地把她提起来。"

"那把锄头在别栋旁的库房里？"

"嗯。恐怕穗君那会儿，他也是用锄尖钩住竹梢，把竹子拉过来的。由于强行让竹子弯曲，导致竹子产生惊人的反弹力，把穗君甩向了悬崖。相比认为竹子一开始就垂到了宗寿先生手能够到的地方，还是这个思路更合情合理。"

"那、那么，美里她……"

面对米子的疑问，言耶答道："我想不是在保管农具的库房里，就是在别栋的壁橱里。"

"哦……"阿武隈川发出了不知是感慨还是叹息的声音。

"我不清楚宗寿把小美里拉过来后，两人之间发生了什么。我觉得可能是——这只是我的推测——小美里激烈挣扎，于是宗寿先生情急之下把她打昏了……"

"为什么要带进别栋呢？"

"可能是以为小美里死了，也可能是不想被追究对孩子使用暴力的恶行，总之就是想自保。当时，他看到了小美里从别栋到祠堂前的脚印，简直与穗君消失时的情况一样。他打算制造'妹妹步哥哥后尘，以同样的方式消失'这一假象，因此必须暂时把小美里藏起来。但是，进入竹林会留下自己的脚印；中田和川添二人又在看得见后门的地方聊天，所以也不能从后门出去。于是，剩下的就只有户外的库房或别栋的壁橱了。他把小美里藏进两处中的某一处后，便从别栋出来，走向正房，准备随便找一个家人提起奇妙脚印的事。"

"是想赶在再次下雨、把脚印冲走之前，找个证人啊。"

"就在后院到别栋的这一连串事情发生的前一刻，我们来了。而且，黑哥还目睹了小美里进入别栋的背影。少女在匪夷所思的情况下消失这一谜团，由此被进一步强化。穗君出事的时候，宗寿先生推说自己没在后院遇到孩子，但现在这招不管用了。"

"因为我俩正是最理想不过的证人。"

"你不觉得奇怪吗？"

"什么事奇怪？"

"就是宗寿先生二话不说，把我们请进了别栋。"

"……"

"我在游廊里匆匆说明来意，仅此就得到了对方的理解，仔细想想你不觉得奇怪吗？与我们所听说的宗寿先生的性格对照一下，就显得更不自然了。"

"这倒……也是。"虽然嘴上认可，阿武隈川的脸却紧绷着，大概是想起自己曾轻浮地嚷个不停，揶揄言耶是老人杀手。

"宗寿先生假装和我们一起发现了脚印，做出害怕的样子，说'和那时一样……'。你不觉得这反应也跟他的性格对不上吗？"

"哦，还真是的。果然，当然我也觉得很可疑。"

"喂！你小子的蠢话说完了没?!"

就在阿武隈川满嘴跑火车的时候，宗寿压抑着怒火的声音轰然响起。而且，他还用一种挑战似的目光恶狠狠地瞪视着言耶。

六

"不，还没说完。后来，你不着痕迹地向我们暗示你的想法，也就是明天有必要再来悬崖处看一眼。这意味着什么呢？你是打算等到下雨后，在今晚把小美里抛下悬崖吧。"

米子发出了短促而尖锐的惊叫。

"现在我非常担心小美里。"

"哈。担心那小孩之前，先担心一下你自己吧。"

"怎么说？"

"刚才你说了，那小孩不是在户外的库房里，就是在别栋的壁橱里。"

"是的。"

"如果不在，你怎么说？"

"在的。因为除去这两处，就没有其他可以藏人的地方了。"

"好！那我们现在就去确认！要是里面没有小孩，你就给我下跪谢罪。不行，光这个还不算完。"

"啊？我也要下跪吗？"

阿武隈川一脸事不关己的样子，宗寿自然不会搭理他。

"喂喂，我说小言啊……你真的不会出岔子吗？"

阿武隈川又去言耶耳边嘀咕，但言耶充满自信。

正如他所断言的那样，绝对没有其他地方能藏住美里。而且，言耶总觉得老人的态度有点怪。尽管宗寿表示在库房或壁橱里都不可能找到孩子，但似乎又怀着某种奇妙的不安。莫非是虚张声势？否则以他的性格，理应更无所顾忌，自己就先行动起来了。然而，宗寿始终在观望言耶如何出牌。这一点不会有错。

"那我们走吧。"

见言耶沿着踏脚石开始往回走，宗寿脸色一变。但他一声不吭，自己也动身走在了前头。阿武隈川、米子、悦子也纷纷迈步，跟在两人后面。众人在库房前站住身。

"我可以打开吗？"言耶确认道。

宗寿傲慢地点了点头。米子探出身，眼睛紧盯着库房。

"那我开了。"

言耶把手伸向板门，一口气将它打开。

起土用的锄头和铁锹、挖沟用的镐和镢头、镰刀和鹰嘴钩之类的刀具，以及水田耙和碎土机等利用牛马的农具，被杂乱无章地存放在里面。然而，不必搬出这些工具就能清楚地看到，美里不在库房中。

"确认完毕。"

言耶郑重地关上板门，宗寿则保持着沉默，他从脱鞋石板走上后厦，拉开纸门进了别栋。言耶、阿武隈川、米子、悦子鱼贯而入。

"来，你去把壁橱打开。"刚进别栋，宗寿便恢复了傲慢之态。

"想清楚了没有？现在的话，光是跪地求饶我也许还能放过你。"

"喂……"

阿武隈川想说些什么，言耶立刻举右手示意他噤声，并缓缓走到壁橱前。接着，他先是徐徐拉开右侧的隔扇，检视一番后，又拉开左侧的隔扇做了同样的事。随后他转过脸看向众人，报告道："壁橱里也没有小美里。"

"怎么会……"

"这、这、这是怎么回事？"

米子放声大哭，阿武隈川手足无措。或许是弥漫于现场的紧张感所致，一旁的悦子也是脸色苍白。只有宗寿一人气定神闲，面带可憎的笑容，说道："好了，你准备怎么承担这个后果？"

阿武隈川立刻行动起来，速度快得令人难以置信。转眼间他已擅自检查起屋内，依次把北侧墙壁前的箱阶式衣柜、洗茶器处、带玻璃门的书橱翻了个遍。宗寿任其所为，也不生气，反倒是愉快地观望着眼前的这一幕。

打开所有抽屉后，阿武隈川怔立当场。

"找到小孩了？"宗寿以嘲弄似的眼神看着他，"难不成你以为我用锄头或镰刀把小孩大卸八块后，藏进了衣柜或洗茶器处？看来师父比弟子笨多了。"

这时，言耶忽然端坐下来，挺直腰杆，将两手置于膝上，以这样的姿势抬头看向老人。

"哦，而且弟子这边做人也更痛快嘛。"

言耶垂下头，上半身顺势向前倒去，同时把双手撑向榻榻米。毫无疑问，自出生以来言耶从未向人跪拜谢罪。但现在他不得不这么做。不光是为承认输给了宗寿，也因为他一心想救出美里。

老人绝对知道一些事，这些事与美里休戚相关。

言耶确信这一点，只恨自己不争气，无法救出她。他想，既然如此，只要宗寿能告知实情，就算下跪也在所不惜。

"很好，总之先要诚心诚意地向我谢罪。不过呢，光这样还不算完……对了，你父亲不是有名的侦探吗？小孩的责任也是父母的责任。就把这笔账算在你那很有社会地位的名侦探老爹……"

言耶的头突然停止下垂，缓缓地抬了起来。不久他恢复了端坐的姿势，随即将视线锁定在老人身上。

"然后……喂！怎么不继续了？"宗寿正说得兴起，见言耶停止磕头谢罪，不由得眉头一皱，大声叫起来。

"哪有你这么磕得不上不下的，连施礼都算不上。把两手撑在榻榻米上、额头挨着地，给我好好磕！"

然而，言耶依旧注视着宗寿。不过，事实上他并没有看老人，而是在不断地思考——凭借强大无比的集中力，回顾之前的一切所见所闻。

"喂！你倒是说话啊！"宗寿开始发怒，"你要是这个态度，我会坚决向你那原贵族的名侦探老爹提出抗议，让他当众出丑。"

"你是想做得更保险吧？"

"什么意思？"

"你考虑到了最坏的情况，没把小美里放进壁橱这个最方便的隐藏地点。"

"什么叫最坏的情况？"先前阿武隈川龟缩在屋角，这时他敏锐地觉察出形势有变，率先做出了反应。

"穗君出事的时候，米子婆婆未经许可就想进来搜索屋内。这次也有可能发生一样的事。一旦踏入别栋，她第一个去查的，怎么看都会是壁橱。所以要排除在外。"

"道理说得通，但是……别栋里还有其他能藏孩子的地方吗？这老头并没有抱着孩子从别栋去正房，这一点我们是最清楚的。"

"嗯，没错。所以，小美里就在这间屋子里。"

"真、真的吗？"阿武隈川吃了一惊，身旁的米子脸上骤然有了光彩。

"当我推理出小美里被藏起来了，不是在库房就是在壁橱里时，他接受了我这个所谓的挑战。"

"是啊，确实是这样。"

"但是，从他的态度里，我能感觉出他好像很不安。"

"是这样吗？好吧，无所谓了。那么这个矛盾意味着什么呢？"

"小美里不在库房或壁橱里，所以他接受了我的挑战，但其实另有某种不安因素——这么一想就合情合理了。"

"原来如此。"

"于是我想起来了。我们在祠堂边的时候发生过地震，当时他脸色变了。"

"啊！这个我也看到了。"

"如果事实上他是从那时开始产生不安的……"

"什么意思？"

"然后，如果他一走进别栋，这不安就消失了……其实我已看出，他一进这个房间就重拾了自信。"

"也就是说？"

"我们可以做出一种解释——地震可能对隐藏小美里的地方产生了某种影响，宗寿先生对此十分不安，但进入别栋后，他看到一切安然无恙，又恢复了自信。"

言耶说着，站起身，走到屋子的东北角，登上箱阶式衣柜，从挂在壁橱上的长方形大匾额背后，抱出了一个浑身瘫软的女孩。

"美、美里！"

"黑哥，请帮个忙。要轻轻地、轻轻地放到榻榻米上。"

把女孩交给米子和阿武隈川后，言耶从箱阶上下来，对悦子说："能否请你叫个医生过来？"

悦子匆匆瞧了宗寿一眼，慌忙点了点头，随后奔向正房。

幸运的是，美里只受了轻微的脑震荡。据少言寡语的宗寿说，他抱着美里进入别栋，把她甩出去时，美里的头撞上了火盆。撞击力导致火盆里的灰散落四处。见女孩一动不动，像死了似的，他才焦急起来。这时宗寿听到游廊里有声音传来。一瞬间他考虑到了种种情况，最终把女孩藏在了匾额背后。当时，匾额上的灰尘落到了壁橱前。

宗寿以美里的不法侵入为盾牌，坚称自己的一切行为都不应予以追究。但言耶叫来警察，提议搜索竹林。警方最初也一味袒护地方强豪，不料在阿武隈川搬出冬城牙城的名字后，态度突变。第二天，警方派出警犬，展开了大规模搜查，结果挖出了一具孩子的尸骨，疑是畠持丰太。宗寿因遗弃尸体罪被抓，旋即又以杀人的罪名再次被逮捕。

"你怎么知道竹林里埋着丰太的尸体？"

讯问结束后，警方把二人打发走了。刚坐上列车踏上归途，阿武隈川便问道。

"我并不确信，只是丰太失踪的风波发生后，那老人的一句'不光是小孩，野猫野狗也休想蹿进我家竹林'，特别让我介怀。"

"原来如此，是怕野狗刨出尸体啊。"

"我想肯定是他当时说漏嘴了。"

"说起来那匾额居然没掉下来，虽说背后只藏着一个小孩。"

"救出小美里的时候我看到了，匾额脚下用了好几根钉子来加固，不让它掉下来。"

"可是，他没那个时间吧？"

"不是当场钉的，而是以前为了防震钉的。那里地震频发，匾额多半都掉下过好几次了。"

"不过，这次的经历还真是有趣啊。"

看来这位已经忘了差点被迫下跪的事。不过，以阿武隈川的德行，他肯定会极力推脱，想方设法只保自己平安。

真是一段不堪回首的经历……

望着学长悠然自得的脸，言耶在心里大发牢骚。不过他转念一想，又觉得美里能得救真是太好了。多亏特地去看箕作家的宅地神，自己才能身处现场，最终使一位少女的生命得到了拯救。言耶想，从这层意义而言，也许该感谢阿武隈川乌，不过他又打消了这个念头。

没那回事！

数日后，阿武隈川来到言耶的住处。当时言耶正在重读坂口安吾的《不连续杀人事件》。这部作品曾在《日本小说》上连载，如今出版了单行本。

"出大事了！"

"怎么了？是河豚中毒了？"

"你傻啊，我会输给食物吗？"

这是拿来争胜负的事吗？不过，看阿武隈川的态度非比寻常，言耶从书本上抬起了头。

"是昨天的事。他们在箕作家的竹林里进行了现场勘查。"

"难不成又发现了其他孩子的尸体……"

言耶不由自主地诘问道，却见阿武隈川直摇头："不不，发现丰太的尸骨时，竹林已经彻底搜查过了。这次是和那老头一起进行现场勘查，就跟字面上的意思一样。”

“事到如今他又开始否认罪行了？”

“不是的。是消失了！”

“啊？”

“就在现场勘查的过程中，在竹林里，那老头消失了……”

“可、可、可是……手铐呢？还有腰带……”

“两个都用了。腰带还留着，就像被咬过似的从中间断开了……手铐没找到。”

“身边应该有警察吧？谁都没看到他是怎么消失的？”

“嗯。拿着腰带的警察稍微东张西望了一下，回过头就发现人没了。当时现场一片大乱，警方搜索了竹林，但哪儿都不见人影。结果老头就这么下落不明了。”

此后的一段时间，阿武隈川就箕作宗寿奇异失踪一事，着意打探最新情报，但毫无成果。很快他似乎就没了兴趣。

不料，事发一个月后的某日傍晚，阿武隈川来到言耶的住处，说了一些奇妙的事。

“那个箕作家啊，如今好像完全成了一个空巢。”

“他的族人呢？”

“估计是搬走了吧。他们一听原村长家的户主是杀人犯，杀的还是孩子，怎么还住得下去。”

“这倒也是。”

“所以，那座宅子现在完全成鬼屋了。”

“是不是传出了什么流言？”

"哦，你很敏锐啊。不过呢，不是住宅，而是后院的竹林。"

"哦？"

"据说就算是在白天，昏暗的竹林里也会传出'咔嚓……咔嚓……'的奇妙响声。但仔细一瞧吧，又什么也没有。可是，这声音又确实是在竹间移动。"

"会是什么声音呢？"

"按我的想法，应该是摩擦手铐的声音吧……"

如尸蜡滴落之物

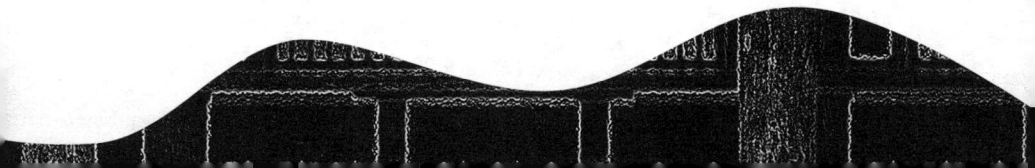

<h1 style="text-align:center">一</h1>

"那、那他真的即身成佛了？"刀城言耶语带兴奋，本官武的表情则显得极为困惑。

"对他本人来说恐怕是的。只是，能不能称其为即身成佛……"

言耶尚是学生，此时正在远离市中心的本官家洋馆——"本舍"的客厅里，聆听本官武的教诲。尽管东京都内已迅速复兴，但仍然残留着战乱带来的伤痕。相比之下，这里就像是另一个世界。最为不同的是氛围。

本官武是国立世界民族学研究所的教授，专门研究非洲的面具礼仪。因此，接待客人的客厅四壁也围了一圈高大的书橱和资料架，上面摆着海量的藏书和数目惊人的面具。不少学者的研究资料因空袭被烧毁，在他们眼里，这景象简直可用令人垂涎欲滴来形容。尚是学生的言耶也是如此。

身处这样的环境，又在听本官讲述各种奇奇怪怪、不可思议的礼仪，言耶感觉自己像在无为之仙境中遨游一般。一时之间差点把短短数年之前还在战期的事忘了一干二净。

这次是言耶二度与本官见面。最初他蒙大学恩师的介绍，参加本官家主持的所谓的"怪谈会"，从去年除夕待到了今年元旦。众所周知，本宫对后辈的教育也颇为热心，当时会上聚集了四位年轻学者。

不料，后来竟发生了可怕的命案，学者之一在本宫家的别邸"四舍院"中遇害，罪犯在现场留下奇妙的脚印后消失，言耶甚至看到了独自行走的木屐。进而，由于现场情况特殊，责任此案的警官视言耶为嫌疑人。接着，父亲——与言耶之间颇有纠葛、享有"昭和名侦探"之美誉的冬城牙城——的名字也被搬出来，致使他无论如何都必须靠自己的力量破解此案。

尽管种种事情并非出于本意，最终言耶好歹是查明了真相。这次本宫请言耶来便是为了答谢他。招待一顿豪华的晚餐，披露言耶喜欢的怪谈——而且还是罕见的国外的民族怪谈。言耶自然是欣喜若狂，这一点无须多言。

本宫的怪谈故事告一段落后，言耶谈论起怪奇小说，提到了在战后侦探小说杂志创刊热潮下出道的新锐作家和作品。言及常在《书斋的尸体》上发表作品的伊乃木弥勒时，本宫的样子变得有些奇怪。问本宫是不是不喜欢这位作家的文风，对方答曰其实他熟知此人。

"他和我一样，也是民族学者。"

言耶心下释然，难怪此人的短篇怪奇小说常以国外的边鄙之地为舞台，讲述传承于当地的可怕仪式，比如《咒诅的祭坛》和《死人们的棺材》。

"怪奇小说家伊乃木弥勒的真实身份是城南大学的土渊庄司教授，专攻埃及的……"

"啊？请、请等一下。"

本宫满不在乎地告知真名，令言耶有些着慌。

"把这么重大的事告诉我……真的没问题吗？"

"嗯，没关系的。因为我已跟土渊君说过你的事，说有个痴迷怪谈的学生出色地破了四舍院杀人案。"

"哦……"

"他这个人生性严肃，用笔名写怪奇小说多半因为这是一种绝好的放松手段吧。当然，这事瞒着大学，所以你也要小心别漏出去。"

"好、好的。"

"所以嘛，像刀城君这样的学生，对他来说正是所谓的同道中人啊。"

"是吗？"

言耶显得没什么自信，本宫则恶作剧似的微笑道："对了对了，我把刀城言耶君好像在创作怪奇小说的事告诉土渊君后，他说非常想见你一面。"

"什、什么？啊，先不说这个，本宫老师是怎么知道我在创作小说的？"

本宫乐呵呵地看着言耶又羞又惊的样子。

"那次的案子过后，我和木村老师见面时，他提到了你的事。听说你的大学笔记本里写满了短篇怪奇小说。"

恩师木村有美夫正是向言耶引见本宫的人，想到此节，也就不足为奇了。但言耶还是对这意外的发展吃了一惊。

"听说土渊君其实也在大学笔记本上写过短篇小说。他可能是因此对你产生了亲近感，说想见你好好交流交流，到时还想拜读你的小说。"

"这、这怎么行。"言耶当即摇头，"虽说只是业余爱好，但伊乃木弥勒老师一直在《书斋的尸体》等商业杂志上发表作品，完全就是专业作家。就我那些作品的质量，怎能给这等身份的人看呢……"

"如果你要说那是练习作，就更应该请土渊君读一下，听听他的意思吧。他说他最初也是凭兴趣写作的，没准是对你的作品很感兴趣。"

"呃……"

"把自己的作品拿给现役怪奇作家看，听听对方的感想，这种机会可是很难得的。"

"您说得没错，可是……"

见言耶犹豫不决，本官给予了最后一击："而且呢，土渊家有一样非常有趣的东西，能拨动你那根嗜好怪奇的琴弦。"

"什、什么东西？"虽然这样就正中对方的下怀了，但听到这种事，岂能不问个明白。

"他家建筑南侧的院子里有一个池塘，池塘正中央漂浮着一座小岛，名叫弥勒岛。感觉就是假山的岛屿版，听说并不是用来祭祀什么东西的。"本官卖起关子来，在此处停顿了片刻，"那是十六七年前的某一天发生的事。土渊君的父亲庄三氏突然神灵附体了。"

"就是神灵降世了，对吗？"虽然完全猜不出原委，言耶还是姑且附和道。

"恐怕是的。详细情况土渊君也不愿多说，所以我不太了解。只有一件事非常清楚，那就是被神灵附体的庄三氏开始信仰弥勒，亲手创立了名曰弥勒教的教会。"

"所谓弥勒，是指弥勒菩萨吗？相传会在五十六亿七千万年后，为普度众生而下凡的那位？"

"想一想后来发生的事，应该也不会有错。"

"顺便问一句，这个土渊家……"

"据我所知，之前土渊家族没有出过一个宗教人士。他们自古就是书香门第，庄三氏本人也是学者。庄三氏不惜抛弃自己的职业，所以土渊君也慌了。因为他本人也已在大学任副教授之职。但是，父亲的决心没变，不久他就拆掉院子，建造了教会本部。"

"搞得很正式啊。"

"信徒没聚集几个，倒是先建成了一幢气派的三层楼本部。因为有人——而且是三个人——倾家荡产，提供了资金。"

"这些人纯粹是因为信仰弥勒教吗？"

"据说他们奉庄三氏为教主，同时也热心于传教工作。说穿了，这三位担当的角色就类似于所谓的教会骨干。假如就这样一直进行普通的宗教活动，教会没准还能撑一段时间。毕竟考虑到当时不景气的大环境，弥勒教保证信徒拥有光明未来的教义，还是很吸引人的。"

"庄三氏和那三位骨干有不良行为，或是搞了什么活动被当局盯上了？"

听本官的措辞，言耶预感后来的事态非同小可。

"你肯定知道吧？所谓的弥勒菩萨在五十六亿七千万年后出现，应该从哪个时点开始算起。"

"是从释迦的圆寂开始算起。空海在高野山奥之院入定，也是为了与弥勒菩萨一起下凡。"

"正是。相传空海因此而即身成佛。受这弥勒信仰和空海入定传说的影响而诞生的,便是山形县庄内地区的即身佛——至少学者之间是这么认为的。"

"是指土中入定吗?"

言耶阅读过相关书籍,知道昔日存在这样一种信仰:行者在出羽三山之一的汤殿山上,仅采食果实嫩芽、辟五谷,消尽体内脂肪,最终活着入土绝食,经三年又三月后掘出,以此木乃伊化的肉身为即身佛,祭祀于寺庙之中。

"既然是木村老师的弟子,知道这个也是理所当然的。"

言耶不知该如何作答,茫然之际,本宫又说出了一桩令人惊骇的事:"偏偏庄三氏和那三位骨干竟然想尝试这个即身成佛。"

"啊!"

"实施者当然是庄三氏。鉴于弥勒教教主的身份,他最适合成为即身佛——这四人多半抱有这样的执念。"

"土渊老师没有阻止他父亲吗?"

"他对整个事一无所知。庄三氏经常外出传教,回来了也不住土渊家,而是基本在教会本部过夜。土渊君也忙于大学的讲课和外出调研,不知不觉中已有好几年没和父亲见过面。当时,他母亲已经去世,两个弟弟也自立门户了,家里没有一个人了解庄三氏的动向。"

"原来如此。"

"明明是一家人,又住在同一片宅基上,土渊君想这未免太过反常,便向那三人打听父亲的下落。但得到的回答总是'正在哪儿哪儿传教呢’，始终没能见上面。他觉得可疑，就把三人中相对好控制的一个叫到远离教会的地方，详加盘问，这才知道庄三氏竟然在院子里的池心小岛的土中入定了。”

“是从什么时候开始的？”

“听说知道的时候，已经过去两年多了。”

“那、那他真的即身成佛了？”

“对他本人来说恐怕是的。只是，能不能称其为即身成佛……”

“为什么这么说？”

“土渊君自然没法放任不管。他想把人挖出来，那三个骨干却阻拦他，声称为时尚早。据说双方起了严重的冲突。”

“也就是说，因为挖得太早，所以没能成为即身佛？”

“刀城君，在当时的情况下，问题并不在于此吧。”

见本官面露苦笑，言耶这才意识到自己太过投入了。

“对、对啊。即身成佛本身就不可能得到承认。这么说，那三位骨干被控以杀人罪了？还是协助自杀罪呢？”

“没有，而是不了了之了。据说在警方的监督下，人们掘开池心小岛，挖出了庄三氏，发现他正抱着天皇陛下的御照。”

“啊？他不是信仰弥勒……”

“这件事的来龙去脉还没怎么搞清楚，就连那三个骨干之间也有意见分歧。可能他们在传教活动上，巧妙地利用了当时的天皇制度。不过，从教主本人抱着御照的事实来看，庄三氏可能持有这样一种世界观，即弥勒普度众生的世界与皇国是相互重合的。”

“就怎么处理这件事，警察肯定很头痛吧。”

"当时，政府刚开始对出口王仁三郎的大本教进行第二次镇压，所以捣毁弥勒教什么的，应该是轻而易举的事。但麻烦的是御照。"

"是啊。"

"而且，那三个骨干一见到庄三氏的遗体，立刻浑身颤抖，拔腿就跑。"

"啊？"

"因为庄三氏并未木乃伊化，而是尸蜡化了。"

"啊……"

"在西洋，人们通常视宗教人士的尸蜡化为奇迹，反倒会尊其为圣人。但骨干们脑子里想的终究是木乃伊化的即身佛。哪知眼前出现的竟是基本保持着庄三氏生前样貌的遗体，所以才感到恐慌了吧。"

"弥勒教后来怎么样了？"

"转眼就烟消云散了。庄三氏入定后，一切活动都由三个骨干主持。结果全都成了一场空。"

"是这样啊。"

"庄三氏的死被定为自杀。遗体埋入土渊家的宅基内没有任何问题。于是，土渊君将遗体重新埋入池心小岛，把岛命名为弥勒岛，又建了一座入定碑，希望至少能遂了亡父的心愿。"

"这么说，现在还……"

"没错，庄三氏现在还在弥勒岛的土里。"

"可、可是，我这样的人抱着凑热闹的心态，拜访那种别有内情的地方……"

言耶心想这毕竟不太好吧，而本官却面带轻松的笑容说道："没关系的。当年土渊君恢复原状，不过是为尊重庄三氏的意愿罢了，他本人对弥勒教也好、入定也好，都漠不关心。要问他对什么感兴趣，那肯定是亡父的遗体吧。"

"啊？"

"土渊君专攻埃及木乃伊。所以除了世界各地的木乃伊，他也调查尸蜡化的遗体。换言之，他可能会纯粹地出于学术上的立场，对庄三氏的遗体产生兴趣，至于其他方面……"

"啊！"

本宫被言耶的一声高呼打断了话头，但他脸上毫无厌色："怎么了？"

"伊乃木弥勒这个笔名，是把'木乃伊'三字倒转后作为姓，再加上'弥勒'这个名对吧？"

"被你发现了呢。从这个取名方式也能看出，从庄三氏的行为到他的死亡，土渊君全都接纳了。他曾经说过，神灵附体后父亲如其所愿地生活着，所以应该是幸福的。"

"是啊。土中入定多半也是他本人的意愿。不过，那三位骨干也没少煽风点火吧。"

"土渊君也是这个想法。庄三氏意志之坚定，在后来发现的教主日记里也得到了证明。因此，在入定这件事上，土渊君选择了接受。但是，那三个骨干令庄三氏的努力成了徒劳无用之物，对此土渊君非常愤慨。"

"我想任谁都会感到愤怒。"

"恐怕在生性严肃、耿直的他看来，这种行为更是一种极大的背叛。"

"但是，警方以自杀结案了。他也很无奈吧。"

这时，本官脸上露出了难以形容的表情："土渊君有学者之风，是一位彻底的理性主义者。尽管对其父兴办的弥勒教不曾有过批判性的言行，但他当然也没有认可。不过，他十分敬重庄三氏面对信仰时的真挚姿态。"

"他认为信仰本身是值得尊重的行为，是吗？"

本官缓缓点头道："正因为如此，土渊君才对那三人说了一番话，以他的为人，抛出这些话实属罕见。"

"说了什么？"

"大致意思是，如此下去父亲必会感到困惑，一旦发生这样的情况，我想他肯定会爬出弥勒岛来找你们。到时候还请你们多多关照。"

"是极致的讽刺吗？"

"没错。只是这话变成现实了。"

"不会吧……"

言耶哑然失声，本官则以淡然的口吻说道："方便起见，就称那三个人为甲、乙、丙吧。不过呢，这称呼和他们本人倒也未必完全连不上线。"

"怎么说？"

"比如，甲的名字里有个田圃的'田'字。"

"原来是这样啊。"

"顺便说一句，土渊君是从乙那里问出父亲入定之事的。言归正传，挖出遗体的数日后，首先是甲在傍晚看到尸蜡化的庄三氏站在自家书斋的窗外。"

"清、清清楚楚地看到了？"

"当时天色已暗，那东西又披着头巾，所以看不真切。但头巾确实与庄三氏入定时戴在头上的东西一样，面容也与故去之人十分相似。而且，脸上皮肤光亮，仿佛被油涂过。那东西消失后，甲探视窗外，发现地面上有水渍般的痕迹，看起来就像滴下了油脂似的……"

尸蜡化的尸体从头到脚淌着油脂行走的景象，突然浮现在言耶的脑海中。

"甲目睹此物的事很快也传到了乙和丙那里。第二个星期的某一天，还是在傍晚时分，乙的家人发现乙死在自家的厕所里。死因是心脏停搏。"

"乙也看到那东西了吗？"

"从厕所的窗口可以看到院子的地面，据说那里真的有油脂滴落的痕迹。"

"丙是什么情况呢？"

"那东西也在第三个人那里出现了。接着它再次现身于甲家，此后便开始有事没事地走甲家串丙家。时间必是在傍晚。把庄三氏从池心小岛挖出来，好像正是在太阳落山之时。"

"甲和丙二人后来怎么样了？"

"过了些时日，甲在自家后院挖了个洞，把自己活埋进去，死了。"

"……"

"土渊君受到了警方的调查，事件发生时他恰好在参加学术会

132

议，所以有不在场证明。而且，从甲的死亡情况来看，又明显是自杀。事实上，之前甲还经常说'庄三氏的即身佛要来了……'，警察断定他是出于某种与入定相关的罪恶感，才选择在类似的状况下死去。"

"就算是这样，可自己活埋自己，这个也……"

"这个非常困难，而且肯定伴随着极大的痛苦。"

光是想象，言耶就觉得喘不上气来。

"甲死后，丙没了踪影。他没有告诉家人去哪里，就这样不知消失在了何方。"

"是逃走了吗？"

"据说那东西之后也出现过，从土渊家院子内的池心小岛——弥勒岛下……大概是在搜寻丙吧。"

二

二月的某个周末，从清晨开始便寒气逼人，言耶经本宫教授的介绍，携带着创作笔记本造访了土渊家。

出发前的数日间，言耶行事小心谨慎，生怕被大学里的学长阿武隈川乌察觉。然而，某日阿武隈川的硕大身躯突然出现在言耶的住处，毫无征兆地说了这么一句话："你小子有事瞒着我吧！"

"啊？怎么突然冒出这种话……我好像没什么事瞒着你啊。"

言耶情急之下开始装傻，阿武隈川频频歪头，说道："好奇怪。我总觉得你身上强烈地散发出一股兴高采烈的味道。"

对他人的方方面面严格得近乎执拗，对自己则宽松得令人咋舌，阿武隈川乌就是这样的人。在与学弟言耶相处时，这扭曲的性格被发挥到了极致。别的姑且不论，总之他能从戏弄言耶的过程中感到无上的喜悦，实在是一个麻烦的家伙。

正因为是这样的人，阿武隈川的鼻子好像确实很灵。当然，对此言耶也心里有数。

"这就奇怪了。不过，应该不是食物的气味吧？"

"这倒是。"

阿武隈川是个馋鬼，以至于常拿别人的食物当成自己的吃。他和言耶一样痴迷怪谈，但始终把吃的放在第一位。因此，要想转移他的注意力，最好的方法就是提起食物的话题。

"堂堂乌大明神，怎么可能眼睁睁地放过食物的气息呢？"

"那是当然。"

"既然如此，像黑哥这么伟大的老前辈，完全没必要特别在意我这样的后生啊。"

"嗯？啊，说得也是。"

阿武隈川对他人——尤其是言耶——总能把坏心眼使到极致，但本质倒是意外的单纯。露骨得近乎阴险的恭维之辞都能真心接受，充分体现了他的这种性格。

"学长正在收集全国的怪谈故事，对你来说时间是非常宝贵的。"

"也是。不过，指导胸无点墨的学弟，也是才华横溢的学长应尽的义务……"

"不不，请黑哥务必找出更多在学术方面也颇具价值的事例，比如像箕作家的宅地神那样的。乌大明神背负着日本民俗学的未来，这些民俗采风除了你没人能做。"

"哦哦，小言，你心里明白得很嘛。"

"乌大明神"和"黑哥"都是根据阿武隈川的名字"乌"起的外号。而"小言"则是阿武隈川心情大好，或是要笼络言耶时用的爱称。

此后，阿武隈川从言耶屋里的食物中挑出所有能马上入嘴的东西，吃完后才终于回去了。

"我可没工夫陪你小子。"

最后阿武隈川还甩出这么一句话，但言耶自然不会在意，反倒是松了一口气。

"在箕作家我可没少遭罪。"

就在数周前，阿武隈川告诉言耶：武藏茶乡的一幢老宅祭祀着罕见的宅地神。于是两人一同前往……

结果，言耶不但被卷入意想不到的命案，又因阿武隈川行事鲁莽，被迫当了一回业余侦探，而且还是在许胜不许败的情况下。这当然也都要拜阿武隈川的言行所赐。

"我可不想再和黑哥一起活动了。"

况且，这次言耶还带着创作笔记本，无论如何都必须避免与阿武隈川同行。

阿武隈川不知道言耶在写小说。今后言耶也绝不会告诉他。要是学长跟着一起去土渊家，创作的事就会暴露。然后，他肯定会说"拿来给我看"，读完后必定又是一通恶评。如果是好好地针对作品进行评论，再怎么挑刺也没关系。但阿武隈川只是单纯地说坏话。

"以他的德行，恐怕会没完没了地发出恶评，直到我完全失去创作的欲望。"

阿武隈川走后，言耶一直在屋里喃喃自语。这时他突然醒过神来。

"总算是把学长甩掉了，现在就专心做这个事吧。"

言耶在书桌上摊开创作笔记本，开始写作即将完成的新怪奇短篇小说《雨小僧》。

数天后的星期六，拜访土渊家的日子终于到了。言耶为提防阿武隈川鸟，一早就出门去图书馆和神保町的旧书店消磨时间，直到傍晚。

虽说一度击退了阿武隈川，可要是小看了此人的嗅觉，绝对会遭殃。尽管与食物无关，但土渊家存在学长的第二大兴趣——怪谈故事。不对，土渊家说好了要请言耶吃晚饭，所以跟食物还是大有关系的。

这么一想，自己竟然能逃过黑哥这一劫……

直到在土渊家的餐桌前就座，言耶仍为此心神不宁，生怕阿武隈川突然从哪里冒出来。

"哎呀呀，我来迟了。对了，我叫阿武隈川鸟，是京都一家著名神社的继承人，前途无量，肩负着未来的希望。看到这个贪吃别人家豪华晚餐的刀城言耶了吗？我是他的学长，或者说是监护人吧……"

然后说些不着四六的话夸夸其谈，明明这里没他的位置，还硬要把庞大的身躯挤向餐桌。

其实，只要阿武隈川没有尾随言耶，就绝无可能跑到土渊家来。

但话虽如此，对这位学长断不可掉以轻心。要不是因为他，言耶根本没必要这么操心。

好在这只是他过虑了。土渊家的晚餐平安结束，并没有发生阿武隈川胡乱闯入的事。

说是土渊家，其实庄司等人都居住在原弥勒教的教会本部。讽刺的是，土渊家的正房因空袭被烧毁，唯有三层楼的砖造本部奇迹般地毫发无伤。后来一家人决定移居此处。据说因为屋舍众多，战后又租出去了一部分。

在晚餐席上就座的，自然仅限于土渊家以及与之有关系的人。首先是土渊庄司，他是城南大学的教授，还用"伊乃木弥勒"这个笔名发表怪奇小说，现已年近五十。然后是其长子庄一，刚当上初中的历史教师，业余时间研究中世纪武器。接着是次子庄次，他是高中生，同时参加了学校的棒球社和报刊社。这三位是土渊家的人。庄司的妻子已死于空袭。

此外，还有二十岁左右的十和田祥子、五十岁上下的寿乃久美江和她十岁的外甥——亡妹的儿子高志。祥子任庄司的研究助手，是其弟媳的亡姐的长女；久美江则是土渊家的住宿女佣。

久美江专心给众人端饭上菜，即使庄司叫她一起吃，她也绝不在餐桌前坐下。高志得以入席恐怕是庄司的意思。似乎正是因此，久美江才会顽固地谢绝庄司的好意。

晚餐过后，言耶在庄司的催促下移步客厅。除主人之外，庄一和庄次兄弟、十和田祥子与高志也一起过来了，这让言耶有些为难。

如此一来，就没法提庄三氏的事了。

　　庄司本人似乎心无芥蒂，但对庄一和庄次来说，庄三可是他们的祖父。加之眼前还有年轻女性祥子和小学生高志，根本无法谈论入定导致遗体尸蜡化之类的话题。

　　哪知庄司全然不顾言耶的烦恼，先是给他看了一遍与弥勒教教会有关的照片，随后打开了话匣。

　　"关于我父亲庄三以尸蜡化的状态被埋在弥勒岛下的事，你已经从本宫老师那里听说了吧？"

　　"是……是的。"

　　"尸蜡化的木乃伊从可称为坟墓的小岛的泥土里爬出来，在背叛自己的三名骨干面前现身——这个事你也听说了吧？"

　　"嗯，听说了……"

　　"后来我父亲仍时不时地突然出没，滴着油脂一边行走……这些目击故事本宫老师说过吗？"

　　"那个……"

　　"怎么了？晚餐桌上你谈吐正常，现在话却这么少。这可是刀城君最喜欢的怪谈故事啊。原本你就是为了听我父亲的故事，才请本宫老师从中介绍的，不是吗？"

　　"确实是这样……"言耶环顾着四周说道，"只是，我不知道该不该在这里谈论……"

　　"噢。"庄司的表情像是在说"原来你在担心这个"。

　　"不用担心。"

　　"怎么回事？"庄一询问父亲，眼睛却望着言耶。

　　"刀城君犹豫该不该在你和庄次面前谈论你们的祖父。"

"什么呀，这事哪用得着担心。"庄一长叹一声，态度与其父形成了鲜明的对照，"祖父入定是我小时候的事，当时我比现在的高志君还小吧。从弥勒岛被挖出来之前，我以为祖父肯定是去了什么地方，所以知道真相后，我的感受都没法用震惊来形容。后来又听说他接连出现在那三个背叛者的家里，明明是自己的祖父，可我还是吓得直哆嗦……"

"可、可不是吗。"如此反应实属正常，言耶出声附和道。

不料，庄一却摇了摇头："家里人出了这种事，一般都害怕被声张出去，可我父亲反倒大加宣扬。"

"当时……"庄次从旁插话道，"祖父被挖出来时，我还是个婴儿，所以本来可以瞒着我的，可是刚到懂事的年纪，父亲就说给我听了，而且还把入定、尸蜡什么的解释得细致入微。托他的福，长大成人前，就算是白天我也会拉上朝着院子的窗帘。因为我怕看到那个岛，哪怕是一小部分也不行……"

"所以呢，你没必要顾忌我们。"

庄一的口吻带着些许自嘲的意味。说实话，言耶对这两兄弟产生了一丝同情。话虽如此，父子三人的关系好像还不错，果然是因为庄司有做父亲的威严吧。

"从小就知道的话，庄一先生和庄次先生可能确实没问题。不过……"

言耶心想，祥子和高志就得另当别论了吧。

"祥子也完全不用担心。"庄司当即察觉了言耶的想法，"因为她是我的助手嘛，已经见过好几具真正的木乃伊了。"

"啊！对啊。"

这事稍微动动脑筋就能明白。言耶对自己的糊涂感到羞愧。

"可是……"

高志毕竟不行吧？他的阿姨久美江肯定也不会乐意。言耶心里这么想着，却见庄司干脆地摇了摇头："这孩子明明胆小，倒是非常喜欢怪谈。就连父亲的事也是我还没说，他就先来问了。"

"可是，他阿姨……"

"久美江阿姨没问题的，她原本就是弥勒教的信徒。"

最终，庄司再次声明：刀城君没有必要顾忌任何人。

"我本打算有了第三个儿子，就给他取名为庄三，和父亲一样。我对父亲的事并不感到羞耻，反倒觉得他能坚持自己的信仰，是一个了不起的人。"

庄司脸上露出异常严肃的表情。不过，他似乎迅速调整好了情绪，开始讲述围绕着土渊庄三的入定发生的奇事。庄司到底是当事人之子，说得比本官更详细。最重要的是，他的话中还带有无比强烈的身临其境感。

不知不觉中言耶已手心冒汗，他向前探出身子，专注地倾听庄司的讲述。

"呼……"故事告一段落时，庄次长出了一口气，"很久没听祖父的故事了，果然好惊骇。"

听了弟弟的话，庄一点头道："嗯，是啊。最主要的是，今天的内容比我们以前听到的详细很多，对不对？"

后半句询问的对象是身为叙述者的父亲。

"我也是很久没对外人说这些事了。"庄司微露兴奋之色，"所以有点用力过度吧。这可能是我继祥子之后，第一次讲得那么细致。"

"不，老师，我觉得今晚有很多内容是我第一次听到的。"几乎没开过口的祥子认真地回应道。众人里只有高志面色苍白，表情颇为僵硬。

这也难怪……

言耶望着少年，突然觉得他很可怜。虽说喜欢怪谈，可那东西其实就埋在自己所住的建筑旁边。庄一和庄次从小听惯了这个故事，想必已习以为常；祥子毕竟是学者的助手，多半是理性主义者；相比这三位，高志简直是不设防啊。

即便如此，他还是忍不住要听下去。难道这孩子的体内流淌着猎奇者的血吗？

当亲近感压倒了对少年的同情心时，言耶也决定灌满自己的猎奇者之血。

"庄三氏的尸蜡化只是出于偶然吗？"

"日本湿度较高，很容易形成尸蜡。"庄司立刻答道，"尸体干燥后会形成木乃伊，一旦脂肪部分变得难以腐化，就会出现尸蜡化。反正就是发生了一场化学反应。"

"是什么样的化学反应呢？"

"难以腐化的脂肪首先会变为脂肪酸。脂肪酸再引起别的变化，然后形成尸蜡……"

从此处开始，庄司的说明开始涉及较专业的知识领域。想必只有祥子才能理解他的话。

"不过，自然发生的尸蜡化，其形成条件可以是完全不同的。"

"是指环境方面的吗？比如水中或土中之类的。"

庄司终于回到言耶可以置喙的话题。

"没错。不过，同样是水，水质也各有不同。土质亦然。然后还要加上温度的因素。浸入水中或埋入土中的时间长短也有关系。当然，尸体的脂肪含量、水分含量也很讲究。自然出现的尸蜡，其形成条件不可能完全相同。"

"这些条件差异会对什么产生影响呢？"

"当然是对尸蜡的状态了。"

"状态？"

"同样是尸蜡，情况有很多种。有像石膏的，有鱿鱼干状的、芝士状的、泥状的等，状态各不相同。"

"那庄三氏呢？"

"感觉是……介于芝士状和泥状之间。挖出来的时候，味道还挺重。"

言耶刚要根据照片上庄三的相貌，具体地想象他在那种状态下的面容，又慌忙打住了。显然，这想象绝不会让人感到舒适。

"所、所以，目击到庄三氏的现场才会有油脂滴落似的痕迹吗？"

此前庄司始终面色凝重，听了言耶的疑问，他的脸上第一次浮现出微笑。

"要是在出没的地方落下那么多油脂，很快父亲就会从尸蜡状态变成彻底干涸的木乃伊。"

"啊？"

"尸蜡化的尸体最初是白花花的，但暴露在空气中后，会渐渐发黑。然而，没有一个人从四处走动的父亲脸上看到这种变化。"

"也就是说……"

"教会骨干们看到的，恐怕只是他们心中的罪恶感造成的幻影。"

"那么其他几次目击呢？"

"虽说是新兴宗教，父亲毕竟是弥勒教的教主。这样的人物入定，加之又有传言说他出现在了背叛教主的人面前。人嘛，或多或少都怀有一点罪恶感。调查那些嚷嚷着说见过父亲的人，没准能发现他们都拥有某个共同之处。"

"什么共同之处？"

"每个都是原先弥勒教的信徒，就是这样。"

"啊……"

"骨干们或自然死亡，或自杀，或失踪的时候，警察也来找过我，当时我就给出了这样的意见。"

吃惊的同时，言耶也坦然接受了这种想法。不过，以此来解释一切现象的思路，还是让他感到了一丝乏味。

"听本官老师说，土渊老师是一位理性主义者。"

庄司对言耶的话点了点头。

"我还听说，您以伊乃木弥勒的名义创作怪奇小说，终究只是工作之余的一种放松手段。那么，您在享受怪谈故事带来的乐趣时，究竟抱着什么样的立场呢？"

"不存在什么立场……"庄司露出困惑的表情，"因为听怪谈故事时，我只是单纯地享受故事本身的乐趣。实际上是否发生过，对我来说不成问题。就算其实是某种错觉或误会，对当事人来说它也是现实。只要当事人认为自己有过这样的经历，它就成了事实。谁也无法否定。既然如此，我们从一开始就只管津津有味地听故事不好吗？不，应该说心惊胆战地听故事吧。总而言之，我是很喜欢怪奇氛围的。所以，尽管我不相信心灵现象，但还是很想去闹鬼的宅子看看，体味一下那里散发出的恐怖气息。"

"原来如此。"

纯粹地享受怪谈故事本身，这也是言耶的态度。不过，言耶总是彷徨于合理与非合理之间，不倒向任何一方，永远处在悬而不决的状态下。

"对了，刀城君。"此时，庄司恢复了严肃的表情，"关于本宫老师家发生的案子，能否请你详述一番呢？我已得到本宫老师的许可，他表示案子既然是你破的，你想怎么说就怎么说。"

"不不，破案什么的……"

"好啦，不要推辞了。"

庄一和庄次加入了催促的行列，高志也以满怀期待的目光望着言耶。无奈之下，言耶只好对本宫家别邸发生的四舍院杀人案进行了说明。结束后，众人问是否还有别的案子，于是他又顺势讲述了武藏茶乡的箕作家事件。

"喔！两桩案子的谜团都跟奇妙的脚印有关啊。"庄一饶有兴趣地说。

"父亲也写侦探小说那该多好。"庄次也跟着发表意见,这似乎是他一贯以来的想法。

"侦探小说最重视逻辑性,这样可就没办法成为工作之余的放松手段了。"庄司认真回应了次子的意见,随后用诧异的眼神看着言耶,"这两桩案子你破得确实漂亮,但又都留下了怪异的尾巴,这究竟是为什么呢?"

"听你这么一说,还真的是的……"这回轮到言耶困惑起来,"或许也可以想成,这两桩案子其实我都没能找出真相……"

"不,没这回事。"庄一当即否定道,"通过解开奇妙的脚印之谜,你至少为案子本身落下了帷幕。"

"嗯,这是肯定的。"庄司也附和道,"如果脚印之谜一直悬而未决,就只能认为四舍院命案和箕作家事件是斯格肖族的死灵和天魔作怪了。"

"但土渊老师有不同意见,不是吗?"

突然听言耶这么一问,庄司保持着严肃的神情,答道:"那是当然。倘若深陷迷信,又如何能从事木乃伊的发掘工作呢。当事人一旦接受了眼前的怪异现象,便会放弃人类特有的思考。从某种意义上来说,无法解谜这一状态就是指不得不承认怪异现象。"

"是的。"

"不过,四舍院命案有警方的介入。他们当然也不会认为是精灵或死灵作怪。但是,解不开谜的话,结果都一样。"

"最终两桩案子都留下了不少怪异现象……"言耶低声道。

庄司脸上露出了难以言喻的表情："当然，这不是你的错。不过，你怎么老是碰到这种奇特的案子啊。"

也许庄司想说的是，莫非刀城言耶自身就存在巨大的谜团？

此时此刻，即便是言耶也没能料到，这次在土渊家他竟然被卷进了一桩无足迹杀人案。

三

高志一回到二楼自己的房间，就上床了。搁在平常，这个时候他早已进入熟睡状态。然而，今天他特别兴奋，怎么也睡不着。

好奇怪……

客厅里众人围着刀城言耶谈笑的一幕幕，极具刺激性。以内容而言，几乎称得上是怪谈会。从一开始高志就感到害怕、恐惧，吓得直哆嗦。即便如此，夜深之时高志还是觉得困了。中途他出去洗了个澡，以至于身体越发要求主人给予休息。但是，毕竟机会难得。高志拼尽全力，一边抵抗来袭的睡魔，一边倾听言耶的故事。

不久，午夜零点到了，怪谈会也以此为契机而告终。庄司称时间已晚，建议言耶在此留宿，并把他带到三楼的客房。一同前往的还有庄一，大概是想顺路去武器室。庄司也说今晚想在研究室里拜读言耶的创作笔记本。庄司和庄一平常总在三楼各自的工作室闭门不出。

庄次、祥子以及高志三人一同回了二楼各自的房间。祥子说想读一会儿书，庄次则显得困倦已极。高志也是如此，只想马上钻进被窝。

然而，他一头倒在床上，闭上双眼后，竟迟迟无法入眠。数次辗转反侧，却每次都让人更精神了。浮现在他脑海中的，是今晚刚听到的种种恐怖故事。

想起了这些故事，所以才睡不着。

高志清楚这一点，努力不去想任何事，但言耶绝妙的话语在他耳边挥之不去。除了自己遭遇的案子，言耶还透露了过去在全国各地收集到的怪异故事。也许是受此激发，庄司也介绍了几则与木乃伊发掘有关的海外怪谈。

庄司老师明明不信，为什么还那样喜欢恐怖故事呢？

庄司好像跟言耶谈论过这一点，但高志怎么也无法理解。顺带一提，由于用"土渊老师"无法区分父子俩，久美江和高志都用"庄司老师"和"庄一老师"来称呼二人。

老师明明不信，可他讲的故事又非常可怕，这是为什么呢？

高志在床上睁着双眼，思考这个问题。真是太不可思议了。这时，他意识到了一项事实。不知为何，言耶的怪异故事比庄司的怪谈更可怕。

最初他以为是内容差异造成的。但是，仔细比较下来，也不能说庄司的怪谈故事就不如言耶的。

是讲述方式不同吗？

庄司采用说明式的措辞，极具学者风范，比如"据说某某地方发生了这样一件事"；而言耶的讲述传递出了现场的氛围，使高志感到自己正在遭遇与当事人一样的经历，从而把听者拉进了故事世界。

庄司的怪谈之所以可怕，不就是因为故事本身就可怕吗？倘若让言耶讲述同一个故事，结果会怎样呢？想必会更恐怖。

不是因为讲述方式有别，问题在于各自对怪异抱有的想法。两人相对怪异的距离感不同，这种差别会向听者传递出完全不同的氛围，影响恐惧被唤起的程度，即使他们讲述的是同一则怪谈。

当然高志并没有这样想下去。他的理解更模糊一些，以自己的方式对今晚的体验重新做了一番诠释。

不过，刀城先生好像相信，又好像不太相信的样子……

如果肯定怪异的存在，被卷入奇案的他原本就不可能去扮演业余侦探的角色。

这个大学生还真是古怪。

最终，高志在怪谈会上深切地感受到，今后庄司讲述的故事对自己而言，可怕程度或许会有所减弱。胆小却喜欢听怪谈的高志很难判断，这对他来说是否是一种可喜的变化。当然，土渊庄三的尸蜡化木乃伊带来的恐惧感，绝没有因此而迅速淡去……

窗帘外是土渊家的院子，坐镇于池心的弥勒岛正对着高志的房间，而那东西就埋在岛的中央。准确地说是被埋葬的，但无论如何也无法视其为普通的墓。兼做墓石的碑，好似封印着尸蜡化木乃伊的冢。

可是，那东西会爬出来……

见到过这怪异现象的人大多是原弥勒教的信徒，对此庄司做出了极具现实性的解释，说原因无疑是他们所抱有的罪恶感。如果是这样，那么小岛为何从一开始就让高志感觉极为不祥呢？

阿姨久美江确实是原信徒。但教会早在高志出生的几年前便宣告解散，阿姨也不再信仰弥勒教。进而，高志得知庄三入定的事实，是在他多次看到并接近那小岛之后。换言之，在他还什么都不知道的时候，就已经从彼处感觉到了某种非比寻常的东西。

"可能是因为你有这样的能力。"

高志记得很清楚，阿姨嘴里曾经冒出过这样一句话。

"果然是一脉相承吗……"

接下来的话高志也听得明明白白。这句话肯定与父母有关。他只听说父亲阵亡、母亲因空袭而死，以及父亲是某神社的继承人，除此之外一无所知。

如果父亲看到那岛，会产生和我一样的感觉吗……

高志一边在床上反复自问这个得不出答案的问题，一边凝视紧闭着的窗帘的另一侧——可从二楼窗户望见的池中之岛弥勒岛。

就在这时，一股颇为邪恶的气息从彼处传来。虽然只是一瞬间，但视线所指的方向确实散发出了某种漆黑而不祥的氛围。

高志的身子不由自主地缩成了一团，紧接着一股恶寒从背脊掠过。就在刚才，那里发生了什么……

难不成是那东西……

高志在床上簌簌发抖，视线却没有离开窗。他想拉开窗帘确认发生了什么，又觉得不该在天亮前爬出被窝。看了窗外绝对会后悔；见了那骇人的东西，一定会终身遭受噩梦的折磨。一个自己如此警告他，而另一个自己则劝诫他：若不在黎明前做些什么，将造成无可挽回的局面。

究竟该怎么办呢？

高志迷惘了片刻，终于从床上起身，慢慢地靠近窗边。随后他伸出一只手，悄悄撩开窗帘的一角，鼓足全身的勇气，凑上一只眼睛，向窗外窥探。

院子里积了一层雪，也不知是何时下的。眼前是白茫茫的一片，隐约泛着微光。

由于缝隙狭窄，只有弥勒岛的左半部分进入了高志的视野。那石碑祭祀着庄三的即身佛，其左侧有一片空间，说是亭子吧，又太过简陋。单人椅，小桌子，仅能遮挡小雨、如巨型松茸盖一般的屋顶。至于支撑着"盖"、相当于粗"茎"部分的柱子，说它是从地里长出来的，也毫不夸张。

那东西就突兀地站在巨大的屋顶下。

头上包着烂糟糟、如三角布巾一般的东西，浑身上下似乎裹着皱巴巴的破衣裳。那黑色的人影就伫立在弥勒岛上。

"……"

高志及时压下惊叫声，但他的动静似乎已被察觉。那东西忽地抬头看向二楼。

"嘶……"这次他真的发出了声音，发出了颤抖的叫声，虽然很微弱。

那东西纹丝不动，一味地盯视高志。脸上的一切都处在阴影之中，无法识别，但高志明白对方在看他。他能真切地感受到那东西的视线，必须把眼睛挪开。然而想归想，高志却怎么也做不到。他无法从窗边离开。

那东西的右手忽然抬起，又在屈肘的状态下停住。不久，只有那手腕开始了晃动。

来呀，来呀……

那东西频频招手，要高志去那边。

看着那缓慢运动的手掌，高志迷糊起来，产生了走进院子的冲动。他想去那池心小岛。

不行啊……

他告诫自己。

绝对不能过去……

他使出浑身的力气从窗前逃离，迅速钻进被窝，把被子拉过头顶，此后便只能颤抖不已地迎来黎明。

高志发现那东西在弥勒岛上时，刀城言耶早已进入梦乡。基本上他是一个容易入睡的人，上次在本官邸本舍的西栋没能睡着，实在是因为自己被卷入了不可思议的杀人案。一般情况下，他在哪里都能休息得不错。因此，今晚庄司要他在此留宿，他非常高兴。毕竟他还没见到那最紧要的弥勒岛。

就寝前，言耶受邀参观三楼庄司的研究室和庄一的武器室，看到了真正的木乃伊和中世纪武器的仿制品。详细解说要留待明天，不过庄一比庄司更积极，他用稍显热烈的语气说道："中世纪的武器么，其实以投石机和大炮为主。石弓和火铳也有，就是趣味性天差地别。"

"您研究的是发射类工具吗？"

"嗯。其实我连一只虫也不敢杀，自己都觉得这爱好实在有点可笑。"庄一苦笑道，"我嘛，最感兴趣的还是投石机。你看，这个是用弓的原理，那个是用钟摆的原理把石头投掷出去，以击破敌人的城墙。"

他一边实际操作仿制品，一边做着专业性的讲解。

"不久人们发明了大炮，以铁弹代石头，用火药的威力来替代弓或钟摆的力量。"

"原始武器就这么被近代兵器所取代了。"

言耶自认只是说出了最平常的感想，不料庄一却显得有些不快。

"大炮刚被投入使用时，既无炮术的概念，也没有这方面的技术，所以命中率也极低。相比之下，投石机的使用已有相当长的历史，精度也有了极大提升。"

大概是觉得第一研究对象被泼了冷水，庄一略显生气地展开了反驳。然而，很快他又面露喜色，一边观赏投石机和大炮的仿制品，一边说道："这两个都做得很精巧吧？没能做得跟实物一样大确实很遗憾，但构造跟实物是一模一样的。"

"已经够大了。"

事实上，与其说是模型，看起来倒更像真正的武器。言耶落音刚落，庄一脸上便笑开了花。

"这两个都能实际使用。"

"啊？这个厉害了……"

"问题是命中率。关于弹道计算，其实十和田君比我更精通。"

"难道这大炮也能打吗？"

"只要有火药。"

开始进入危险话题之际，庄司开口道："其他的明天再说。"

于是言耶向二人告辞，进入了客室。

从颇有意思的土渊庄三怪奇实话，到与木乃伊发掘紧密相关的西洋怪谈，今晚热爱怪异故事的言耶得到了充分的享受。进而，他还得以参观真正的木乃伊，以及虽为仿制品却极为逼真的武器。

因此，刀城言耶带着巨大的满足感陷入沉睡是极为自然的事。

"喂……"

然而，总觉得有人在远方的某处呼唤自己。

"喂……刀城君……"

言耶猛然惊醒，侧耳细听。

"喂，快起来！"

言耶急忙跳下床，奔向南侧面对院子的窗户，一口气拉开了窗帘。

"啊！雪。"

他不由得叫出声来。黎明的黑暗中浮现出一片银色的世界。如今仍有少量雪花霏霏落地。

不过，惊讶于这番景象也只在一瞬之间。言耶看到了通往池心小岛的桥。庄司伫立在岛一侧的桥畔，正抬头望着他。

"这是怎么了……"言耶一边开窗一边呼叫，这时他的身子僵住了。

过桥后向左拐去，便是一片灌木丛。有人倒在了灌木丛的另一侧，似乎是一个女人。由于草木的阻挡看不真切，那人一动也不动，头部好像栽进了池水。

与此同时，言耶发现，从积雪的院子到桥以及弥勒岛，只留有两个人的连续脚印。

四

庄司希望言耶报警后立刻来小岛。言耶奔下楼梯，在二楼的平台遇见了高志。于是他决定让久美江联系警方，自己则火速赶往建筑南侧的便门。

虽说只是便门，鞋箱里倒备齐了各人的鞋。言耶稍作犹豫后，蹬上像是公用鞋的木屐，跑进了院子。

两人的足迹笔直地从便门延续到桥上，足有十几米。言耶注意着不破坏脚印，一路绕道而行，奔至桥畔。

"老师……"

听到言耶的呼叫，庄司从灌木丛的另一侧站起身。他气色不佳，脸色苍白。

"好像已经死了……"庄司微微颤抖着身子，摇了摇头。

"是、是哪一位？"尸体就在近旁，加之被清晨的寒气所侵袭，言耶的语声也发颤了。

"是一个叫缘中朱实的女子，她租了我家的房间。"

"难、难不成是被杀害的？"

庄司瞥了瞥地上的尸体，再次转向言耶："头部左侧有被击打的痕迹，凶器多半是独钴。"

"什么？难道是那密教的法具……"

庄司回首望向庄三的墓碑："父亲在日记里写过，希望入定时带着独钴。当时他脑子里肯定是在想空海的事吧。但实际上，我们只找到了天皇陛下的御照。所以，我请人用和碑一样的材料做了一把独钴，后来供奉在墓前了。”

相比日本常见的墓石，庄三的碑横里长，但缺少厚度，整体呈平板状。不过，碑前还是设置了供品台和插花石。据庄司所言，石制独钴一直被放在供品台上。

“这个被用作了凶器……”

“看起来是这样。这里没有其他东西，恐怕凶手是临时拿起眼前的独钴，袭击了她。”

“也就是说，是一时冲动杀人。”

“嗯。”

言耶停顿片刻后，问道：“对了，老师是什么时候来这里的？”

也许是从言耶的措辞中觉察到了什么，庄司毫不犹豫地答道：“大概是五点半吧。在那之前不久，我一直在三楼的研究室读你的怪奇短篇小说。”

“啊？您熬夜了？”

“嗯。我本打算欣赏一两篇后就睡觉，结果有点停不下来了。”

“非、非常感谢。”

“哪里哪里，真的是被吸引了。”庄司打了个大喷嚏，“啊，失礼了。等我回过神时，已经是最后一篇。一看外面，才发现地上积了雪。我打算稍微转换一下心情，就进了院子……”

“结果发现有人比老师早一步从便门进入了院子？”

“因为有脚印嘛，而且顺着脚印走，就走到了弥勒岛。可是，小岛上半个人影也没有。我觉得奇怪，就来到了桥中间，结果发现灌木丛的另一侧倒着个人。"

"所以才把我叫起来了呀。"

"这是在我又走近了几步之后……是的,当时我想请你过来一下可能比较好。"庄司的眼神里明显蕴含着对言耶的期待。

"因为从便门到弥勒岛只有朱实女士和老师两人的脚印,而且只有去时的脚印,是吗?"

"不愧是刀城君,原来你已经注意到了。"

"是的。"

"警察要是看到这种情况,必然会断定杀害缘中朱实的凶手是我。"

"我感觉这种可能性很大……"

这时,久美江带着警察来了。她时不时地将目光转向小岛,但又坚决地不去直视那尸体。

负责此案的警部名叫富士峰,他先与庄司客套了几句。就在这时,现场突然响起了发疯似的喊叫声。

"喂、喂喂……是你……原来是你啊!"

"嗯?"

言耶明白这是有人在叫自己,他惊讶地朝声音传来的方向看去,更是吓了一跳。

"啊!你是……"

站在富士峰警部身后的不是别人,正是负责本宫邸四舍院杀人案的刑警——把言耶当嫌疑人的曲矢。

"你、你怎么会在这里?"

"你傻啊，我可是警察！听到报案说有人死了，我才赶到这里来的。倒是你小子怎么会在犯罪现场啊？"

"曲矢，你认识这个年轻人？"

富士峰一脸惊讶，而曲矢的下一句话则令他猛然睁大了眼睛。

"就是本宫家杀人案时的那个学生。"

"啊，是冬城牙城老师的……原来你是他的儿子。"富士峰目不转睛地注视着言耶，感慨万千似的说出了后半句话。

"嗯……"言耶点头致意，心里却不怎么平静。光是听到父亲的名字就已经很痛苦了，对方若是警察，则更让人厌烦。

警官们——尤其是现场的警察——对冬城牙城的反应，大致可分为两种。要么是坦诚地表示敬意，要么是故意采取无视的态度。表现不同，理由却一样。都是因为牙城出色地破了警方束手无策的难案怪案。简而言之，差别就在于对他的名侦探风范是感叹还是反感。

事关威信问题，也许警方确实会觉得脸上无光。不过，据说只要听过一次痛快淋漓、如快刀斩乱麻似的精彩推理，几乎所有人都会对冬城牙城产生敬慕之心。原本牙城就与警界高层有来往，也经常私下受邀出马破案，所以恐怕现场人员对他并无多少抵触情绪。也正是因此，牙城才招来了反感，有极少一部分人厌恶他。

当然，对刀城言耶来说，这些事全都无所谓。只是，一旦知道他是冬城牙城的儿子，世人——尤其是警察们——的反应便会为之突变，态度也明显客气起来，实在是麻烦。

从这层意义而言，富士峰警部的处理方式可谓极其符合常识。至于曲矢警官，在此处见到言耶想必是情非得已。

"既然认识就好办了，你带他去那边问话。"

"我……我吗？可是……"听了富士峰的指示，曲矢不由自主地回问道。

"不光是他，相关人员都要讯问。"富士峰拦断了曲矢的话头。

"那他这边，不是我也……"

"你对我的搜查指令有意见？"

"不……没有。"

曲矢沉着脸，催促言耶从便门回到建筑内。这时，两人看到寿乃久美江在玄关前的走廊上徘徊。

"啊，那里……到底……"久美江似乎急切地想知道发生了什么。

"有什么能用的房间吗？"

然而，曲矢却粗鲁地要求对方提供用于讯问所有人的房间，开始逐个找人问话。结果，在此期间言耶被晾在一边长达好几个小时。

本官邸命案那会儿，言耶就已察觉到，曲矢似乎是少数对冬城牙城抱有反感的警官之一。他在心里嘀咕：这事本身倒是令人愉快，但殃及池鱼可就糟糕了。

由于讯问是在客厅内进行，言耶决定去同在一楼的图书室，从窗口观察现场勘查的情况。

庄司一直跟着富士峰警部，看上去依然气色不佳。想必是因为寒气袭人，他合上罩衫的前襟，用双臂抱住了身子。即便如此，身为土渊家的主人、尸体的发现者，他不得不这样全程陪同。

并非仅此而已。

言耶想，富士峰警部肯定已把庄司视为最大嫌疑人，所以才不让他远离自己吧。

"言耶哥……"

突然一个声音从身后传来，言耶一惊，回头看去，只见门扉的近旁站着高志，也不知他是何时进来的。

"言耶哥，你是侦探吗？"

"啊？"

"而且很不一般，是那种特殊的侦探，专门解决恐怖的怪奇案件，对不对？"

"不不……没有那回事……"

看来昨晚言耶讲述的亲身经历，使这位少年产生了巨大的误会。

"我说的那些，只是碰巧解开了谜团，或者说是……"

"可是你解开了对不对？"

"嗯，怎么说呢，就是碰巧了。"

"真是碰巧吗？原来言耶哥不是专门处理怪谈的侦探。"高志脸上瞬间露出极为沮丧的表情。

"你为什么在意这个呢？"

"……"

少年垂着头，言耶则以轻描淡写的口吻问道："对了高志君，你认识缘中朱实女士吗？"

"听我阿姨提起过……"

"关于她的情况，你是不是听到或看到了什么，所以想来告诉我？"

高志身子一颤，有了反应。

"如果是这样，请你务必告诉我。"

"可是，言耶哥不是侦探……"

"嗯……不过你看，没准还会碰巧呢？所以线索是越多越好啦。"

"……"

从高志的眼神中可以窥探出他的疑心：眼前的这个人靠得住吗？

唉，刚才说一句"我是名侦探"就好了。

言耶后悔不已，但为时已晚。不过，看起来高志还是想说的。

"我看到了……"

"什么时候，在哪里，看到了什么？"

"昨天晚上……我从自己房间的窗户……从窗帘的缝隙……往外看的时候……"

"哦。"

"那东西……在弥勒岛上……"

"那东西是指？"

"尸蜡化的木乃伊……"

"你、你、你说什么？！"

见言耶如此兴奋，高志显得有些胆怯。但言耶完全没注意到少年的模样，突然向他逼近。

"你、你、你的意思是，昨晚尸、尸蜡化木乃伊从弥勒岛的石碑底下爬出来了？"

"不、不是的。"高志拼命摇头，"我只看到那东西在小岛上……"

听完少年的讲述，言耶显得越发兴奋了："尸蜡化木乃伊向你招手……"

假如只是影子一样的东西，还可以认为是高志看错了。但那东西招呼人过去，情况可就不同了。

"不是因为睡迷糊了？"

"嗯，当时我还没睡。也不是不知不觉地睡着后又突然惊醒了。"

"原来如此。"

言耶在心里赞道，这孩子很可靠啊。遗憾的是，高志马上就回到床上去了。从这一点来看，他毕竟还是个孩子。

不，我也会做出同样的反应吧……

"外面很黑吗？"

"嗯。不过，岛上有户外灯。只是还没亮到能看清那张脸……"

言耶再次确认了那东西的形态，这时一位年轻刑警来到图书室前，往里瞧了一眼。

"原来你在这里啊。"

刑警说想找他问话。言耶寻思这不是曲矢的工作吗，忙问缘由。刑警面露难色，只说希望言耶配合调查。言耶并无拒绝的打算，遂点头应允，对方顿时像松了口气似的。

言耶把高志送出图书室，就昨天傍晚抵达此地后到今天早晨的经历，做了详细说明。刑警从一开始便言辞恭敬，热心地记着笔记。

弄清言耶与土渊家众人的关系后，刑警询问了他对其他人的印象，接下来的问题则几乎集中在今晨发生的事上。尤其是针对雪地上留下两人脚印的证词，刑警反复向言耶确认是否有误。

讯问结束后，言耶以为能回家了，却被告知事情还没完。他关心案情——更在意庄司可能遭受的嫌疑，所以倒也不介意在此处逗留。

然而，尽管做了种种试探，言耶也没能从刑警嘴里打听出有用的信息，不知该如何是好。至少他想确认一下，庄司的嫌疑有多大。后来言耶渐渐明白了，年轻刑警与其说口风紧，倒不如说是对案情一无所知。说白了，这位刑警刚入职，所以上司或老警员只让他干一些跑腿的活。

"请稍等。"刑警说着，立刻走出了图书室。可是，左等右等也不见他回来。

要不一个一个地找人询问？

如果向接受过讯问的人打听，必能在一定程度上掌握警方的想法。这个方法言耶在本官邸命案中也尝试过。当然，这回他并没有被视为嫌疑犯。嫌疑犯的角色毫无疑问是落在了庄司头上，而且言耶只是经本官介绍登门拜访而已，并无半点为他洗清嫌疑的义务。

但是，当时土渊老师那么做，肯定是有求于我。

意外地发现承租人的尸体、猛然意识到自身处境的瞬间，土渊老师便觉得这不可思议的脚印之谜唯有刀城言耶能解开。就在昨晚，他听到了两个与奇妙脚印有关的破案故事，会这样想实属自然。

我还是得做些什么……

言耶刚想打开门走出图书室，便与正要进来的曲矢撞了个正着。

"你要去哪儿？我不是说过待着别动的吗？"

"原来那是曲矢先生传的话啊。"

"少套近乎！"

言耶被推着坐上了图书室的椅子。

"你到底是怎么回事啊？"

"呃……"被对方用痛骂似的口吻攻击，言耶不禁哑口无言。

"也不知道是怎么回事，本宫案也好，这次的案子也好，你都在人家家里做客。而且两边都是下雪后发生的杀人案，现场的脚印都有问题，搞得我们一开始就头痛……"

"这么说，尸体发现人土渊老师并没有杀害缘中朱实的嫌疑？"

"我说你小子，有没有在听我说话啊。"

"在听。所以说，土渊老师……"

"我没说这个。我是在问，你小子为什么接二连三地跟差不多的案子扯上关系啊？本宫家的杀人案可是在正月发生的。"

其实后来还发生了箕作家事件，也涉及脚印之谜，当然言耶可没打算告诉对方。曲矢要是知道了，绝对会把他视为死神。

"这叫我怎么回答呢，只是碰巧……"

"可能是你以相当扭曲的形式继承了你父亲的名侦探血统。"

"什么意思？"

言耶的表情和语气一下子变得冰冷，但曲矢没有发现："称呼某人一声名侦探，都是因为这个侦探总是涉入奇妙的案子。不光是接受委托调查的案子，自己碰上的杀人案也几乎都蕴含着奇异的谜团，不是吗？所以，你也能自然而然地召唤出这样的案子。"

"那么，土渊老师的嫌疑解除了吗？"

自己的话遭到无视，又突然被中途截断，曲矢脸上顿时显出怒色。

"混蛋……"

不过，这时曲矢终于看出言耶的变化，讶然凝视了他片刻。

"喊，算了。"

随后，他淡然地开始讲述缘中朱实杀人案的情况。

"一开始谁都认为凶手是土渊庄司。你也是吧？"

"毕竟我赶到的时候，现场是那种情况……"

"这是正常的判断。"

"但其实不是？"

曲矢一副意兴索然的样子，说道："虽然还需要等待验尸结果，但被害人至少死了有五个小时。"

"那么死亡推定时间是？"

"凌晨一点到两点左右。"

"这个时候的话，土渊老师应该在三楼的研究室……"

读我在大学笔记本上创作的小说……言耶正想说出口，突然又害臊起来。

而曲矢仍然板着脸："嗯，说是在特地读你写的那些像小说一样的玩意儿。"

"是的……"

"现场勘查结束后，我们在客厅再次询问了庄司。他说你的大学笔记本在三楼的研究室里，所以富士峰警部就派新来的警员去取。"

想来就是那个负责讯问言耶的年轻刑警。

"庄司一边翻笔记本一边向我们解释。他说他在研究室从十二点半一直待到五点多，从第一篇《后巷里的脸》读到了第十二篇《雾中迷宫》，最后只剩下《雨小僧》没读，然后就出门散心去了。"

"老师说他是五点半左右到的弥勒岛。"

"你是昨夜第一次给他看笔记本的吗？他绝对不可能事先知道你那些玩意儿的内容，是吗？"

"是的。之前我从未给任何人看过，包括我的恩师木村老师，以及介绍我认识土渊老师的本宫老师。而且，我也从来没详细地说过自己写的是什么故事。"

"嗯，我们已经找木村和本宫核实过了。"

"也就是说，你们已确认案发时土渊老师在浏览我的十二篇习作，有不在场证明？"

"警部当场让庄司描述你那些玩意儿的内容，一边粗略地看了一下笔记本，结果发现他岂止是过目，简直是读得相当仔细啊。"

"是吗？"

言耶松了口气。尽管每听到一次"玩意儿"都让言耶觉得无地自容，但他总算是放心了。庄司的嫌疑得以解除真是太好了。

"我们问了一下，好像庄司也在写怪奇小说啊。"

"土渊老师是实打实的专业作家。"

"专不专业我不清楚，写怪奇小说这类东西的家伙，包括你在内，是不是怪人很多啊？"

"这、这话是什么意思？"

"庄司因为发现尸体受了惊吓，气色好像不太好。哪知警部一提到你写的那些玩意儿，他马上就乐滋滋地侃上了。"

言耶隐隐觉得，自己可能也会做出同样的反应。

"警部还没问呢，他就急着做起详解来，说什么《泥泞》和《黏土杀人案》这两篇尤其精彩。你看，果然是个怪人。"

我怎么着也到不了那个程度吧……言耶这样想着，却牢牢盯上了曲矢话中的其他部分。

"啊，那两篇作品土渊老师给了好评？真、真的吗？到底是哪些地方让他……"

"我、我怎么知道！"曲矢怒气冲冲地说，"难不成你以为警部会跟着庄司，对你那些玩意儿发表短评，嗯？"

"我倒没这个意思……"

"说起来，你那些玩意儿跟这次的案子根本没关系吧！"

"可是，它们给土渊老师提供了不在场……"

"这种东西，有和没有一个样！"

"是因为现场的奇妙状况才是最大问题吗？"

曲矢目光如炬，瞪视着言耶："除了被害者和发现者二人的脚印，现场没有留下任何痕迹。无论罪犯从哪里接近那座小岛，应该都会留下来去的脚印，可是我们完全找不到。"

"正因为如此，老师才觉得自己肯定会受到怀疑……"

"我们也是欢欣雀跃，觉得这家伙就是罪犯。因为他也不逃离现场，只是呆呆地杵在那里。"

"但是，现在你们已经查明，被害者的死亡推定时间比老师发现尸体的时间足足早了五六个小时。"

"除了庄司，没有人接近过现场。"

"也就是说……"

"这是你大爱的密室杀人。"

五

"大爱什么的……其实谈不上爱不爱的……"

曲矢装模作样地叹了口气，仿佛在阻拦言耶抗议："你看你看，要是没有你来掺和，这明明就是一桩单纯的案子嘛。"

"哪件事和我有关系……"

"当然是那古怪的脚印之谜了。"

"你想说，发生无足迹杀人案是我拜访土渊家导致的？"

"不是吗？"

有些话听起来未必就是开玩笑，这正是曲矢警官的可怕之处。

"什么乱七八糟的……"

"乱七八糟的人是你。每到一个地方就把奇奇怪怪的案子招来。"

"……"

再继续正经地搭理对方，天都要黑了。言耶当机立断，把话题拉回到案子上。

"现场是什么情况？"

"跟你看到的一样。"

曲矢摆出一副不情不愿的样子，先是冷冷地回了一句，随后开始详细说明。

"从便门到弥勒岛有三个人的脚印。缘中朱实向右画着弧线，留下了略微曲折的足迹，感觉像是喝醉了。土渊庄司走的是前往岛的最短路径，而你的脚印是向左侧迂回的。"

"确实是这样。"

"过桥时，朱实走的是右侧，庄司走的是左侧。不过从痕迹判断，朱实没停过脚步，而庄司则在接近桥另一头的桥畔处回过头。"

"是在叫我的时候吧。"

"嗯。他说他发现有人倒在地上，而且怎么看都觉得人已经死了，所以就把你叫来了。被误认为名侦探的感觉如何啊？"

"我只求大家能尽早认识到这一点。"

见言耶不受挑衅，曲矢显得没精打采。但他还是摆出若无其事的样子，继续说明现场的状况。

"他俩的脚印一上岛，就往那个像松茸怪一样的盖子去了。朱实的脚印很正常，但庄司的脚印从桥畔开始一下子凌乱起来。"

"因为他奔向了朱实女士。"

"没错。盖子下面几乎没有雪被吹进来，所以只有盖子的东头——站在桥上看是左边——到朱实的脸没入水中的池边之间，留下了其他痕迹。顺便说一句，你的脚印只到桥跟前为止。"

"是的。"

"在朱实倒下的地点周围，只有庄司的脚印。"

"她与凶手搏斗的痕迹呢？"

"基本没有。而盖子底下是留不下痕迹的。然后就只有庄司来去池边的脚印了，距离较短。庄司说，虽然人看上去已经死了，但保险起见他还是把尸体的脸从水里托上来，做了确认。那脚印就是当时留下的。"

"罪犯趁朱实女士不备，用独钻袭击了她。也许本来是想瞄准后脑勺的，结果却击中了头部左侧。于是，朱实女士向前倒去，脸浸入了池中。案发当时的情况差不多就是这样吧？"

"恐怕是。那盖子的东头离池边不远，被人从身后袭击、向前倒地的话，头正好会没入池中。"

"凶器上能检出指纹吗？"

"希望不大，毕竟是石头做的。"

"死因是头部侧面的击打伤吗？"

"经现场鉴定，推测是溺死。"

"啊？"

"当然，还得等验尸结果。但应该不会有错。"

"罪犯没有再给出致命一击吗？"

"要么是以为人已经死了，要么是一时冲动打了对方心里害怕，所以急忙逃走了吧……当然，如果是逃走了，应该会留下脚印。"

"确实。"

"不过，要说这是激情杀人，罪犯的行为可就太莫名其妙了。"

"什么行为？"

"把揉成团的旧报纸塞进了被害人的嘴。"

"为什么要这么做？"

"我不是说了吗，莫名其妙！"

曲矢勃然大怒。言耶不予理会，说出了自己在意的问题点："这个旧报纸是罪犯特地带到现场的吗？"

"这倒不是……"停顿了片刻后，曲矢答道，"庄司的次子庄次是高中报刊社的成员。"

"我听说他同时还加入了棒球社。"

"嗯，据说是一个很有前途的运动员，不过对报刊社也很感兴趣。他恳求两边的顾问老师，让他同时参与两边的活动。因此，家里积了一堆旧报纸，用来制作剪报簿。由于昨天白天比较暖和，他在岛内的桌子上进行制作。结果把用完的旧报纸、糨糊和剪刀落在那里了。"

"这个剪刀……"

"不是凶器。"不等言耶说完，曲矢便立刻否定道，"不过，如果罪犯是女人，倒有可能在一瞬间选择剪刀。从实际使用的是独钻这一点来看，罪犯是男人的可能性变大了。"

"独钻是一股杵，还是三股杵、五股杵？"

"你还懂这方面的知识啊。"

"碰巧罢了。那到底是？"

"三股杵。非铜非铁，是用石头做的，而且好像比实物大。形状和重量正适合一个男人单手挥舞。"

"原来如此。旧报纸大概有多少？"

"挺多的。虽说毕竟没有全部塞进朱实的嘴，但看起来罪犯打算这么做。"

"揉成一团塞进了被害者的嘴？"

"嗯。好些没能塞进去的团块，都漂在池面上了。"

言耶歪下脑袋："罪犯是为了防止朱实女士惊叫吗？"

"我说，你有本事一下子把报纸塞人家嘴里吗？"

"而且，如果想封口，罪犯一开始就会准备布片之类的东西吧。"

"也就是说，罪犯见现场正好有旧报纸，就拿来用了。至于目的就不清楚了。"

"是因为发生了什么意外情况吗？当然，是什么情况目前根本无法推测。"这时言耶好像又打起了精神，问道，"关于昨晚到今晨的降雪，具体是什么……"

"调查过了。"曲矢取出手册，边翻页边说，"开始下雪是在午夜十二点，停止是在一点半左右。不过，十二点半到一点之间的约三十分钟雪势最猛，后面就只是零星地下一点。"

"如果选在十二点半到一点之间从便门到弥勒岛走个来回，也不会留下脚印。"

"但是，现场清晰地留下了缘中朱实的脚印。从死亡推定时间来看，也可知她是一点过后去的岛。"

"今天早晨的情况呢？"

"五点左右开始下雪，但也只是稀稀拉拉的程度。所以，朱实和庄司的脚印稍微有些模糊，但还不至于分辨不出是两个人的脚印。"

"朱实女士在凌晨一点到两点之间上了弥勒岛。如果那时罪犯已经在岛上了，情况又当如何呢？"

"对啊！"曲矢从手册上抬起脸，"如果在一点前上岛，罪犯就不会留下脚印……不过，离开岛呢？"

"这个就很难办了。"

"你小子！原来不是想好了才说的呀！"

"嗯，我只是想到了就说出来了。"

"……"

趁曲矢还没开口说什么，言耶又续道："不管怎样，罪犯不可能预测出正确的降雪时间。"

"那是当然。"

"既然如此，罪犯在降雪期间、朱实女士在雪停之后上岛，是完全有可能的。与其思考罪犯比朱实女士晚来却为何没有留下脚印，还是这个想法更自然。"

"也行吧。我明白你想说什么了。然后呢？"

"问题在于罪犯后来是怎么靠一般途径回去的。"

"哈？我还以为你有什么高见呢……"

眼看曲矢又要发怒，言耶慌忙说道："便门的鞋柜里好像确实备齐了家中所有人的鞋。啊，顺便问一声，朱实女士穿的是？"

"共用的拖鞋。因为她没有自己的鞋。不过呢，这里的常住人员都有。也就是说，一旦留下脚印，就等于告诉别人自己是罪犯……"

"真是这样的话，把脚印抹掉就行了。"

"嗯？"

"脚底擦着雪地走，或是跑回建筑拿来扫帚，把脚印扫掉即可。"

曲矢思考了一会儿，说道："会不会是想着尽可能不让土渊家的人受怀疑呢？"

"那可以一边清除脚印一边沿着建筑绕到玄关所在的北侧，然后直接出门。这样效果更佳。"

"那罪犯又是怎么从街上回家的？"

"罪犯都能离开现场不留下脚印了，这点事又算得了什么？"

"啊啊！简直是莫名其妙啊！"

言耶赶在曲矢咒骂前，急忙问道："对了，你说过，只要有罪犯的足迹，只要不存在密室，这就是一桩单纯的案子。为什么呢？"

"缘中朱实是一个妓女。"听曲矢的口气，好像光凭被害者是娼妓的事实就能解释一切似的。

"虽然还不知道详情，但听说是贵族出身。"

言耶心头一震。因为刀城家也是如此。当然，由于父亲牙升厌恶特权阶级并离家出走，已被族人逐出家门。

"缘中也是假名字，其实好像是叫一内。这个姓氏特征明显，所以才改了。不过，虽然汉字不同，缘中和一内也实在太像了吧[1]。人类啊，还真是有趣。这种与生俱来的咒缚，是没法轻易摆脱的。"

"贵族家的女儿……"

"这是别的妓女说的，所以有必要多方核实。不过就算是真的，这种事也不稀奇。"

"战后……是啊。"

"据说她还是小孩的时候，父亲就失踪了，多半是贵族老爷掺和一些不懂的行当，惨遭重击了吧。之后他们靠变卖家当过活，但空袭把一切都烧毁了，接着就是老一套的堕落风尘了。"

"这么说，这案子跟男女关系有关？"

"朱实怀孕了。父亲是庄司的长子庄一。"

"啊？"

1　"缘中"读作"ふちなか"，一内读作"いちなか"，仅一音节之差。——译者注

"庄一立马就交代了。而且据说对方还逼他结婚，所以他有动机。"

"原来如此。"

"同样的动机庄司也有。这人对怪奇小说的痴迷劲头和你一样，但其他方面跟你大不相同，是个严肃、死板的学者。他不可能认一个妓女当儿媳。"

"但也不能因此就说他下手……"

"要是对方威胁说，不同意结婚就闹到他儿子的学校去，把这桩丑闻抖搂出来……碰上这种半吊子严肃的老师，可不就是巨大的动机吗？"

"原来如此……"

"庄司否认庄一和朱实的关系，说什么我家儿子绝不会怎样怎样。但警部说在他看来，庄司就是在包庇儿子。换言之，庄司恐怕也早就隐隐有所察觉。"

"庄一先生确实受了朱实女士的威胁吗？"

"他本人都承认了。"

"是吗……"

"同样的动机也可以安在十和田祥子身上。"

"为什么？"

"因为她迷上了庄一。"

那个看来颇为温婉的女子？言耶吃了一惊。当然，恋爱这种事原本就不是旁人能够理解的。

"庄一先生那边呢？"

"祥子有空时，还会帮庄一搞研究，所以庄一隐隐有所察觉——差不多就是这样吧。"

"持有动机的多达三人……"

"不，是四人。庄次也有动机。"

"难不成庄次君……"

"明明还是个黄毛小儿，竟然就跟朱实发生关系了。当然，按他的说法，是朱实引诱他的。怎么说呢，应该是真的吧。"

"不会吧……"

"朱实威胁说要告诉他父亲和所有人，靠这个讹走了他的零花钱。据说庄次对祥子有意，所以也知道她对哥哥的感情，以及哥哥与朱实有染、遭到威胁的事。"

"才半天时间，竟然查得那么详细了。"

言耶由衷地表示赞叹，但曲矢一脸愤然："你是小看我们警察吗？让这帮死板、单纯的家伙开口，算个屁。连这个都做不到，还怎么吃刑警这碗饭啊。"

"是这样吗？"

"我说你……"曲矢似乎还想说什么，但最终只是重重地哼了一声，"这家人里没动机的，只有女佣寿乃久美江和她的外甥高志。"

"其他租客呢？"

"现在这个年代，谁会租这种豪华楼里的房间？这里的房租相当贵，搞成麻将馆也很赚钱吧。所以，租得起房的也尽是朱实这样的妓女、黑道头子之类的人。他们个个都不干不净，势力大得很。"

"这么说，庄次君的零花钱挺多啊，都能让朱实女士盯上。"

"嗯。总之，既然都是这类人，就没可能在正常时间回家。听说昨晚没一个回来的。今天早上我们检查了所有房间，结果哪间房都没人。当然，我们会找所有人确认，但目前为止租客没有嫌疑。"

"因为没有动机？"

"不不，稍微敲打一下，应该能找到不少。不过呢，要说是那些家伙犯的案，这现场可就太不自然了。那个叫什么弥勒岛的地方，是庄司和庄一读书的场所。久美江作证说，不曾有一个租客靠近过那里。想干掉朱实的话，应该不会选择宅内，而是会把人带出去。"

"那么，朱实女士是被……"

"多半是被叫出去的。死亡推定时间的凌晨一点到两点，是她所谓的赚钱时间。然而她却在弥勒岛上，应该是罪犯指定了时间。"

"有没有信之类的东西？"

"被害者身上没有，现场也没找到。"

"……"

"关于这个，我们正让警员继续找其他妓女，打听朱实是否透露过有人约她的事。"

"你不觉得奇怪吗？"言耶显出沉思的模样。

"哪里奇怪？"曲矢追究道。

"罪犯为什么要把见面地点放在弥勒岛呢？那种时候没人会上岛，从这层意义而言，可能确实很适合密会。但是，只要站在建筑南侧房间的窗边，就几乎能把小岛尽收眼底。"

"夏天还好说，现在这个季节，而且还是凌晨一点，谁会从窗口张望院子啊。再说了，大家都拉着窗帘呢。"

"可是……"

言耶尽可能引用高志的原话，讲述了少年亲眼看见的景象。

"哦……"曲矢默默地听言耶说完后，用极低的声音说道，"你是不是跟我有仇？"

"哈？"

"除了匪夷所思的脚印之谜，你还打算让尸蜡化的木乃伊也在本案中登场吗？"

"我也不想啊……"

曲矢这么找碴，让言耶有些畏首畏尾，但他还是问出了昨晚各人的活动情况。其结果整理如下。又及，表中的时刻并不精确。

一内朱实（被害者）

星期天凌晨一点之前回家？

凌晨一点过后前往弥勒岛，在凌晨两点之前被杀害。

土渊庄司（发现者及嫌疑人）

凌晨十二点到十二点半在三楼的研究室和武器室，和庄一一起带言耶参观了各自的房间。

凌晨十二点半到五点在研究室阅读言耶的小说。

凌晨五点半前往弥勒岛，发现了朱实的尸体。

土渊庄一（嫌疑人）

凌晨十二点到十二点半在三楼的研究室和武器室，和庄司一起带言耶参观了各自的房间。

凌晨十二点半到一点半在武器室检修仿制品。

凌晨一点半过后在二楼自己的房间睡觉。

被今晨的喧闹声吵醒。

土渊庄次（嫌疑人）

凌晨十二点过后在二楼自己的房间睡觉。

被今晨的喧闹声吵醒。

十和田祥子（嫌疑人）

凌晨十二点过后在二楼自己的房间读书。

凌晨一点半就寝。

被今晨的喧闹声吵醒。

寿乃久美江（相关人员）

星期六晚上十一点就寝。星期天凌晨五点起床。

今晨在厨房做饭时，从高志处得知发生了命案。

高志（相关人员及目击者？）

凌晨十二点过后在二楼自己的房间就寝。

凌晨一点半左右（？）目击到弥勒岛上的尸蜡化木乃伊。

凌晨五点半听到庄司的声音后起床，奔出房间。

"拥有不在场证明的只有土渊庄司老师啊。"言耶低头看着记录在大学笔记本上的活动表，再次确认道。

"多亏了你那像小说一样的玩意儿。"曲矢当即挖苦了一句，但很快又面露苦涩的表情，"话虽如此，只要这个无足迹雪密室之谜还存在，就等于谁都有不在场证明吧？"

"因为是'不在犯罪现场'的证明，所以确实可以这么说吧。"

"像是能破解的样子吗？"

"啊？要、要我破解吗？"见曲矢一副理所当然的样子，言耶慌忙反问道。

"难不成你以为我只是爱唠叨，才这么详细地跟你讲案子的事？"

"这、这个嘛……"

言耶有那么一瞬间倒是想到过曲矢的动机。但对方要求得如此露骨，还是把他吓了一跳。

"为什么要我……"

"都什么时候了，还说这种废话。"

"哈？"

"你小子命该如此。"

六

当晚，刀城言耶在土渊家三楼的客房又住了一宿。身份既已得到确认，言耶原本可以回家。但庄司挽留了他，希望他待到案情再明朗一些的时候。

难道土渊老师也期待我解开无足迹杀人之谜吗？

言耶觉得这未免太强人所难，但在确认之前庄司已经睡着了。警察收队后，庄司因高热不得不卧床休息。看来他身体状况不佳，一直在勉强支撑。

"老师的情况如何？"

寿乃久美江从二楼庄司的卧房出来时，言耶拦住她询问病情。

"现在已进入熟睡状态……真是的，我当时就说过的。"

"说过什么？"

"老爷在寒冷的户外接待警察，后来又在客厅里跟他们说话，所以我端了杯热茶过去。但是我见老爷脸色不好，就劝他是不是该休息一会儿，老爷也答应了。哪知有个年轻警察拿来了一本脏兮兮的笔记本……"

言耶实在不敢说"那其实是我的创作笔记本"。

"老爷一接过笔记本就兴奋起来。我对警部先生也提了意见，可他说现在不行，还有问题要问老爷，完全不搭理我。"

考虑到当时警察正在办案，这恐怕也是没办法的事。

"就因为这个，结果老爷病倒了。虽说一切都是警察的责任，但当时我再坚持……"

久美江连声抱怨。言耶设法摆脱她之后，拜访了十和田祥子的房间。

"对不起，我能否打扰一会儿？"

"好的。"祥子言简意赅地答道。

言耶询问了缘中朱实的情况。虽说一内才是真名，但现在没必要透露这项信息。据祥子所言，她只知其人的相貌，不记得和朱实说过话。

祥子的房间位于二楼的西侧。换言之，案发时她在离犯罪现场最远的地方。

当然，前提是没有外出……

不过，如果昨晚她从院子走上了岛，绝对会留下脚印。

言耶一无所获，只得告退。随后他径直去了庄次的房间。

"我真是没脸见父亲了……"庄次垂着头，喃喃低语道。

警察刚走，庄司就病倒了。不知对庄次来说，这算不算是一件幸事。也正是因此，自案发以来，庄次似乎还没见过父亲一面。

"父亲发高烧卧床不起也是因为我的过错，对不起……"

"急着下判断可不好。在寒风里一直陪着警方做现场勘查也是原因之一。而且，没准你父亲老早就注意到了呢？"

"我那个为人严肃的父亲……这不太可能。我觉得他压根儿就不知道那女的是干什么的。不光是她，父亲对所有租客的来历都不怎么关心。"

也就是说，只要按时交房租，庄司是不问对方职业的。

"父亲的精力只放在工作和家庭上，外人他才不管呢。所以，她的事父亲也……"

庄次再次垂下头。眼见话题实在难以进行下去，言耶束手无策。如果换上曲矢，就算在这种时候，他也一定能问得更深入一些。

果然没法跟专业的比，我终究只是个业余侦探啊……

言耶打过招呼，离开了庄次的房间。随后他上了三楼。

庄一果然在武器室。听着庄一的话，言耶渐渐发现两兄弟抱有一致的想法。同样，关于朱实的死，二人也都没有受到太大的震动。相比之下，他们更悔恨给一无所知的父亲带来了沉重的打击。

言耶看了看已是漆黑一片的窗外，斜右方的黑暗中隐约浮现出弥勒岛的影子。正下方是二楼庄次的房间，其右侧隔开两个房间，是高志的住处。顺带一提，言耶留宿的三楼客室在高志右侧房间的正上方。

庄司缺席了晚餐。言耶吃完饭、借浴室洗了个澡后，把自己关进了图书室。这是为了思考案情，然而他的视线总是时不时地移到窗外，投向那弥勒岛。

十点之前，曲矢一个人回来了。他突然闯进图书室，说道："听说庄司病倒了？"

"好像是警察一回去就病倒了。"言耶也顺其自然地答道。

"用人寿乃久美江拼命抱怨我们，说什么都是因为警察拉着老爷到处转。"

"因为她很生气嘛。"

"庄司可是头号嫌疑人，有什么办法呢。"曲矢把久美江痛批一顿后，说道，"我们向缘中朱实的几个姐妹问了她昨晚的情况。"

"你是特地来告诉我结果的？"

"昏头了你，少自作多情！"

曲矢大发脾气，言耶好说歹说才安抚住他。在此过程中，言耶感到，与阿武隈川乌相比，曲矢在另一层意义上也是个难以应付、不让人省心的家伙。

"搞什么搞！你到底明白了没有？说起来，你小子……"

"是是，非常抱歉。今后我一定注意。那么，朱实女士昨晚是什么情况呢？"言耶果断谢罪，随后立刻催促曲矢往下说。

"这、这个嘛……"曲矢迟疑了片刻后才说道，"据说这几天MP和警察查得紧，她们也都停了生意。"

MP是MILITARY POLICE的略称，意指美国驻军里的宪兵队。对于美兵的犯罪行为，日本警方没有行使警察职能的权力，所以就由MP来管束。

然而，驻军最忌惮的其实是本国士兵染上性病，而非犯罪。因此，宪兵队常与日本警察联合行动，查处卖淫妇。

"到了昨晚，终于查得松了。不过，她们不敢大意，还在继续观望。"

"也就是说，朱实女士可能是想着能做生意了，所以昨晚去拉客了？"

"那几个姐妹觉得是这样，但并不肯定，只是说看上去有那个意思。结果，也不知道她是害怕被查处早早收工了，还是因为有人约才回来的。"

"但是……"

"啊啊，我知道。朱实没什么事还在半夜一点上弥勒岛——这个想法是有点勉强。所以大概还是有约在身吧。只是这事对她来说没那么重要，所以一看能重新开工了，就打算以生意为先。"

"因为约她出来的人不是土渊老师或庄一先生？"

"也可以这么想吧……总之，罪犯和被害者之间可能有什么纠纷。"

如此这般，现在又多了一个新谜团——缘中朱实的奇妙行动。

送走曲矢后，言耶为了就寝回到客室，却没有上床。他把椅子摆到窗前，用毛毯裹住身体，透过窗帘的缝隙一动不动地窥视着池心小岛。准确地说，是在凝视岛上的石碑。

目的只有一个，就是监控，看一看今晚尸蜡化木乃伊是否也会爬出来。

然而，言耶的努力只是徒劳。一夜无事，等他回过神时，天已经亮了。不，其实他是在不知不觉中睡着了，因此无法断言那东西是否出现过……

言耶伸了个大懒腰，打开窗。一瞬间他被暴露在清晨的冷风中，不由得打了个喷嚏。

"这样是会感冒的。"

院子里降满了霜，虽然没到积雪的厚度，却也泛出雪白之色。地面上莫说脚印，连一点痕迹都没有。

言耶呆呆地望着这片白色的风景，连续打了好几个喷嚏。

"啊！"就在这一瞬间，他感觉自己终于解开了无足迹杀人之谜。

七

土渊家的客厅里有富士峰警部、曲矢、土渊庄司和刀城言耶四人。

警方人员抵达时，言耶对着曲矢耳语，说感觉自己已解开本案的谜团。他想姑且告知曲矢，听一听他的意见。不料，曲矢当即搭好了舞台。如今这情形，就像名侦探为破案而准备讲述自己的推理似的。

"这、这怎么行？我什么也……"

"这不挺好吗，省得我把你的推理再转述给警部了。相关人员那边我再把土渊老师也请来的话，后面就好办了。"

曲矢轻易驳回了言耶的抗议。顺带一提，他之所以尊称庄司为老师，多半是因为其本人也在场，抑或是在警部面前得有所收敛。

好在庄司似乎已经退烧，脸色比昨天好了许多。不过，他是擅自起床，未经久美江的允许。如果久美江发现了，肯定会把他带回卧室。

"关于本案，你有何意见？"

进而，富士峰也话里有话，催促言耶开口。无奈之下，言耶只好用缺乏自信的语调，吞吞吐吐地开了口。

"这是今天早上的事。"

"嗯。"曲矢附和一声。

"清晨院子里降满了霜，白茫茫的一片。就在我望着这副景象的时候……"

"你起得很早啊。"

"事实上……"

听说言耶没睡，一直在监视弥勒岛，曲矢面露惊讶的表情："你为什么要这么做？"

"我想尸蜡化木乃伊没准会再次出现……所以……"

"你这家伙……"

曲矢惊愕不已，似乎又想批判几句，这时富士峰插话道："现在先听他讲。"

"是……"

曲矢闭上了嘴，一脸不情不愿的样子。富士峰则催促言耶接着说："然后，你就看到了什么，是吗？"

"这倒不是……"

"哈，这还用说。你听好了，高志目击到的那个原本就……"

"我都说了，先听他讲。"富士峰瞪了曲矢一眼，曲矢把脸转向一边，再次不吭声了。

"然后呢？"

"我并没有看到什么。当然，我中途睡着了，所以也无法断定没有任何东西出现……"

"……"曲矢又要开口，被警部瞥了一眼后才作罢。

"原来如此。然后呢？"富士峰这边极有耐心，只是不断地催促言耶。

"到了早上，望着白茫茫的院子，我突然想到，莫非罪犯没有上弥勒岛，所以才没有留下来去的脚印。"

"确实，这样就能解释为什么没有罪犯的脚印了。但是，罪犯不上小岛的话，又怎能杀害被害人呢？"

"罪犯用信或口头通知的方式，请朱实女士在前天凌晨一点到两点之间前往弥勒岛。"

"然后呢？"

"罪犯事先从土渊庄三的石碑处偷偷拿走独钴，作案时在别的地方向朱实女士投掷。"

"从哪里？到底是怎么做的？"曲矢急不可耐地开口道。富士峰也未加责备，目光中蕴含着同样的疑问。

"从三楼的武器室，使用投石机。"

"什、什么？这么说罪犯是……"

"庄一先生。"

言耶把目光转向庄司，庄司也回以注视。他的眼睛在说"请继续你的推理"。

"庄一先生对投石机的兴趣似乎更胜于大炮。被害者静立在弥勒岛上，对他来说，用独钻代替石头击中她的头部，应该是很容易的事。"

"武器室和小岛的位置关系如何？"

"二楼高志君的房间正对着弥勒岛，从那里往东走过两个房间，是庄次君的住处，其正上方就是武器室。把投石机摆到窗前并朝向弥勒岛，恰好可对准岛左侧的那个像亭子一样的空间。总之，来自武器室的独钻击中了朱实女士的左侧头部，导致她意识模糊、向前倒去，最终让脸部浸入了池中。"

"雪的问题呢？就连气象专家也很难预测降雪时间和降雪量啊。"

"下雪只是偶然。使用投石机并不是为了表演一场无足迹杀人。通常没人会考虑干这种事吧？庄一先生说过，他连虫子也不敢杀，之所以使用投石机，是因为他实在害怕直接动手。"

"原来是远距离杀人啊。"

"庄一先生作证说，凌晨十二点半时他与土渊老师和我告别后，在武器室里待到了一点半。换言之，凌晨一点到一点半之间他可以在某处使用投石机杀害朱实女士。"

"唔……"

曲矢沉吟过后，一旁的富士峰提出了疑问："如果罪犯没有到过现场，那么被害者嘴里塞着旧报纸这个谜，你怎么解释？"

"那个……是土渊老师所为。"

富士峰和曲矢同时把脸转向庄司。而庄司依然保持沉默，安静地倾听言耶的推理。

"是共犯啊。"

听到曲矢如此低语，言耶摇头道："不是的。老师发现朱实女士的尸体时，恐怕很快就猜出了罪犯和杀人手法。于是他企图庇护罪犯，情急之下把现场的旧报纸塞进被害者口中。这是为了制造罪犯来到岛上、与被害者有直接接触的假象。"

"土渊先生，果真如此吗？"富士峰问道。但庄司完全不予回答。

"只是……"这时言耶歪下头，说道，"朱实女士明明与庄一先生有约，却又向同伴表现出MP和警察不查处就继续做生意的姿态，这是为什么呢？"

"你想说什么？"

曲矢追问之下，言耶解释道："她一直在逼迫庄一先生和她结婚。现在可是结婚对象约她出来，你不觉得她把这件事看得太轻了吗？她本该放下一切，跑去赴约吧？"

"你的意思是……"

"约她出来的不是庄一先生。"

"那到底是谁？"

"十和田祥子小姐。"

"是那女人……"曲矢吃了一惊，立刻又问道，"可是，那女人会用投石机吗？"

"庄一先生说过，实际使用投石机的仿制品时，问题在于命中率。而祥子小姐比他更精通弹道计算。"

"他还说过这个呀……喂！我怎么没听说啊？"

言耶不理会曲矢的吵嚷，继续道："祥子小姐说她午夜十二点后在二楼自己的房间读书，一点半时就寝。而一点半正是庄一先生离开武器室的时间。"

"也就是说，两人正好错开了？"富士峰确认道。

言耶点了点头，却又说道："只是……"

"有哪里不对劲吗？"富士峰间不容发地问道。看来他开始重视言耶的推理了。

"就算祥子小姐比庄一先生更擅长使用投石机，可是她真能让独钻精确命中朱实女士的头部侧面吗？"

"这倒是个问题。"

"朱实女士会走向弥勒岛的东侧，这一点完全能预测到。因为那边有椅子嘛。不过，她未必会去坐。事实上她一直站着，而且谁也无法保证她待在一个地方不动。朱实女士随时都可能突然移动。面对这样一个不安定的目标，祥子小姐到底是如何瞄准的呢？"

"如何瞄准的？"曲矢照例直截了当地问道。

"我想，投石机这样的工具是很难做微调的。"

"喂喂，那你说到底用的是什么？"

"是人的手。"

“你说什么？”

“庄次君在高中加入了棒球社，大家认为他有望成为优秀的运动员。如果是他的手，就能精准地投掷出凶器。”

“不会吧……”

“他的房间在武器室的正下方。除高低有别之外，与弥勒岛的位置关系和武器室一样。”

富士峰探出了身子，曲矢则目瞪口呆。只有庄司神闲气定，一副泰然自若的样子。

“投掷者若是棒球部的成员，便有可能根据朱实女士的移动情况进行调整，直到投出去的那个瞬间。”

“嗯……”这回轮到警部发出了低吟声。

“只是……”

言耶又说出了这两字，惹得曲矢用满含怒气的口吻叫道：“你小子不会又要……”

“既然如此，庄次为什么要选择独钴这种不便投掷的凶器呢？同样的话也可以用在投石机上。”

“这原本不是你推理出来的吗？”

富士峰制止愤怒的曲矢，回答道：“弥勒岛上有了独钴，就能制造出罪犯上岛直接下手的假象，不是吗？”

“嗯，确实有这样的效果。但是，如果因此降低了命中率，可就本末倒置了。虽说不如用独钴那么完美，但拿院子里大小适中的石头，应该也能达成一定的伪装效果。”

“是啊。”警部认可言耶的话。

相反曲矢却不依不饶："你不是说早上看到院子被霜打得一片雪白，就明白了本案的真相吗？"

"是的。就在那一瞬间，目前为止我所讲述的解释一下子涌入了我的脑海。"

"哦，一瞬间啊。"

与表示钦佩的富士峰不同，曲矢准备追究到底。

"然而，你小子一边推理一边接二连三地否定，到底是安的什么心？到目前为止，没有一件事是搞清楚的！"

"不，后来我终于意识到了真相。"

"后来？什么时候？"

"就在我望着白茫茫的院子，接连打了好几个喷嚏的时候。"

"你小子……拿警察开涮……"

"那时我明白了，为何土渊老师脸色不佳，为何会发高烧卧床不起。"

"嗯？"曲矢张口结舌。

言耶将视线从他转向富士峰，随后又移至庄司身上，继续说道："这是因为，老师在凌晨一点到两点之间用独钻击倒朱实女士，使她溺死于池中后，便一直待在弥勒岛上，直到五点半把我叫起来为止。"

"喂喂……"

见曲矢又要插话，富士峰当即制止，并问道："这到底是怎么回事？"

"大学笔记本里有我写的十三篇怪奇短篇小说，我想老师恐怕不是在读完其中的十二篇后前往弥勒岛的，而是在去之前只浏览了最初的一到两篇。"

"为什么呢？"

"老师读完一到两篇后，下意识地瞄了瞄窗外，发现外面已经积雪。荣幸的是，老师对拙作感到满意应该是真的。于是他打算去弥勒岛上继续读。"

"喂喂，谁会在二月的深夜干这种事啊？"

曲矢不以为然的语气，令言耶脸上露出了稍显害羞的笑容。

"怪奇小说爱好者有个倾向，就是最爱怪奇幻想式的氛围。在雪后的池心小岛上，就着户外灯暗弱的光线阅读怪奇短篇小说——这样的机会摆在眼前，岂容错过。"

"可是……"

"当然，老师并没有打算读到早上。如果读了一两篇就满足了，或是冻得不得了，就准备回屋。"

"那么，被害者并不是被人约出去的？"

面对富士峰指出的问题，言耶点了点头："朱实女士只是为提防MP和警察的查处，比往常早回家了而已。我推测她走进玄关时，正好看到了老师从便门出去的背影。"

"从玄关确实可以一眼望见便门。"

"上次我和曲矢警官刚回便门，就看到久美江阿姨在玄关前徘徊。案发当晚的情形与之相反。"

"原来罪犯的脚印先于被害者的脚印。"

"老师从便门到桥，走的是最短距离。而朱实女士虽然醉了，却能在老师的脚印右侧绕行。这是因为她下意识地不想踩上老师的脚印。假如是她先上了弥勒岛，那么明明要去小岛东侧的那个像亭子一样的地方，却特意从桥的右半边通过，可就有点反常了。"

"被害人上弥勒岛是为了威胁罪犯？"

"她觉得这是一个好机会吧。"

"然而却被反戈一击了。"

"拿独钻作凶器，最后没有给予致命一击。从这两点来看，感觉是极端冲动导致的罪行。"

说到这里，言耶闭上嘴，注视着庄司。富士峰和曲矢似乎也在等他开口。

然而，庄司依然沉默不语，只是做手势要求言耶继续说。

言耶轻轻点头："庄一先生和庄次君均表示，父亲绝对没有发现他俩与朱实女士的关系。但警部先生讯问过土渊老师后，留下了老师之前就已知道的印象。"

"啊，确实是这样。"富士峰答道。

"之所以如此，是因为数小时前他直接听朱实女士说了。"

"你的意思是，"曲矢显得难以置信，"这位老师在风吹雪打的小岛上读你大学笔记本里的作品，一直读了四五个小时？"

"老师一时冲动打倒朱实女士后，对自己的处境束手无措。即使一边清除脚印一边往回走，也抹不去罪犯在建筑和弥勒岛之间来回的事实。无论是庄一先生还是庄次君，一旦接受警方的讯问，必会坦白自己与朱实女士的关系。这么一来，两人将被视为最大嫌疑人。老师无论如何都想避免这一事态的发生。于是，他决定留在小岛上伺机而动，直到再次降雪。"

"然而，后来没有下雪。即使下了，也只是零星的几点。"曲矢补充道。

"老师自然也考虑到了这种可能，同时还备下另一个方案并付诸实施了，那就是让自己成为发现者，以渡过难关。换言之，他制造了整晚在三楼的研究室阅读拙作这一不在场证明。同时这也令犯罪现场成了密室，于是不仅保护了老师，也起到了庇护庄一先生和庄次君的作用。"

"最终形成无足迹杀人的状况，被他巧妙地利用了。"

"五点过后，雪花开始飘舞，但怎么看好像都积不到能掩盖脚印的地步。于是老师一边踩乱自己的脚印，一边往回走，到桥畔时把我叫醒，随后装作刚从便门出去的样子。"

"但是……"富士峰插话道，"你的大学笔记本确实在三楼的研究室里啊。"

"那位年轻刑警是在搜了老师指定的地方后找到的，对吧？"

"你的意思是……"

"那是老师的笔记本。我听本官老师说，土渊老师也在大学笔记本上写过习作。老师急中生智，利用了那本笔记本。"

"另一本笔记本……"

"在老师的计划里，首要问题是我那本创作笔记本所在的地方。拿着笔记本上弥勒岛的事一旦被揭穿，就一切都完了。因此，老师一直紧合外套的前襟、抱着双臂、把笔记本藏在衣服下。当然，也是因为真的觉得很冷吧。"

"这么说……"

"接下来的一幕是最大难关。也就是让人去三楼的研究室拿我的创作笔记本。好在是新手警员，还不至于会去检查笔记本的内容。老师想必也抱着赌一把的心态——由于内容都是小说，即使被看到了，也能设法蒙混过关。"

"笔记本确实是直接递给他的。"富士峰望着庄司，那完全是一种看凶手的眼神，"但是，要想在我们面前调包，我觉得不太可能。"

"想必老师先是故意让笔记本掉地，然后把两本互相调换了一下。"

"并没有发生这样的事。"

"嗯。当时出现了一个绝佳的机会，被老师利用了。"

"什么机会？"

"久美江阿姨端茶过来，吵着说应该让老师休息。趁警部先生及其他人的注意力被吸引过去的时候，老师迅速调换了笔记本。"

"原来是那个时候啊！"

"久美江阿姨说那笔记本脏兮兮的，可我的笔记本是新的，没那么脏。而老师的笔记本想必是有些年头了。"

"可是这也太大胆了……"

"这是一道必须跨越的难关，所以非做不可。原本现场的情况对老师极为不利，但朱实女士的死亡推定时间一出来，他的嫌疑立马由浓厚转为普通。然后，老师又祭出不在场证明，使自己离清白更近了一步。有两本相似的笔记本，罪犯打算调包——这种事谁也想象不到。实际操作起来，可能比我们所想的要容易。"

之前默默充当听众的曲矢问道："把旧报纸塞入被害者口中又是为了什么？"

"是为了把它们处理掉。"

"有必要处理吗？这只是庄次制作剪报簿后忘记拿走的东西。"

"因为老师用糨糊把这些旧报纸粘连起来，当外衣穿了。"

"啊……"

"为了尽可能抵御寒气，老师利用了现场的旧报纸。但完事后，可不能就这么放着。由于涂过糨糊，所以也没法再恢复原样。于是他制造假象，让人以为旧报纸是用来堵朱实女士嘴的。"

"啊，难不成……"

"高志君看到的正是老师，当时他把旧报纸制成的外衣披在头上了。旧报纸吸收夜间的湿气，变得皱皱巴巴，所以看上去就像破布。"

"那么，伸手召唤……"

"老师发现高志君后，想把他从窗边吓走。"

"又或者是……"此时庄司第一次开口道，"那天晚上父亲的尸蜡化木乃伊真的从墓里爬出来了……"

八

警方要求土渊庄司以重要知情人的身份去局里走一趟，对此高志大为震惊。

凶手竟然是庄司老师……

阿姨久美江怒称是警方搞错了。事实上，好像确实没有关键性的证据。加之庄司又保持沉默，致使案情进入了胶着状态。

然而就在这个当口，一项新事实的发现进一步加深了庄司的嫌疑。警方查明，缘中朱实那失踪的父亲居然是原弥勒教的三大骨干之一。

据说警方认为，当初在那三名骨干面前出没的尸蜡化木乃伊，恐怕也是庄司搞的鬼。至于动机，当然是为了报复三人在庄三入定一事上的背叛行为。但是，对于这些过去的案子，庄司也始终保持沉默。

其间庄一四处奔走，向父亲的亲朋好友求助。最终庄司姑且得以回家。

"你看，我就说吧。老爷的嫌疑被洗清啦。"

阿姨久美江单纯地感到高兴，但事实好像并非如此。那些有权有势者说动了警方，且警方认为不存在庄司逃亡的风险，所以才允许他暂时回家。仅此而已。

个中情由高志都是从刀城言耶那里听来的。自庄司一度被警察带走以来，言耶经常拜访土渊家。

得知缘中朱实的父亲曾是弥勒教的骨干之一，言耶极为懊恼。高志问其原因，他解释道："本官老师出于方便，把那三名骨干称为甲、乙、丙。当时他说，这称呼和他们本人倒也未必没有联系，比如甲的真名里有个田圃的'田'字。"

"因为从'甲'这个汉字里能看出'田'字来？"

"没错。所以，'乙'肯定也是名字里有'九''丸'或'乾'

等字。"

"那么甲和乙就不是朱实小姐了。"

"嗯。她是'丙'。因为拆解这个汉字，可以得到'一'和'内'。'一内'是她的真名。"

为什么就没能意识到呢？言耶后悔不迭。不过，这也仅限于一时。因为言耶的兴趣一直都在弥勒岛上。

"后来你又见到那东西了吗？"

每次来访，他总是这么问高志。高志反问他为何如此在意，言耶当即露出了难以言喻的表情："因为土渊老师曾说过一句话，听起来就像他承认那东西是存在的……"

庄司本人回家后，一直把自己关在三楼的研究室。他不见任何人，三餐也都是遣人送来，晚上也在那里睡觉。

三天后的晚上，下雪了。高志想起了那桩案子，心情十分烦躁。深夜里，他突然醒了。

啊……

窗外传来了极为不祥的气息，与案发当晚感觉到的一模一样。

难不成……

高志回想起当时见到的漆黑暗影，顿时在被窝中打起战来。关于那影子的真身，言耶已告诉过他。但高志无法接受。

那东西居然是庄司老师……

现在不正是确认的好机会吗？但想归想，他怎么也不敢爬出被窝。

必须帮助庄司老师……

高志终于鼓足勇气，慢慢地从床上下来，径直走到窗边，但这次他没敢拉开窗帘。他总觉得瞧一眼窗外，就会发现那东西正在抬头看自己。高志万分恐惧，只能久久地伫立在窗前。

也不知过了多久，他猛然回过神时，户外的不祥气息已然消失。

是回去了吗……

放下心来也只在一瞬间。现在他才意识到，那东西已进入建筑，而且正要从一楼攀向二楼。

高志慌忙冲到门前，用后背抵住门板，背着手握住门把。绝对不能让那东西进屋。他也并不打算窥探走廊。

不久，那东西的气息越过二楼，登上了三楼。片刻过后……

"嗯……嗯……"

楼上隐约传出极为可怕的低吼声，直叫人毛骨悚然。

这、这究竟是……

确实是呻吟声。然而，也许是家人和租客都在熟睡，并未听到有人起床的动静。

不久，那东西从三楼下来了。从三楼到二楼，从二楼到一楼，然后离开建筑，去往院子，进而回到了岛上。

第二天早晨，阿姨久美江在研究室的简易床上发现了浑身冰凉的庄司。警察火速赶到现场。他们最初怀疑是自杀，后来判明是心脏病突发。

那东西是来惩罚庄司老师的……这是高志的想法。即便犯罪者是自己的儿子，也不能原谅。

当然，高志没有对任何人说。只是，他清楚地记得，那天晚上那

199

东西的气息消失后，自己窥探窗外时看到的景象。

　　积雪上印刻着来往于弥勒岛与建筑之间的足迹。那足迹在高志的守望下，一点一点地被下个不停的雪所掩没，忽然消失不见了。

如

生灵双身之物

一

"刀城君，你知道生灵吗？"

"SHENG……LING？是写成'生灵'二字吗？"

"哦，果然名不虚传！"

谷生龙之介面带钦佩之色，再次频频打量言耶。此时二人在神保町一家名叫"希尔豪斯"的咖啡馆内，正坐在里处的角落席上。

昭和初年，神保町便开设了咖啡馆和电影院，有了学生街的模样，战后也出色地履行着这项职责。最重要的是，此处集中了大量旧书店，对言耶这样的学生来说，简直可以一整天都泡在里面。

转战好几家旧书店，从大量书籍中物色感兴趣的书，一边确认内容一边甄别、选购，然后来到自己喜欢的咖啡馆，品尝着香醇浓郁的咖啡，慢慢翻开书页。这无上的幸福时刻，是穷学生们允许得到的一点小小的奢侈。

不过，今天情况不同。下午在大学上完木村有美夫教授的课后，恩师把言耶叫去，给他介绍了其他专业的一位学长——谷生龙之介。

"可以的话，你帮他参谋参谋。"恩师请求道。

"参谋……老师，是什么事啊？"

"就是你擅长的那个领域。"

"哈？"

"算是一种二重身现象吧。"

这时，言耶产生了好奇心和警惕心，两者各掺一半。说实话他很迷惘，不知该听从恩师的话，还是应该编个理由拒绝。

因为他已有前车之鉴。木村有美夫曾把国立世界民族学研究所的教授本宫武介绍给言耶，使他得以参加教授主持的"怪谈会"。结果言耶在那里被卷入了一桩奇异的杀人案。更有甚者，后来他又在这位本宫的介绍下，认识了城南大学的教授——亦是怪奇幻想作家的土渊庄司，结果又遇上了匪夷所思的杀人案。当然，这不是木村的错，但言耶总觉得恩师是一切的起源。

"而且……"言耶很是为难。

由于两桩案子都被他碰巧解决了，恩师似乎误以为自家弟子有这方面的才能。生父是有"昭和名侦探"之美誉的冬城牙城，木村有此误解也情有可原。言耶与父亲之间的纠葛非比寻常，这误会着实令他困扰，但他也明白恩师并无恶意。就算言耶否认，按木村喜欢鼓励学生发扬长处的性格，恐怕也只会认为他是在谦虚。

"可是……"言耶犹豫不决。

木村相信言耶拥有特殊的侦探才能，似乎真心打算磨炼他。为此就必须给自家弟子准备更多奇奇怪怪的案子。正因为是这么想的，他才会把谷生龙之介介绍给言耶吧。

"不过……"言耶苦笑起来。

话虽如此，言耶还是想听听谷生的话，因为他怎么也压制不了天生对怪异故事的喜好。在恩师说出"二重身现象"的一瞬间，恐怕自己已然接受了请求。

"对不起，搞得这么突然，你是不是有别的安排？"介绍二人认识的木村有美夫走后，谷生龙之介一脸歉意地问道。

言耶坦言自己本打算逛神保町，对方表示他也想一同前往。言耶谢绝了好意，说并没有什么要紧事，可以改天再去，但龙之介还是提议二人同行。但是，初次见面的学长跟在身边，言耶自然不能过于专注地物色旧书。于是，他早早地做出了去"希尔豪斯"的决定。

从大学去往咖啡馆的路上，谷生龙之介只说些不痛不痒的话。待二人坐定，言耶把砂糖和牛奶放进端来的咖啡并啜了一口后，龙之介才徐徐打开了话匣。

"刀城君，你知道生灵吗？"

脑中之所以迅速浮现出"生灵"二字，原因可能有两个：一是事先听木村提到过"二重身现象"一词；二是言耶立刻联想到了"言灵"。

这回答似乎令谷生龙之介一下子对眼前的学弟产生了信任感。虽说是教授介绍的人，但刀城言耶的公子哥模样，想来还是让对方感到了不安。

而言耶本人则发现自己从未听说过"生灵"，顿时感到喜好怪异故事的天性爆发了。一旦遇到未知的怪异现象和怪异故事，他总会生出一股难以言喻的兴奋。无论对方是谁，他也一定要紧追不舍，直到对方说清楚为止。言耶身上确实存在这棘手的一面，与他那好青年的形象背道而驰。

此时，他之所以没像往常一样难以抑制冲动，朝着"生灵"狂飙突进，多半是因为之前对分身现象有所耳闻。

"不，木村老师误会了。"言耶努力用冷静的语气回应道。

"他对你可是大加赞扬的。"

"不是在学业方面吧？"

"那个也有，不过他针对的确实是你独有的特殊能力。"

"业余侦探……方面的？"

"不不。是指你身为名侦探的能力，特别是遇到怪案时发挥出来的卓越才能。"言耶问时略带自嘲之意，龙之介答时表情却十分严肃。

"……"

言耶忍不住仰天长叹。他就恩师的误会做了一番解释，随后极力压制着内心的冲动说道："即便如此也不要紧的话，我完全不介意洗耳恭听。"

"嗯，那就拜托了。"龙之介恭敬地低下头，"关于这个生灵……"

既然如此，就没必要客气了。只管尽情畅谈这个令人心痒难忍的话题便是。

"所谓的生灵究竟是什么呢？是一种与木村老师所说的二重身相似的现象吗？"

见言耶突然变得生龙活虎，龙之介似乎有些疑惑："对不起，我不知道这个像是德语的词……"

"这个在英语里叫'DOUBLE'。日语里与之较为接近的词是'分身'吧。仅从现象层面来把握的话，也可以用日本古籍里出现过的'离魂病'来称呼。当然，我想用'生灵'也很合适。"

205

"也就是说，在某一时刻，一个与本体完全相同的人竟然在另一个地方被目击到……"

"没错，就是指这种现象。关于二重身的著名案例，有一八四五年发生于拉脱维亚的艾米丽·萨吉事件。她是一名法国教师，来当地的学校赴任。开始的几个星期平安无事，但不久学生们发现总能在各种场合看到她的身影。明明刚才还在那边，现在却跑这边来了。"

"完全一样……"

龙之介发出了呻吟般的声音，但言耶专注地做着说明，丝毫没有察觉。

"最初所有学生都以为自己看错了。但是，没多久就发生了一次具有决定意义的现象。讲课时，她的身子分裂成了两半。"

"在学生面前？"

"是的。学生们看到两个艾米丽站在讲台前。据说包括衣着在内，她们的外形完全一样，而且同样都握着粉笔。"

"……"

"还不止。之后的某一天，学生们在二楼教室听另一位老师讲课，当时艾米丽在户外的花坛里修剪草木。由于从教室能望见花坛，所以很多学生可以在教室里俯视她的一举一动。不久，就在授课老师离开后的一瞬间，艾米丽突然进入了教室。明明她还好端端地在外面的花坛里，黑板前却也站了一个她。不过，教室里的她样子怪异，动作有些僵硬。一个大胆的学生上前去碰她，竟发现全无触感，手直接穿透了身子。"

"是……幽灵吗？不，既然本人还活着，那还是生灵吧。"

"只能这么解释了。这个案例中最让我害怕的一幕是，某学生与艾米丽单独相处、请她帮忙穿衣时，看到镜中出现了另一个艾米丽，于是被吓得晕死过去。"

"她……那个艾米丽最后怎么样了？"

"事情闹大后，她被学校解雇了。据说当时艾米丽告诉别人，之前她也因为同样的缘故转过几次校。"

"那后来呢？"

"只传出她去了俄罗斯，其他消息一概不知。"

"……"

"美国女作家海伦·麦克洛伊以此事为题材，创作了短篇小说 *Through a Glass, Darkly*[1]。标题取自《新约·哥林多前书》第十三章里的话，大致可译为'仿佛对着镜子观看'。"

"……"

"啊，顺便说一句，爱尔兰怪奇幻想小说家乔瑟夫·雪利登·拉·芬努有一部短篇集，叫 *In a Glass, Darkly*……"

"刀城君，这些跟生灵有关系吗？"

"没有。"

"……"

见龙之介一脸愕然，言耶拉回了话题："呃……其实，和这个类似的传说在其他国家也能看到。比如，苏格兰有一种叫'共步'的，被视作死亡的先兆，为人们所惧怕。人若是目击到它，不久就会死

---

1 由这个短篇扩写而成的同名长篇，在中国出版时的译名是《犹在镜中》。——译者注

去。而且，听说死者的共步还会在此人的葬礼上现身，真是吓人。"

"……"

龙之介的脸色一下子变了。然而，言耶还是没察觉到。

"日本也有。有些地方把这个称为'影之病'，与其说是个人现象，倒不如把它看作出现于特定家族的一种疾病……"

"完全一样……"

毕竟是第二次说出同样的话，言耶也有所警觉了。

"'完全一样'是指和谷生学长一开始讲的生灵很相似？"

龙之介缓缓点头道："在葬礼上现身这一点和'共步'完全相同，并非个人而是家族性的问题这一点又和'影之病'一模一样。"

"恕我失礼，谷生学长所说的家族莫非是指你的……"

龙之介再次颔首："当然，准确地说并不是我家，而是我父亲的老家……"

这措辞意味深长，似乎背后隐含着颇为复杂的内情。言耶有些犹豫，不知该不该继续追问下去。

"战前，我家是在大森那一片。"龙之介以淡然的口吻开始了讲述，"附近建有东京瓦斯电气工业的大型工厂。自懂事以来，我就和母亲一起生活在那狭小的家里。"

"说起大森就会联想到鱼河岸。不过，内陆一带的乡镇工厂很是繁荣呢。"

言耶插话调节气氛，而龙之介似乎正沉湎于过去的回忆，显得有些心不在焉。

"我家附近有条沟渠，台风暴雨过后，经常会浮起鲤鱼或鲫鱼。"

"然后用网兜起来吗？"

"嗯。所以台风一来，我就特别欢欣雀跃。"

"真是美好的回忆啊。"

"战争期间，我就读于品川区鲛洲的旧制都立电机工业学校。平日里往来的邻家叔叔们基本都在镇上的工厂工作，所以我相信自己长大了也会和他们一样当工人。现在回想起来，叔叔们对我来说就是父亲的替身。"

言耶在意龙之介生父的情况，但觉得对方肯定会马上说到，所以没有插话。

"不久，空袭强度越来越大，学童疏散开始了。从国民学校毕业的孩子也大多投靠亲朋，疏散到各处，镇上没了孩子的身影。可是我家只有母子二人，完全没有亲戚故交。我直到现在都不知道母亲的老家是哪儿。最关键的是，这种事当时我想都没想过。"

"还是小学生的话，就算投靠亲朋不成，也还有集团疏散这条路……"

"嗯。只是，我们当然没法走这条路。"

"那你们是怎么解决的？"

龙之介略有些支吾："母亲……要我去神户的父亲家。"

"是指奥多摩的神户地区吗？"

"媛首川源头一带有一些村落，其中一个叫芦生，村里的头号地主谷生家就是我父亲出生的地方。当时母亲是第一次告诉我这些事。"

209

"没跟父亲见过一次面吗？"言耶终于按捺不住好奇心，问道。

"从幼年开始，有个男人时不时地到我家来。意识到这人可能是我的父亲，还是我就读工业学校前后的事吧。现在回想起来，我还真是一个迟钝的孩子。"说着龙之介苦笑起来，脸上却意外地显得满不在乎，"也就是说，我家其实是外室。"

"原来是这样啊。"言耶倒有些慌了神。

"我父亲叫谷生猛，在大森开了一家工厂。他在其他地方好像也拥有店铺和房产，所以恐怕还有别的外室。父亲一个月才来我家一次，怎么说呢，想必是精力非常充沛吧。"

"呃……"言耶毕竟也不好点头赞同，只能发出不置可否的声音。

"所以母亲要我疏散到谷生家。她说事情已经谈妥了，就你一个人去。我自然是不愿意，坚决不肯去，但母亲完全不理会，一定要我去。然后我提议那就一起去，可她又断然摇头，说不能在父亲家露面。确实，考虑到母亲的身份，她不可能带着孩子大摇大摆地跑到有正房——虽说已经死了——的夫家寄居。但当时我连这种事也不懂。"

"这也不能怪你啊。"

"不……我自认为是母子二人相依为命，但其实我只是一个什么也不懂的公子哥。不是好人家的那种，而是贫寒家庭的……"龙之介自嘲式的笑容中，已经没有了满不在乎的气息，"我讨厌一个人去，倒也不是因为担心母亲的安危，而是因为独自在陌生的土地、陌生的家庭生活，这种不安带来的折磨我无法忍受。"

"这个嘛……"

毕竟你还是一个孩子啊。言耶刚想这么说，龙之介便以手势制止他。

"对不起。话扯远了。最终，母亲留在大森的家，我只身去了谷生家。母亲把我送到车站，临别时说了一句奇妙的话。"

"什么话？"

"去了那边后，如果在不同的地方看到了同一个人，你也要装作没看到……"

"你母亲知道？"

相比兴奋的言耶，龙之介则十分平静："肯定是听我父亲谷生猛说的吧。"

"要么就是……"他正要往下讲，突然又打住了。

"要么就是什么？"

"要么就是以前母亲不止一次见到过父亲的生灵……"

"啊？"

不等言耶提问，龙之介便摇头道："不过，我并不记得母亲说过这样的事。所以在车站听到那句话时，我也是莫名其妙。"

"你没问你母亲这是什么意思吗？"

"没时间了。火车快出发时，她才突然在我耳边说了这句话。因为当时谷生家派了一个叫猪佐武先生的人来接我。"

虽说是小妾所生，但毕竟是谷生猛的亲生子。与龙之介所担心的正相反，芦生的本家倒也给予了相应的待遇。言耶觉得，特地遣人来迎接即为明证。

然而，也许是看出了言耶的想法，龙之介面露苦笑："派猪佐武先生过来，并不是因为重视我，而是我母亲几次三番要求父亲后得到的结果。当时谷生家已有长子熊之介和次子虎之介这两个继承人。"

"熊之介先生和虎之介先生啊。"

然后第三个儿子叫龙之介。看来谷生猛喜欢雄壮的名字，大概是因为自己的姓名里有个"猛"字。

"当时，熊之介已有二十二三岁，虎之介比长兄小一岁。明明是兄弟，我却连他们的准确年龄都不知道，真的很奇异吧？"

"哪里，毕竟是有不得已的内情嘛……"

"这倒是。说到异母兄弟，其实熊之介和虎之介也一样。"

"啊？你的两位兄长也不是一个母亲生的？"

言耶吃了一惊，龙之介则若无其事地答道："虎之介的母亲智子和我母亲情况一样。啊，这么说的话，那位阿姨可是要生气的——别把我跟工业乡镇的小妾放一块儿什么的。智子本是神乐坂的艺伎，后被我父亲赎出。所以，虽然年纪比我母亲大，倒也有些奇妙的魅力。"

"也就是说，当时智子女士和虎之介先生比学长早一步疏散到了谷生家？"

"虎之介已经学徒出阵[1]了。"

"对啊，正好到了那个年龄和时期。"回应的同时，言耶开

1　学徒出阵：1943 年，日本政府为弥补兵力不足，征召二十岁以上、高等教育机关在籍的文科系学生（包括农业经济学科等部分理科系学生）入伍参战。——译者注

始在意起熊之介的情况，"这么说，长子熊之介也在那之前应征入伍了？"

"不，他在谷生家。"

"为什么？"

"熊之介打小就体弱多病。所以征兵体检的等级是'第二乙种'，没能去服兵役。"

昭和二年（公元1927年）颁布兵役法后，男子年满二十岁便有了接受征兵体检的义务。受检男子只着一条兜裆布，测完身高、体重、视力后，需在军医面前全裸，接受有无痔疮、梅毒等疾病的检查。除此之外还要调查身世。其判定结果可划分为甲、乙、丙、丁、戊五档，其中"甲种合格"最受尊崇。

不过，随着战况的恶化，规定年龄不断下降，判定合格的标准也渐渐放宽了。

"当时，被征兵体检刷下来的人个个都脸上无光。但熊之介不一样。过去在农村，病弱儿童被视为累赘，在孩子们之间也会受欺负。但熊之介仗着是谷生家的继承人，家里也好村里也好，都宠着他。"

"所以养成了任性的性格？"

"啊，没错。就是个小暴君。不过呢，也只在谷生家和芦生地区才行得通，说穿了就是窝里横。"

"我很能理解。"

"谷生猛总是哀叹自己的孩子体弱多病，而且名字还叫熊之介，这下恐怕就更糟心了。然而，他死死地抱着熊之介是长子的事实，认定谷生家的继承人无论如何都必须是长子。"

战后日本已步入民主社会，但这种想法在地方世家中并不罕见。战前就更不用说了。

"然而，这位长子体弱多病，没法去服兵役。当然，把继承人送上战场，战死了也麻烦。但征兵体检的甲种合格者才是够格的日本男儿，是当时盛行的看法。"

"想必猛先生心情也很复杂吧。"

"就在这当口，智子挤进来了。"

"不是单纯的疏散？"

"我想也有这方面的因素，但首要目的是在谷生家等待虎之介归来。也就是说，她打算在猛所居住的谷生家，迎接为国奋战、引以为豪的儿子，向众人暗示这孩子才适合当继承人。"

"原来如此……"

"在虎之介还小的时候，智子就经常带着儿子出入谷生家。这是为了展示与病弱的熊之介相比，自己的儿子有多精神。"

"看起来是个精力相当充沛的人啊。"

"反正和我母亲大不相同。"龙之介有气无力地笑道，"熊之介的母亲，也就是猛的正室，名叫千鹤。不过，她在熊之介七八岁时就病死了。打那以后，智子一直在觊觎谷生家正室的宝座。"

"这算是一种内部斗争了。"

"是啊。不过，千鹤嫁入谷生家时，带来了一个叫茜的乳母。这位茜婆坚决地挡在智子面前，简直就像在说'只有故去的大小姐才配得上正室的地位'。"

"茜婆婆只是乳母，竟然能做到这一点？"

"千鹤死后，养育熊之介的是茜婆，所以连猛都高看她一眼。"

"说起来……"从刚才开始言耶心里就有一个疑问，他问道，"你对谷生家的内部情况很了解啊。学长是猛先生的三子，知道这些也许不足为奇，但你是在疏散时才第一次进谷生家的吧？请恕我言语冒犯，相比之下你更接近一个外人……"

"你说得没错。"龙之介没有生气，爽快地承认道，"我能知道得那么详细，全是因为熊之介想说给我听。"

"这么说，你和你哥哥关系很亲密？"

听言耶如此询问，龙之介为难似的歪下了头："怎么说呢……可以这么说吧，但又觉得不是。当我刚为了能和睦相处而感到高兴时，对方又突然变得冷酷无情；刁难了我一阵后，又一下子和善起来。总之，这些都是熊之介独有的性格造成的。这人很不好侍候。"

"好像很辛苦的样子。"

言耶的同情之语，令龙之介脸上露出了非常复杂的表情："不过，我认为是那层关系的缘故。"

"什么关系？"

"我见到熊之介的生灵是在……"

二

龙之介为疏散而投奔神户芦生的头号地主——谷生家，是在某个余暑肆虐的秋日，彼时日本的战争颓势已日渐浓厚。当时他和他的母亲自然不可能有所预感。不过，拜疏散所赐，龙之介无须体验那极为凄惨的连续空袭。直到战争结束后略微安定下来，他才切身体会到了其中的悲哀。

与迎接者猪佐武一起乘坐火车时，龙之介感到一种难以形容的不安。他怎么都无法认为，自己正去往一个安全的地方。反倒是一想到自己告别了大森的那个早已住惯的家，离开了一直庇护着自己的母亲，前往完全陌生的土地、完全陌生的家，龙之介便忧郁不堪。母亲是谷生猛的小妾，现在要去的谷生家住着父亲的正室和长子，光是想到这些，他就产生了下车回家的冲动。忍受空袭的威胁住在大森的家里，远好过在那种地方生活吧。

但是，他不能中途下车。回去的话，别的不说，母亲会很伤心。母亲决意把自己的孩子疏散到谷生家，想一想她当时的心情，龙之介又怎能示弱呢。无论发生什么事，自己都只能在谷生家生活。

随着火车离市中心渐行渐远，龙之介在如蒸笼一般闷热的车厢内，展开了上述思考。为此，首先需要了解对方。

猪佐武年纪在二十岁左右，沉默寡言，有一条腿不太灵便，走路时微微地拖着地。据说他因此未被军队录用，一直在谷生家打杂。

龙之介认为猪佐武了解他的出身。对方并未因此而对他不屑一顾，但也没表现出呵护之意，只是在奉命做好迎接工作罢了。从他身上散发出的，正是这样的气息。

"那边家里现在有谁？"

即便如此，猪佐武还是认真回答了龙之介的问题。

"老爷和熊之介少爷，还有茜婆婆。"

据说这个茜婆是熊之介的乳母，是千鹤嫁入谷生家时一起带来的。这位千鹤就是熊之介的母亲、猛的正室，在十五年前病故。闻知此事，龙之介吃惊之余也松了口气。

看到自己的丈夫和小妾生的孩子，正房夫人会产生怎样的情绪呢？会怎么对待这个孩子呢？之前，龙之介每念及此就觉得无比恐惧。

据猪佐武说，以茜婆的年纪足可以做熊之介的祖母，千鹤死后她便代为履行母亲的职责。

"然后，现在智子夫人也住着。"

智子似乎打算赖在谷生家不走，直到儿子虎之介退伍归来。顺带一提，熊之介自幼体弱多病，所以没去服兵役。

这位智子会怎样看待自己呢？

是否存在与母亲身份相同的女人，是龙之介关心的第二个问题。对于其他小妾生的孩子，智子恐怕除了厌恶还是厌恶。

说起来，父亲——谷生猛究竟是什么态度呢……

每次来大森的家，父亲必会带礼品给母亲和龙之介。但除此之外，龙之介不记得父亲为他们付出过别的什么。父亲确实在母子的衣食住方面有所照顾，但其实没有做过一件身为丈夫或父亲该做的事，不是吗？

为什么现在倒接受我去他家疏散了？

龙之介不解猛的真意，感到十分困惑。虽说是生父，但也不见得会单纯地欢迎自己的到来。父亲能否令人安心，可以说完全是个未知数。

不，最大的问题还是熊之介。

在谷生家，与龙之介年纪相近的人只有他。而且还是嫡长子。

会不会被他欺负呢……

对方已经成年，但未必是通情达理之人。没准他还有病人特有的难以取悦的一面，从而对自己十分苛刻。

龙之介决定姑且先做好心理准备。一点点苛刻他自觉可以忍耐，程度过甚了，他也不会逆来顺受。母亲也在的话，他或许会忍一忍，但现在是只身一人，就算被赶出去也无所谓。

火车抵达大垣外车站时，龙之介已彻底完成了心理建设。

神户地区地势较高，海拔在一千米以下，即所谓的低山地带。不过，山形极为险峻，山道也如迷宫一般错综复杂，可供木炭巴士行驶的地区非常有限。

龙之介在大垣外下车，坐上前来迎接的马车，一路摇晃着来到了一个叫初户的地方。在那里稍事休息后，他们又向更深处的芦生进发了。

随着入山渐深，战争的阴影开始淡去，令龙之介颇感惊讶。他原以为整个日本都已呈现出战时氛围，不料初户的村落却洋溢着大森所没有的恬静，到了芦生后感觉就更明显了。

当然，无论是初户还是芦生，想必都有大量男子已经上了战场。但至少龙之介难以想象，余下的人会惧怕空袭，或苦于食物不足。最重要的是，强悍的、向四周铺陈开去的大自然，把战争这一人类的愚行化作了卑微和毫无价值的东西。

谷生家的住宅位于芦生西端的山脚。虽是平房但拥有规模宏大的正房和数幢别栋，宅邸内还能见到大量仓库。面对这壮观的景象，龙之介唯有目瞪口呆。

大森那狭小的家和这里相差太多了吧……

穿过正门时，他再次感到了不安和威胁。在火车上下定的决心早已被抛到九霄云外。

因此，当龙之介进入谷生家的玄关，由茜婆带领穿过漫长的走廊来到书斋，与一家之主——生父猛面面相对时，他已完全陷入畏缩状态。

然而，猛的反应平淡得让人泄气。

"啊，你来啦。"看来他连龙之介这天要来的事都忘了，见到本人后才想起了这个茬。

"光世她……你母亲情况如何？"而且最先关心的是母亲。

"母、母亲她留在大森了。"龙之介回答道，那声音仿佛是从干涸的喉咙里挤出来的。

猛长叹一声，嘀咕道："果然没来啊。别看她那样，也是个顽固的人哪。"

与其说是回应龙之介，倒更像是自言自语。

确实，这次的事不太像母亲的作风。完全无视龙之介的意愿，一心只想把儿子遣往谷生家。只是，龙之介不愿听猛这么说。至今为止，猛与母亲相处的日子远少于龙之介与母亲一起生活的时间，龙之介讨厌这话由父亲来说。

然而，龙之介根本没时间说一句抱怨话，父子俩的见面就结束了。

"有什么困难，就跟茜婆讲。"

最后猛只说了这么一句。谷生家有没有龙之介，想必对这个男人来说都没有任何区别，反正都一样。

离开书斋后，茜婆把龙之介带入正房的某间小屋子。

"接下来要向熊之介少爷请安，老爷说可以吃完晚饭后再去。"她只留下了这句吩咐，随后匆匆离去。

一瞬间，龙之介被孤零零地抛弃在这间似乎是为他而准备的屋子。屋里摆着从大森带来的箱子和包袱，多半是猪佐武搬进来的。除此之外别无他物，屋内空空荡荡，粗陋不堪。

打开窗，只见山体表面直逼眼前。抬头望去，可看到斜面上的一排排墓石。其下的山脚处似乎也有坟墓。这些想必都是谷生家的墓地。如果母亲去世了，多半会被埋在其中的某一处。

龙之介仰望着山腰处雅致的墓碑，身后突然传来隔扇开启的声音。

他心里一惊，转头看去。

"咦，和老爷长得不像啊。"

女人频频打量他的脸，大大咧咧地进了房间。看到她的相貌后，龙之介又吃了一惊。

因为女人穿着艳丽的和服。东京都内绝对见不到这等装束。也就是说，没人敢这么穿。或许是因为衣着把人衬得比实际年纪轻，女人身上洋溢着无比妖异的美色。而抱于双臂的黑猫可以说令这妖异再增添了一分浓郁。

"请、请问……"

女人毫不理会困惑的龙之介："我家虎之介和这里的熊之介可都跟老爷像得很。这个就叫血统。他们仨名字也都很威猛，个个相貌堂堂……"

确实，与威风的名字和魁梧的身材相反，猛五官端正，想来年轻时一定颇受女人的青睐。母亲也好，眼前的这位智子也罢，可能并不只是被他的财势所吸引。

"男人果然也得有貌才行，光靠钱是不行的。"

事有凑巧，智子的话竟坐实了龙之介的想法，令他不由苦笑起来。

"不过嘛，熊之介先生因为生病的关系，一副好相貌就这么被糟蹋了。"

然而，听了紧跟其后的这句话，龙之介心里又是一惊。智子故意暴露自己的心思，使他感到极为不快。

不过，这也是理所当然的吧……

只要嫡长子熊之介不在了，就几乎可以保证智子的儿子虎之介成为谷生家的继承人。换言之，在智子看来，熊之介十分碍眼，简直就是眼中钉、肉中刺，可以的话真希望他能消失。熊之介对智子来说绝对是一个巨大的阻碍。

那我呢……

智子是如何看待我的呢？同为小妾的孩子，又是第三个儿子，她丝毫没把我放在眼里吧？还是说和熊之介一样，完全视我为阻碍呢？在火车上感受到的不安突然复苏了。

"但是你不太一样啊，好像遗传光世那边的更多一些。"智子再次盯视龙之介，扑哧一笑，"不过很奇怪啊，千鹤和我争强好胜，孩子都像父亲；光世什么事都很低调，孩子反倒更像母亲。"

话到此处，她似乎才终于意识到了一个问题："光世呢？你母亲在哪儿？"

"母亲她……没来。"

"哦。"智子收起笑容，脸上露出尖刻的表情，"无论遇到什么情况都不要谷生家照顾，这姿态跟你母亲那清高的样儿还挺配的。明明千鹤早就死了。你知不知道，老爷还对本地的女人下手呢。"

龙之介吃了一惊，连忙摇头。

"我绝不允许谷生家被那种村姑轻而易举地占了。光世也真是的，客气也要有个限度。换成我的话，绝对会瞅准这个机会，带着儿子一起过来。"

你不是已经来了吗……想归想，龙之介当然不会说出口。

这时智子凑上前来，打量着龙之介的眼睛，突然问道："你有什么打算？"

"嗯？"

"你打算一辈子当外室的儿子、小妾的崽子？就没想过接老爷的班，把谷生家的财产据为己有？"

"……"

"堂堂一个男人，就没有这种野心吗？"

"……"

"别不吭声，把话说清楚！"

"我也是隔了很长时间才跟父亲见上面，而且……"

瞬间过后，智子笑出了声。她颇觉滑稽似的笑了一阵，随后望向龙之介，眼神中似乎含着鄙夷之色。

"看来不光是容貌，连性格也像你母亲。好吧，其实这样对我们双方都有好处。因为你面前只有两条路，要么老老实实地待着，要么就站我这边。"

"这是什么意思？"

"年纪轻轻，脑子这么迟钝。"贬损完龙之介，智子得意扬扬地展开了说明，"可怜咱们的熊之介先生，那么容易生病，应该是活不长久的。好吧，他一半的病没准只是任性病，所以也有可能苟延残喘，活得意外地长……但这样的话，他绝对当不好谷生家的主人。相比之下，虎之介兵役体检被评为甲种合格，是身强体健的日本大好男儿。哪个更适合当谷生家的继承人，还用我说吗？"

"可是……"龙之介完全无意反驳，但还是忍不住提出了单纯的疑问，"熊之介先生是这家的长子啊。"

"这又怎么样？"智子的语声突然变了，"就算是长子，派不上用场的话，还能怎么办？你就说现在吧，国家有难，可熊之介先生什么忙也没帮上。而虎之介却上了前线，如今正在英勇作战。这要是立个军功回到国内，你就看好吧，老爷肯定大为欢喜，也会重新考虑继承人的问题。不，是我一定会这么引导他。"

看来她丝毫没有想过虎之介战死的可能性。

"与我们母子为敌，你不会有任何好处。你说是吧，小虎。"

最后一句是对双臂中的黑猫说的。智子恶狠狠地抛下这番话后，和出现时一样随意而迅速地离开了房间。

"呼……"智子的身影刚消失，龙之介便忍不住长舒了一口气。

可怕的女人。

不过，只要什么都不做，对方似乎也不会对自己下手。无论是猛还是智子，都没把龙之介放在眼里。至于茜婆，想必照料熊之介才是她的第一要务。

接下来就看熊之介了……

这位谷生家的继承人面对年纪相差较大的同父异母弟弟，究竟会做出怎样的反应呢？

龙之介用晚餐的地点是厨房附近的一间屋子。令人吃惊的是，屋内只有他和智子二人。准确地说，还有小虎——那只她无论走到哪里都会带在身边的猫。

顺带一提，猛在里处的和室吃饭，有女佣侍候着。熊之介则在别栋由茜婆照料，两人都是独自用餐。

所有人在一个房间吃饭不好吗……

这个念头在龙之介脑中一闪而过。但转念一想，他又觉得这也有尴尬之处。与智子独处固然讨厌，但没准还比全家人汇聚一堂要好些。往好里说，智子是个痛快人，只要不触及继承人问题，恐怕也不会加害于他。

晚饭后，龙之介被茜婆带到正房东侧的别栋。一进入前和室，只见熊之介正坐在一张大桌的后面，之前他似乎就是在这张桌上吃饭的。

"你就是龙之介？"

"是的……"

龙之介姑且端坐下来，施了一礼。熊之介目不转睛地凝视着他，仿佛在看一件稀奇的东西。

"嗯哼。"不久他发出奇妙的声音，随即说出了和智子一样的话，"跟父亲完全不像嘛。"

然而，龙之介总觉得从熊之介身上也几乎找不出猛的影子，不禁困惑起来。智子说他像父亲，但事实并非如此。所谓的像，究竟是什么意思呢？

这时，熊之介突然剧烈地咳嗽起来。茜婆轻揉着他的后背，劝他躺下，但他不予理会，只说不要紧。

"今天晚上感觉还不错。"说着，熊之介抬起头。龙之介看到他的脸，险些叫出声来。

像父亲……

先前没能注意到，熊之介确实与猛有相似之处。不过，或许是因为疾病的缘故人变得消瘦了，一时之间看不出来。

"你见过父亲了吧？是不是很久没见了？感觉如何？"

身体状况好像确实不错，这一连串提问让人觉得他不像病人。

"我……说不清。"

"他可是你的亲生父亲。"

"这叫我怎么说呢，就是没什么真实感，或者说……"

"原来是这样啊。那你觉得智子如何？"

"我觉得她很厉害。"

熊之介发出"哧哧"的怪笑声，接着又问了龙之介在大森的生活情况。

意外的是，与熊之介的交谈持续了一个多小时。若非茜婆制止，两人肯定会一直起劲儿地聊下去。

难道熊之介喜欢我？

从别栋返回自己房间的途中，龙之介始终在思考这种可能性。他完全找不出理由。可能是容貌不如虎之介那么像父亲，母亲又与智子不同，没有来谷生家之类的因素起了正面作用。

事实上，从翌日开始，每天熊之介必会叫龙之介过来一次。来了以后，他便询问大森一带人们的生活、国民学校的学习和娱乐，与母亲相处的点点滴滴。即便是鸡毛蒜皮的琐事，说得越详尽，熊之介就越欢喜。

话虽如此，也不是只有龙之介一个人在说。身体状况良好时，熊之介也颇为健谈，话题主要与他读的书有关。过去龙之介想读小说也得不到书。在他看来，大哥讲述的故事非常有趣，总是能一下子把他吸引住。

为冒险故事心潮澎湃，被怪谈故事吓得战栗不已，从侦探故事中感受到知性的快感，听反谍故事时手心捏着一把汗……如此这般，龙之介总是纯粹而真挚地享受着眼前之人讲述的故事。

从别栋的前和室再往里走，便是熊之介的书斋。这间西式房屋铺着地板，除了西洋桌和椅子，只有摆着大量书籍的书橱。再往里好像是卧室。

书斋里只有一把椅子，所以二人总是在前和室交谈。有时熊之介也借书给龙之介，但大多数情况下他喜欢自己说。或许是弟弟热心倾听自己的讲述，咽下口水听得入迷的模样，让他品尝到了难以言喻的快感。

换言之，龙之介的故事存在于现实世界，熊之介的故事则存在于人类创造的虚构世界，他俩通过讲述各自的故事来愉悦对方。

幸运的是，龙之介在火车上对谷生家的人际关系所产生的不安，最终几乎以杞人忧天而告终。说"几乎"，是因为他偶尔会被熊之介的任性、反复无常和刁难折腾得够呛。话虽如此，却也没到无法忍受的地步。而且这又与欺凌不同，所以龙之介没怎么往心里去。

不过，有一样行为无论如何都让他喜欢不起来。那就是故事讲到一半，突然不再说下去。如果还是在故事进入高潮的时候，他会疯了似的想知道后面的情节，只差抓耳挠腮了。一旦发生这种情况，无论怎么恳求，大哥也绝不会往下说。若是点头哈腰地哀求，有时大哥也会借书给他，但事实上非常罕见。

在这样的日子里，龙之介晚上必会在被窝里辗转难眠，思考故事从中断的地方开始将如何进展。

如此想来，熊之介恐怕乐于见到弟弟的这种反应。不知是与生俱来的性格，还是长年的疗养生活造成的，总之这可能是一种施虐性。

龙之介被这无理之举折磨得苦闷不堪。于是，他准备这么想：我是在收集将来值得一读的有趣的书。

现在我是在一本本地积累——龙之介决定乐观地看待这件事。不这么进行思路转换，就没法撑下去。

倘若只须忍受大哥的任性与刁难，龙之介的疏散生活倒也称得上平和。然而，来到谷生家后过了一个半月，从那天傍晚开始，他便屡屡遭遇无比奇异的事。

当时龙之介正在自己的房间读书。熊之介时隔多日借了本书给他，是海野十三的《深夜的市长》。"深夜"的情境中饱含着不可思议的趣味，而这也是标题里的一个词。龙之介感觉当时自己读得十分入迷。因此，他不清楚是过了多久才发现那东西的。

趴在榻榻米上读书的龙之介突然感觉到某种异样。

有人在看我？

有人正从走廊隔着隔扇，凝视自己的后背。龙之介陷入了这样的感觉。

他下意识地回头，只见隔扇被打开少许，有人正从疑隙中向这边窥探。

嗯？惊讶的同时，龙之介的脊背颤抖起来。

是从什么时候开始窥探的？

最重要的是，这人是谁？

龙之介浑身僵硬，保持着趴在榻榻米上向后回头的非自然体态。

这时，可通过缝隙看到的人影飘然而逝。下一个瞬间，龙之介一跃而起，赶到隔扇前，一边悄然打开隔扇，一边战战兢兢地查看走廊。

一个背影正好消失在转角处，好像是熊之介。

嗯？很稀奇啊。

大哥极少走出别栋。即使有要事，也大多由茜婆处理。茜婆办不了的事，则由猪佐武代劳。

是找我有事吗？

但是，熊之介想和龙之介说话时，总是把他叫去别栋。特地过来一趟之类的事，之前从未发生过。

话虽如此，还是去别栋看看吧。

龙之介这样想着，决定马上前往别栋。要是让大哥觉得自己明明知道他来过却视若无睹，可就麻烦了。一旦得罪他，没准《深夜的市长》还会被收走。

"我来了。不好意思。"

等待回应的时间有点长。屋里传出"吭吭"的咳嗽声，随后是一声轻微的低吟："嗯。"

龙之介走进前和室，书斋的门开着，身穿睡衣的熊之介从里面出来了。

"怎么了？"

"你……你在睡觉？"

"是啊，看一眼不就知道了吗？先不管这个，什么事？"

睡觉时被吵醒，对方显然很不高兴。

"啊？不是……"

"没什么事还把我叫起来？"

难道是在戏弄我？虽然心里这么想，但眼看熊之介似乎真的要勃然大怒了。

"不、不是的。"

"那到底为什么要过来？"

"我以为你是来叫我的。"

"我来叫你？"见龙之介点头，熊之介脸上终于露出了惊讶的表情，"是茜婆说的？"

"不、不是的。"

"那到底……"

眼见对方又要发火，龙之介慌忙解释道："其、其实是这样的，

229

我总觉得大哥好像来过我的房间……"

熊之介的脸顿时僵硬了。龙之介从未见过人的表情在一瞬间发生如此大的变化。

要被骂了！

龙之介忍不住身子一紧，但马上就意识到了自己的误判。熊之介脸上浮现的不是怒容，而是震惊之色。进而，不知为何其中似乎又夹杂着恐惧和胆怯，实在让人摸不着头脑。

"你、你还好吗？"

然而，现在不是考虑那些问题的时候，眼见大哥摇摇欲坠，龙之介慌了神。

"是不是躺下比较……"

"你把事情说一说。"

"嗯？"

"关于我去你房间的事，你要尽可能详细地告诉我。"

看起来不像是开玩笑。熊之介一沉腰，在前和室的固定位置上坐了下来。龙之介也只好坐下，讲述了发生在自己房间里的事。

"你看到的是背影？"

"是的。所以我可能误把那个人看成大哥了。"

"真是这么想的？"

接二连三的发问令龙之介无暇细想，他轻轻摇了摇头。

"还是觉得是我？"

"看上去很像……"

"你回忆一下身上的衣服。这里除了我，还有哪个家伙会有类似的衣服啊？"

听他这么一说，龙之介终于意识到了。走廊转角处的熊之介穿着白色衬衫和藏青色的裤子。而眼前的熊之介则是一身浴衣款式的睡衣。熊之介也许有换装的时间，但如此戏弄人又有何乐趣可言呢？而且，既然是恶作剧，一般不会这么动真格吧。

"感觉是大哥的衣服。我见你穿过几次。"

"是吗……"

"会不会是有人擅自拿出来，想捉弄疏散者……"

龙之介说出自己想到的一种可能，但被当即否定。

"衣柜在卧室里，想不让我知道是不可能的。就算我没发现，在茜婆那边也会败露。好吧，保险起见，等会儿我会调查一下。"

"要这么说的话，那人会是谁呢？"

听了龙之介的疑问，熊之介忽然挪离视线，说道："可能是生灵。"

"生灵？"

"生存着的灵，写作'生灵'。光看汉字的话，和'生灵'[1]一样。"

"这、这么说，俺看到的是大哥的……"

在熊之介面前龙之介一直自称"我"而非"俺"，如今却一不小心说溜了嘴。

但大哥好像完全没在意。

1　本文中讲述的生灵读作"いきだま"，此处提到的生灵读作"いきりょう"。两者意思不同，后者是指活人的怨恨和执念化作的怨灵。——译者注

"嗯，没准是生灵。不，肯定是生灵吧。"

"……"

"你母亲送你出门的时候，不是对你说过吗？"

"嗯？"

龙之介不明就里，但听了熊之介的下一句话后，他不禁浑身一颤。

"就是那句——在我们谷生家，如果在不同的地方看到了同一个人，你也要装作没看到。"

母亲的那句话原来是指这种可怕的现象。

"你母亲好像知道谷生家特有的这种病。"

"病？这是一种病吗？"

"而且还有遗传性。"

龙之介不由得身子一僵，熊之介则用嘲讽似的语气说道："放心吧。这病传不到你身上。"

"……"

"只有谷生家的继承人才会出现生灵。当然，也包括家主。"

"这么说，老、老爷他也……

对别人提起猛的时候，龙之介总是用"老爷"来称呼。他对"父亲"二字有抵触感。然而，说"老爷"的话不免显得自己像个用人。这也是不得已而为之。

"嗯，父亲的生灵早晚也会出现吧。"熊之介的措辞有些奇妙。

"也就是说，老爷的生灵还没出现过？"

"谁知道呢。也许出现过，只是谁都没注意到罢了。当然，据说能看到生灵的只有本人和与本人亲近的人，父亲大概还没有那种可以不设防的对象。"

父亲对继承人熊之介也怀着戒心吗?

龙之介的心情变得有些灰暗。就在这时,大哥又说一句奇妙的话。

"不过呢,据说要是被人目击到好几次,那就是一种征兆了。所以,对本人来说生灵自然是不出现为好。"

"是什么的征兆?"

"就是……本人的死亡啦。"

三

从那以后,龙之介便时不时地在谷生家的宅内看到大哥的生灵。

某日,龙之介受熊之介的召唤前往别栋,见他正在前和室吩咐猪佐武办事。想着待会儿再来吧,刚一转身,就发现熊之介的身影在晦暗的长廊前方自右向左轻快地一划而过。

还有一天,他看到熊之介罕见地走向后院,身上穿着已见惯了的洋装。他下意识地追过去,院子里却没有熊之介的身影。在院子里能看见别栋,他这才发现大哥正从窗口眺望户外。熊之介体弱多病,绝无可能一瞬间从后院飞奔进别栋。最关键的是,根本就没有这个时间。

熊之介吩咐说,但凡见到生灵一定要来报告。起初龙之介信守约定,但渐渐地,他无法再忍受大哥每次必会嘀咕的那句话。

"是吗,又看到了呀……这么说,我的死期快到了吗?"

作为目击到生灵的报告者，龙之介想否定却又做不到。于是，他战战兢兢地找茜婆商量。茜婆大吃一惊，一跃而起，飞也似的冲向了别栋。

回来后，她气势汹汹地痛骂龙之介："你这个白痴！"

"啊？"

"什么叫看到了熊之介少爷的生灵？你怎么能说这种不吉利的话呢！"

"不、不是的。说起来，关于生灵的事……"

"难道你不明白，这么搞事会影响熊之介少爷的身体吗？"

"请、请听我说，生灵的事原本就是大哥告诉我的。"

"蠢货！哪个笨蛋会像你这样拿病人的话当真，还跟着一起咋呼的？"

"所、所以我不是说了吗……"

"你听好了。从今往后，生灵的事一句也……"

"所谓的生灵是哥哥编造出来的吗？"

茜婆顿时闭上了嘴。她既不否定也不肯定，但龙之介总觉得这沉默本身就是对自己的回答。

"还是说，这是谷生家流传下来的真事？"

"在这种世家……"与之前连珠炮似的说话方式不同，茜婆以极为沉重的语气开口道，"总会有一些代代延续下来的极为特殊的传承。在我们芦生，仅次于谷生家的名门嘉纳家也有类似的传说。不过，嘉纳家不牵涉继承人，而是由母及女，只在女性之间延续。"

"那家也是……生灵吗？"

"那家的叫隙魔。"茜婆摇摇头，说出了一个奇妙的词。龙之介闻所未闻。

"那、那是什么呀？"

茜婆不理会龙之介的提问："源远流长的家族通常都有一些这家人才知道的特殊传承。这些传承非常重要，绝不可等闲视之，更别说拿来开玩笑了。"

我都说了……龙之介刚想开口，又打住了。

我只是按大哥的指示，把自己所看到的如实叙述出来罢了。龙之介本打算如此解释，但仔细一想，茜婆不可能怪罪熊之介。被认为在这场风波中负有责任，看来是他不得不接受的命运。

龙之介被迫约定今后绝不在熊之介面前提生灵的事，茜婆这才终于放行。

难道可以对死亡的前兆视而不见吗？

说实话，这是一个大问题。但茜婆的想法也能理解。熊之介本就病弱，再让他想起生灵这个谷生家沉重的负面遗产，有百害而无一利。但话虽如此，真就可以无视这个代代相传的疾病吗？

可怕的是，从那时起，死亡的预兆也开始在芦生地区蔓延。不过，那预兆并非针对世家继承者这样的个人，而是一个更为庞大的实体——国家。

村公所的军事主管给村内一位四十三岁的男子发放征兵通知书，成为一切的开端。该男子第一次应征已是二十多年前的事，此后又两度入伍，这回是第四次。战争给当地落下的阴影十分淡薄，但还是有人开始担忧起日本的战况。战败的预感已在大人们之间悄然而确凿无疑地扩散开去，当然谁也不会公开表露。

当时龙之介丝毫没有这样的意识。和许多孩子一样，他坚信神国日本将取得胜利，不疑有它。

然而，谷生家只有一个人的反应与村里的大人们不同。那就是智子。她逢人便得意扬扬地说："我们芦生有男人从二十多岁到四十多岁四次为国当兵，真让人敬佩。可另一边却有个老大不小的年轻人啥事也不干，过着安稳的日子。作为地方上的头号地主，这样哪能起表率作用呢。谷生家的声望可不就得往下掉了吗？"

这话传入茜婆的耳中，顿时令她勃然大怒。

"你啊，说的那叫什么话？"

某日，智子正和龙之介一起吃午饭，茜婆吵上门来了。

"怎么了？"智子反应冷淡，情绪毫无波动。

"少装蒜！说什么不好，偏要把谷生家的继承人熊之介少爷说得像一个没用的人……"

"哦？那他起过什么作用吗？"

"他是老爷的继承人，肩负重任……"

"没错没错，这项任务真的太重了，熊之介先生体弱多病，怕是担负不起吧。"

"你、你、你说什么？你才是没用的人，区区一个小妾，竟然敢对谷生家的继承人这般无礼！"

"我确实是小妾，可你茜婆不也只是熊之介先生的老奶妈吗？世上简直没有比老奶妈更没用的人了。"

"哦，那好，要不我们请老爷做个决断吧？只留一个人在谷生家，把另一个赶出去。"

"……"

智子哑口无言。茜婆抚养了熊之介，且至今仍在照料他，自然具有压倒性的优势。

不过，见局势不利于自己，智子立刻把话题拉了回来。

"现在不谈我们的事，先说两位继承人。"

"继承家业的只有熊之介少爷一人。"

"就他那身子骨，我看难。关于这一点，我家虎之介可是在为国当兵、奋勇作战呢。"

"……"

"从这个意义上来说，我看另一个人也同样是废物吧。"

另一个人？

龙之介侧头不解。除了熊之介和虎之介，还有一个人也参与了继承人之争？

难……难不成是我？

龙之介下意识地看了智子一眼，智子的视线却直指茜婆。可见她完全没把龙之介当回事。

搞错了，原来不是我。

第一次见面时，智子就表现出龙之介不在继承人之列的态度。感觉那是她的真实想法。但是，除了他之外应该没有其他人选了呀。

龙之介百思不得其解。在此期间，智子的攻击仍在继续。

"谷生家能为国家战斗的男人，果然就只有虎之介了。"

"……"

"也就是说，只有那孩子当这家的继承人，才不会被外人耻笑。"

"小妾生的孩子，本身就是谷生家的耻辱！"

"只要能在战场上立功，谁还管这种事。只要大家认可他是一个了不起的军人……"

"谷生家的嫡子可不适合当野蛮的士兵，小妾的儿子倒是跟这个挺般配的。不就是这么回事吗？"

"哎呀呀，这话要是被宪兵队的人听去了，可有你受的。"茜婆显然是说漏嘴了，智子自然不会放过，"茜婆进牢房，熊之介进军队，应该会各自受到严厉的拷问和训练吧。"

"说、说什么呢……"

"听说在军队训练的时候死掉，是叫'战病死'。茜婆知道吗？"

"想告密就去告，反正你也讨不了好！就看老爷怎么暴怒吧。"

最终，这场争吵以平局告终。感觉茜婆也明白，智子只是嘴上说说，绝无可能向宪兵队告密。不过，她在各种意义上被戳中了痛脚，却也是事实。想必茜婆窝着一肚子的火。

提心吊胆地看着二人争吵，龙之介忐忑不安，总觉得即将发生什么无可挽回的事……

然而，他的不安以意想不到的方式消散了。因为争斗的源头已不复存在。仅仅数日后，熊之介突然病死了。

回过头来一想，此事倒也有些征兆。与龙之介目击到的生灵无关。

某日傍晚，熊之介卧床不起。家人照例从初户叫来了医生浦边，但浦边一直没从别栋出来。与往常相比，这次的诊疗时间特别长。而且，总算离开别栋了，浦边又要求面见谷生猛，进了书斋，然后又是迟迟不见出来。

非比寻常的氛围令龙之介心绪不宁。大哥病倒并非奇事，但之后的气氛未免过于凝重了。

浦边回去后，茜婆将医生的告诫转达给谷生家的所有人：为了保持绝对安静，除她之外暂时谢绝其他人面见熊之介。

从翌日起，每天下午两点浦边都会过来诊疗。茜婆也开始在别栋的前和室过夜，以备熊之介病情突变。

茜婆脸上没有流露出丝毫情绪，但心里一定相当痛苦。告知家人熊之介需要绝对安静时，她语气淡然、不动声色，反倒更让人产生了这样的感觉。

相反，智子则喜不自禁。虽说没有公开表露出喜悦之情，但每天都过得非常快活，正符合她喜怒哀乐溢于言表的性格。

坦率地说，龙之介确实受到了打击。虽说谈不上对大哥有多敬慕，但他绝不讨厌在别栋的前和室度过的时光。所以，他单纯地希望大哥能快点好起来。

猪佐武似乎也颇为担忧，看起来有些浮躁。仔细一想，他也是一个不可思议的人。明明是谷生家的用人，却几乎只为熊之介和茜婆做事。

据说他从未见过父亲的面，其母在谷生家干活，在他幼年时就去世了。

"我母亲非常漂亮……"

有一次龙之介偶尔提到在大森的生活，猪佐武也罕见地说起了他母亲的往事。猪佐武寡言少语，气质阴郁，所以常常显得很不起眼，

239

但其实他五官端正、眉清目秀，想来都得自母亲的遗传。

母亲死后，他和祖父母生活了一段时间，但不久二老相继离世。于是，他借助母亲的缘分，进谷生家做了居家杂务工。据说猪佐武比熊之介小两岁，所以自然而然地成了他的玩伴，在扮演好这个角色的同时，他渐渐变成了熊之介和茜婆的专属用人。

换言之，他俩是总角之交，同时关系又近似兄弟。不过，小时候熊之介爬树，眼看要跌下来时，猪佐武为了救他，自己却摔了下来。由于当时受的伤没能好利索，他瘸了一条腿。由此可见，占主导地位的恐怕还是主从关系。

总觉得这种特殊的关系也适用于偶尔来谷生家的虎之介。当然熊之介被放在第一位，虎之介终究只能排在其后。不过，虎之介从未对猪佐武显露过类似的态度。他总是拘谨地观看二人玩耍。这时猪佐武会上前来，婉言邀请虎之介，促成三人一起玩耍的局面。可见他甚至成了连接这对同父异母兄弟的纽带。

熊之介和茜婆那边无事可做时，猪佐武就在谷生家打杂，好像几乎没有休息的时候。即便如此，一旦有了闲暇他就读书，是个爱书之人。然而，熊之介高兴时会让龙之介看书斋里的藏书，却绝对不会借给猪佐武。一边是有血缘关系的弟弟——虽说只有一半，另一边是像兄弟一样长大但事实上毫无关系的外人，此中存在着一条明确的界线。

熊之介病倒的四天后，龙之介突然被叫到别栋。他由茜婆领着，第一次进入了里处的卧室。整个过程中，茜婆始终绷着脸。看来她本人并不认可这次的会面，只是没能敌过作为兄长的熊之介的任性吧。

"大哥，你情况如何？"龙之介坐在枕边，搭话道。

"啊，今天好像好了很多。"令人意外的是，熊之介显得很精神。龙之介觉得照这样下去，明天大哥就能起身下地了。

"请你早日康复，再给我讲有趣的故事。"

"嗯。有几个听起来很吓人的怪谈，可以的话……"

"不，还是说些让人愉快的故事吧。"

听龙之介提出异议，熊之介颇觉滑稽似的笑了。

"你很憷恐怖故事啊？"

"嗯。侦探小说的话，多少有点怪奇还不要紧，让人寒毛直竖的恐怖类故事就……"

"明白了，下次就讲冒险类的故事。"大哥愉快地说。

"说得太久了……"

茜婆从旁插话后，熊之介忽然换上严肃的表情，郑重地说道："我有些东西想交给你。"

"什么东西？"

"全都收在隔壁书斋的书架上。"

说着，熊之介报出了一串书名，有加博里欧的《人耶鬼耶》、格林的《漆黑》、柯林斯的《白衣女人》、柯南·道尔的《血染之壁》等外国作品，以及押川春浪的《塔中怪》、泷泽素水的《怪洞的奇迹》、小原柳巷的《恶魔之家》、山本禾太郎的《小笛事件》等国内作品。

龙之介把这些书从书斋搬来。熊之介刚确认完毕，龙之介就被茜婆轰出了卧室。大哥似乎还想说点什么，但茜婆坚决不予理会。

回到自己的房间，龙之介一本一本地翻阅过去，"啊"的一声叫了起来。书里的内容尽是从前熊之介只讲一半便停下，遭到强行中断的故事。

简直就像分赠遗物啊。

龙之介不由心头一震，脑中突然升起这不祥的念头。但他即刻予以否定。说是要保持绝对安静，但大哥看起来很精神。想来是茜婆大惊小怪了。

第二天，浦边的午后诊疗结束后，龙之介一直静不下心来。他在心里暗暗期待：大哥的会面谢绝令就快解除了吧。

然而，左等右等都不见茜婆有任何表示。龙之介心浮气躁，便决定在望得见别栋的后院晃荡，暗中观察别栋内的情况。

窗帘不知何时被拉开了，只见熊之介伫立在别栋的窗边。他还是一身睡衣装束，头发蓬乱，脸上留着邋遢胡子，呆呆地站在那里。

已经能起床啦。

龙之介上前想打个招呼，又僵住了。大哥的样子有些奇怪。正如自己能看得见对方一样，对方的视野里应该也有自己的影像。然而，不知为何熊之介全无反应。他的眼睛仿佛凝视着虚空，只是以这样的姿态久久挺立着。

身子不舒服吗……

可如果是这样，现在应该还躺着吧，不可能特地起身去看窗外啊。

这时，熊之介的身影突然消失了。准确地说，似乎是躲进了窗帘的背后。只是这动作未免太不自然，仿佛"刷"地一下向侧旁平移了一般，怎么看都不像是人类的动作。

难不成是生灵……

近来一直没看到，他还以为熊之介本人病重，生灵就不容易出现了，原来并非如此。

龙之介在黄昏下的后院里这样想着，渐渐害怕起来。总觉得下一个瞬间大哥又要从窗帘后悄然现出身形。在如此状况下，即便那是他本人，龙之介也不想再看到。

他一路小跑，离开后院，逃入正房，随后径直前往自己的房间。就在这时，他感觉有人来了，便瞧了一眼玄关，原来是下午刚完成诊疗的浦边正在脱鞋，样子显得十分慌乱。

怎么回事？是茜婆叫他来的？

正自吃惊时，浦边已随出来迎接的茜婆匆匆赶往别栋。

熊之介的病情突然恶化了？

可是，就在刚才龙之介还在别栋的窗边看到了他的身影。难道说那东西果然是生灵？

浦边进别栋后一直没走。不久，只有茜婆一人出来，带着猛又再次回到别栋。

"熊之介啊……熊之介啊……"

没多久，别栋里传出了猛的喊声。在枕边呼叫儿子的名字完全不像猛的做派，因此龙之介大吃了一惊。

数分钟后，茜婆从别栋现身，宣布了熊之介的死讯。

这天傍晚茜婆去查看熊之介的情况，发现他似乎已停止呼吸，便叫来了浦边。据医生推断，熊之介死于下午四点左右。

"什么？"龙之介不禁叫出声来。

"怎么了？"茜婆当即追问道，龙之介却只能一个劲儿地摇头。不知不觉中，他的上臂起了一层鸡皮疙瘩。

那我刚才见到的是……

当时熊之介已经死了。然而，龙之介却看到他伫立在卧室的窗边。

那果真是熊之介的生灵吗？生灵在本体死后也能如此现身吗？

四

龙之介想就熊之介生灵的事询问茜婆，但现在可不是做这种事的时候。事实上，在茜婆的指示下，人们早已开始为守夜仪式做准备了。

"你在这里只会添乱！"

尽管受到茜婆的轰赶，但龙之介仍决定稍稍远离茜婆和猪佐武，守望大哥的最后时刻。

别栋的卧室中，熊之介头朝着西方，躺在里面朝上的被子底下。龙之介小心翼翼地问"不是应该让头朝北吗"，意外的是茜婆竟做了回答，说是为了能去往西方极乐世界。至于翻转被子，据说是为了通过与平时不同的使用方式，来显示这并非日常的睡眠。

后来龙之介又得知，猛大声呼唤儿子的名字也是一种与死亡相关的仪式。在呼吸停止者的枕边，面向西方而非本人说出其名字，从而唤回动身前往西方极乐世界的灵魂，试图让死者复活。当然，这个做法最终没能在熊之介身上奏效，他没有活过来……

在遗体的头前和左右竖起屏风之时，智子出现了。她依然穿着鲜艳的和服，手中抱着黑猫小虎，脸上露出心满意足的表情。

在刚去世的死者屋中微笑的女人……这情景令龙之介心里一阵发寒。与此同时，他又警惕起来，智子和茜婆之间怕是要起纷争了。

不过，即便是智子也没说出对死者不敬的话。她装模作样地用饱含情感的语气，想要表示哀悼："事情来得太突然了……这次……"

然而，一发现她来了，茜婆立刻大喝一声："出去！"

"什么……"

"赶快给我出去！"

"我、我是来吊唁……"

"我是说猫！快把这只猫带走！"

"小虎吗？它什么也没……"

"猫爬上遗体的话，会让死人复生，快把猫拿走！"

茜婆雷霆震怒，智子则因爱猫几乎被说成妖猫而愤愤不平。龙之介无奈之下，介入两人之间欲做调解。只可惜，这两位都不是他能兜得住的。

该如何是好呢……

左右为难之际，猪佐武向茜婆询问该如何处置遗体。想来他是为了转移众人的注意力。趁此机会，龙之介好说歹说把智子拉出了别栋。

"这老婆子完全就是个深度迷信者。"

智子犹自怒气未消，但意外的是，她听从了龙之介。再怎么为熊之介的死感到欣喜，恐怕她本人也想尽量避免在这种日子和茜婆斗嘴。

龙之介回到别栋时，里面已经供上枕饭和枕团子。此外，不知为何遗体的胸口上还摆了一把磨过刃的镰刀。

"这把镰刀是？"龙之介战战兢兢地问。

茜婆以锐利的目光瞪了他一眼。不过，这次她也回答了："是用来驱魔的。失去灵魂的遗体就跟空壳一样，邪恶的东西很容易进入这种空空的容器，比如猫的魂或死灵。"

看来围住遗体的屏风和胸口的镰刀都具有驱除这些邪物的功效。不过，死灵也就罢了，猫的魂为什么要进入人的尸体呢？本想再追问一句，但龙之介硬是忍住了。太多嘴多舌被赶出来的话，可就糟了。

其实到这里为止，龙之介也还能理解。让他打心眼里感到吃惊的事在后面。

简单的吊唁仪式匆匆结束后，下一步进行的是遗体的汤灌。由于要脱下遗体的衣服擦洗全身，看着自然不会让人心情舒畅，所以龙之介躲进了书斋。即便如此，他还是听到了在盆子里绞毛巾的声音，这感觉真是糟透了。但话虽如此，事到如今他也不好逃离别栋。

就不能早点结束吗？

龙之介一边探听卧室的动静，一边在书架前转悠。好多书看着都很有趣，但现在他没有心思拿出来翻，唯有一个个书名在他的眼前掠过。

"弄得那么紧，熊之介少爷不是很可怜吗？"不久，从卧室传来了茜婆的语声。这话听起来很是奇妙。

汤灌结束了？龙之介提心吊胆地拉开隔扇，意想不到的情景便赫然出现在眼前，把他吓得往后一仰身。

熊之介的遗体被穿进白寿衣，脖子上套了根稻草绳，以双臂抱住双足的姿势坐着。从脖子引出的绳头捆住了他的双腕，在包裹着整个身体的被子外，又用稻草绳扎了一圈又一圈——卧室中正在进行这项令人惊骇的作业。

"你、你、你在干什么？"

猪佐武正在调整稻草绳的松紧度，听茜婆这么一问，他面露为难的表情，解释道："我们这个地方使用桶棺，所以必须在遗体没僵硬之前，弄成能放进棺中的状态。"

换言之，如果不赶在死后僵硬开始前把遗体摆成蹲姿，以配合樽式桶棺的内部尺寸，就会发生无法入殓的糟心事。据猪佐武所言，为此而拿来捆绑尸体的稻草绳又被称为往生绳或极乐绳。

虽然理解了用意，但是拿绳捆绑刚去世的人，还要用被子包住，在外扎上一圈圈稻草绳，这景象还是太过诡异了。为人刚毅的茜婆都忍不住说出"熊之介少爷不是很可怜吗"，倒也情有可原。

之后就这么放着，只等死后僵硬开始即可——闻听此言后，龙之介回了自己的房间。

生灵的传说原来是真的吗……

龙之介在榻榻米上辗转反侧之际，再次思考了谷生家的这种传家病。见到过好几次的"那个"，果然是继承人死亡的前兆。

对了，说到继承人……

熊之介死后，如今只能认为这项权利已移至虎之介身上。话虽如此，倘若其本人不在场，恐怕连智子也无能为力。不过可想而知，今后她的话语权必会大大增加。

不光是芦生，邻近的初户和奥户也有权贵来参加灵前守夜。只是，受局势所限，仪式从简、时间减半，因此龙之介就寝的时间也和往常一样。

虎之介复员归来后，茜婆将陷入怎样的处境呢？

龙之介突然产生了这样的担忧，连他自己也吃了一惊。

茜婆待他并不亲切，而且他也没兴趣知道这老婆子以后会怎样……

想是这么想，但还是有点在意。对曾经侍奉过的千鹤的孩子——熊之介，茜婆表现得忠心耿耿，龙之介总觉得对她恨不起来。

不过，她还是会被扫地出门吧。

即便虎之介不介意，智子也一定会赶她走。至于谷生猛，熊之介不在了，新继承人又不需要乳母，恐怕他也会毫不留情地甩掉这个包袱。像猛这样的人，到时候多半会不假思索、极度冷静地做出处置。

侍奉谷生家一直到这个年纪，其实哪儿都不会收留她了。

就在担心茜婆的未来，对她产生同情的时候，龙之介突然陷入了一种奇妙的感觉。他心头一震，在被窝里挪了挪身子。

好像有什么东西……

不在屋里。否则他早该发觉了。这么说是在走廊里？

龙之介翻了个身，把头朝向走廊的方位，用已经习惯黑暗的眼睛看了看隔扇，一瞬间他的身子僵住了。

在张望这边……

有人正通过隔扇微微开启的缝隙，窥探屋内。当然，龙之介看不见对方的模样。但毫无疑问，有人正站在走廊里，一动不动地注视着他。

是生灵？

可是，熊之介已经死了。难道说生灵在本体死后也会出现？

对了……不是已经出现过了吗……

他突然想到，早在自己尚不知熊之介的死讯，从后院张望别栋时，就已见到过立在窗边的生灵。

……但是，为什么要到我这里来呢？

因为生前对弟弟有亲近感？可要这么说的话，他对茜婆的感情不是更深吗？

龙之介的想法很多，但全是用来转移恐惧感的。他迅速将视线挪离隔扇，然而"那东西"凝视着自己的眼神并未发生变化。

赶快给我消失……

不知何时龙之介紧闭双眼，一心祈求道。如今他能做的只有这件事。

也不知过了多长时间，他微睁双目，偷偷望向隔扇，"那东西"不见了。

"呼……"龙之介长舒一口气，放下心来。但一想到"那东西"没准又会出现，就怎么也睡不着了。直到拂晓时分他才终于入眠。

翌日，龙之介一起床，便把熊之介如分赠遗物一般交给他的书——只读了其中的《小笛事件》——都放回到别栋书斋的书架上。因为昨晚他想到了一件事，大哥的生灵对那些书恋恋不舍，所以才会到他这里来的吧。虽然觉得不太可能，但采取可行的对策总是好的。

熊之介的葬礼从早晨开始。与灵前守夜一样，附近的权贵们纷纷参加，场面甚是隆重。如今这个世道，在东京市内可见不到这等气派景象。

终于要到出殡的环节时，茜婆指示猪佐武取下桶棺盖，在棺前设置献花台。当然，摆上台的不是花，而是各种用于葬礼的器具。

龙之介战战兢兢地向棺内望去，就见熊之介穿白寿衣，将头陀袋抱在胸前，宛如一个经受苦行的小和尚，蹲伏于棺中。事先猪佐武已用往生绳固定住形状，加之熊之介本人又很瘦小，可以看出棺中还有些空间。

死者家属及权贵们的代表将经书、念珠、六文钱、饭团、点心等物一一塞入空当处。龙之介则按茜婆事先所吩咐的，把自己的头发和指甲包入半纸放进了桶棺。

这些出殡前的仪式，似乎是芦生地区办葬礼的老传统。六文钱是三途河的摆渡费，这个龙之介也知道。但他不明白，为什么还需要头发和指甲。除他以外，只有谷生猛做了同样的事。也就是说，这个仪式只针对与死者有血缘关系的人，并带有某种特殊的意义吗？

物品被全部放入桶棺后，猪佐武安上饰有死花的新棺盖，一行人终于要向埋葬地点进发了。

丧主谷生猛的装束与死者一般无二，进而他又把稻草绳圈挂上脖子，用双手抱住被绳头缠绕着的灵牌。这景况与遗体身上的往生绳颇为相似，可见往生绳不光是为了解决死后僵硬问题，恐怕还含有某种咒术上的意义。

在熊熊燃烧的先头火把的带领下，长长的送葬队伍从谷生家出发了。原以为队伍会直接前往埋葬地点，不料却先在芦生的村落里缓步走了一圈。墓地位于谷生家西北角的内侧，若是走直线距离，确实会过早抵达。

话虽如此，又何必……

也不用特地在芦生转一圈吧？对于乡村特有的规矩，龙之介吃惊之余，又有些厌烦。

说到吃惊，埋葬地点也是如此。从龙之介的房间抬头望去，可看到谷生家西侧的山上有一片墓地。原以为那一定就是埋葬地点，却听说里面只有代代先祖的墓碑。至于其下方的墓地，好像也不是埋葬地点。

在当地，人死后最初是被埋葬在散落于村中的临时墓地。周年忌日——谷生家是三周年忌日——过后，才会移至正式的墓地。大多数家庭此后不再变动，但是像谷生家、嘉纳家这样的世家又会在七周年忌、十三周年忌、十七周年忌、二十三周年忌、二十七周年忌、三十五周年忌、四十九周年忌过后，再次把遗体转入代代先祖的墓地。据说要到这时，死者才能成为先祖灵。这事也太漫长久远了。

最初的埋葬地点要通过占卦来定位。即在家中的和室里，撒上数根与风水师所用的筮签类似的细棒，进行占卜，据说十分麻烦。细棒所指示的方位存在埋葬地点也就罢了，没有的话再不合适也得挖出个洞来。有些地方埋葬起来还相当艰难。

熊之介的占卦定位由茜婆来做。龙之介并不清楚细棒应如何撒在地上，所以看在眼里也摸不着头脑，而茜婆则表情严肃，连连晃动细棒，那模样着实让人心惊肉跳。

在葬礼过程中，龙之介曾偷跑出来，前往谷生家西北的杂树林，那里已被定为埋葬地点。只见村里两个五十多岁的男人正专心致志挖着洞穴。他们选择的地点是一块恰好不生草木的平地，土质似乎也很松软，眼看着洞越挖越深。占卦的结果若是河滩一带，绝无可能进展得如此顺利。

不久，送葬队伍抵达了埋葬地点。光是想想熊之介将被孤零零地埋在此地，直至三周年忌日的到来，龙之介便不寒而栗。虽说人死了就什么也不知道了，但还是觉得心情不畅。

不，不是还有生灵吗……

熊之介被埋葬在这种地方，因孤单而想念起年岁相差甚大的弟弟，于是他的生灵便会像昨晚那样再次出现吧。相比对藏书的留恋，唯有死者才能尝到的寂寥感或许会让生灵更为频繁地降临吧。

桶棺被放进洞穴。人们用土掩埋后，又堆了一个土馒头，把盼望死者重生的呼吸竹插于中央，在四周种植之间连有避兽绳的竹子，并在绳上的四个地方悬挂驱魔用的镰刀——执行这些仪式的过程中，龙之介始终双手合十，在心中不断祈祷。

愿你就此安息，早登极乐世界。

如此热心地祈祷，无非是因为不想再看到生灵。为此，龙之介每天都跟着茜婆上坟，直到头七结束为止。前来扫墓的村民倒也见过几个，不过除了茜婆，最热心的人非他莫属。

茜婆一到埋葬地点，必先握住呼吸竹，一边摇晃一边说话。

"熊之介少爷，茜婆看你来了。"

随后她便供上米之类的谷物、茄子或南瓜等蔬菜以及糕点，并将水筒中的水注入呼吸竹。在此期间，茜婆会不停地讲述谷生家的情况、芦生地区的新闻、战争的话题，等等。到头七结束为止，这些也都成了龙之介的每日功课。

也许是善有善报，自守灵夜以来，生灵没再出现。龙之介的心境委实复杂。唯一的交谈对象熊之介去世后，说实话龙之介觉得非常寂寞，这一点连他自己都颇感意外。不过他又想，与其看到大哥的生灵，也许还是忍受孤独为好。

失去了继承人的谷生家，自然也被笼罩在阴暗的氛围下。唯独智子貌似有了活力，不过却也举止端方，不得不令人佩服。虎之介成为继承人差不多是铁板钉钉的事，想来她是打算姑且规规矩矩地服丧，尽可能给谷生猛留下好印象。由此，龙之介在谷生家的日子倒也过得非常太平。

然而，就在熊之介的七七忌日到来的前夕，家中起了一场小小的变故。猪佐武竟然收到了征兵通知书。其本人自不待言，身边人等也大为震惊。

"日本已经完了……"大人们越发绝望，连龙之介也感到局势堪忧。

猪佐武离开谷生家，应征入伍。令人意外的是，谷生猛不但出面送行，还与猪佐武说了些什么。或许是因为刚失去熊之介不久，便也装模作样地搞起了伤春悲秋的一套。

虽说猪佐武沉默寡言，但他这一走，谷生家变得越发死气沉沉。茜婆做事似乎也显得心里没底了。熊之介的葬仪是茜婆一手操办的，但忙里忙外的人其实是猪佐武。他要不在，很多事必会耽搁得更久。

如此这般，谷生家的年轻男子只剩下龙之介一人。或许是因为这

253

个缘故，自疏散以来，他第一次有了被依靠的感觉。当然，只有用人们显露出这样的态度，谷生猛、智子和茜婆三人依然如故。

不，茜婆一度有所变化。葬礼后她明显没了精神，好像也不怎么吃饭，整天在熊之介曾经使用的别栋的前和室里闭门不出。好不容易过了头七，眼看她有所好转，不料突然又卧床不起了。初户的浦边受紧急召唤，此后一连数日都来谷生家出诊。在此期间，茜婆渐渐也有了食欲，到为猪佐武送行的时候，已完全康复。

"这老婆子还真顽强啊。"看来智子一直在暗暗期待茜婆步熊之介的后尘，突然在哪天死掉。

不久，人们迎来了新年。这年三月，龙之介得知东京遭受了大空袭。他极度挂念母亲，可谷生猛却只说了一句"不要紧的"。事实上，他似乎已得到大森方面的消息，故有此确信，所以龙之介也只好相信。后来，大森工厂的工人拜访猛时，受母亲的嘱托送来了一封信，龙之介这才放心。

不料，两个月后美军集中轰炸了横滨和鹤见，在归途中将剩余的燃烧弹投向了大森，母亲因此而遇难。

这并非因战乱而死，而是杀人！

龙之介第一次产生如此强烈的认识。无论是因学徒出阵而入伍的虎之介，还是芦生的四十三岁男子以及猪佐武，如果他们死了，那也只是杀人行为的牺牲品，而非光荣的战死。

何止是茅塞顿开，龙之介甚至有一种萦绕于头顶的深重迷雾突然散去的感觉。至此，他品尝到了难以言喻的爽快感与丧失感互相交织的复杂滋味。

八月，战争结束了。这天，龙之介在收音机前努力收听天皇的宣告，但完全不解其意。直到听猛说"日本战败了"，他才渐渐明白战争已经结束。

失去了母亲，又无家可归，龙之介陷入了困境。今后该如何生活？他完全没想过这个问题。最后，谷生家并没有赶他走的迹象，他便也乐得继续住下去。

不久，在猛的吩咐下，龙之介重新入学，在东京市内过上了寄宿生活。谷生家负担学费和生活费固然令他内心忸怩，但转念一想，母亲要是看到自己现在的模样，一定会很开心。

龙之介总在正月和盂兰盆节回家省亲，因为母亲的墓就在西山脚下的墓地里。

战后过了一年多，谷生家收到了虎之介战死的通知，龙之介闻讯后急忙赶回。

智子的愤怒尤甚于悲痛。

"事到如今，还来什么'战死沙场'？说什么梦话啊！"

战死通知书上的那句"为国捐躯之故人的遗志"，更是让她大发雷霆。

"随手把我的虎之介送上战场，现在倒来说什么故人的遗志！"

曾经豪言"虎之介为国上阵、英勇作战"的她已不复存在，有的只是一位盼望孩子平安复员的普通母亲。

欲发出同样喊声的母亲们想必遍布日本全国。然而，能清楚地把话说到这个份上的人，应该不多。

龙之介纯粹地被智子的痛哭所感染。

收到的白木箱里放的只是石膏，而非虎之介的遗骨。即便如此也得举行葬礼，但智子坚决反对。

"这、这东西不是虎之介！"

在茜婆的耐心劝解下，智子终于同意了。身为丧主的智子宛如一张空壳。龙之介回首自身经历，感到相比失去母亲的孩子，失去孩子的母亲在精神上遭受的打击可能更大。

葬礼过后，龙之介在谷生家住了一阵子。熊之介病死，虎之介战死，如今可做继承人的孩子只剩下龙之介了。

一直回不了学校的话……

初七结束前，龙之介坐立不安。不过，也许因为他还是学生，家人未加阻拦，最终他得以顺利返校。

要起风波的话，应该会在我毕业的时候吧。

龙之介回到学生宿舍后，做好了这样的心理准备。

然而，这年秋天虎之介竟然复员归来了。

智子自然是欣喜若狂。不，不光是她，谷生猛甚至是茜婆也真心感到高兴。对谷生家来说，这真是一缕久违的光明。

不过，也有让人高兴不起来的事。因战争之故，不仅在肉体方面，虎之介在精神方面也残破不堪。智子引以为豪的爽朗、温柔而又身强体壮的虎之介不见了，只留下了一个令人感到陌生的青年，其孱弱的肉体深处隐藏着阴郁而颓废的精神。

虎之介在谷生家的一处别栋开始了疗养生活。由于智子难当看护重任，谷生猛便命茜婆担负这项工作。

如智子所愿，虎之介如今已成为谷生家的继承人。但讽刺的是，儿子的健康状况与她曾揶揄为"无用之人"的熊之介相似，而且她还只能把照料儿子的任务交给与自己敌对的茜婆。进而，据浦边医生的诊断，虎之介的身体以及精神状态恢复如初需要相当长的时间。与此同时，医生又表示也完全有可能恢复不了正常。

龙之介顿感肩头一轻，放下心来。他很高兴，这样自己就能轻松度过学生生涯，不用担心毕业后的事。然而，他又一次看到了……这次是虎之介的生灵。

说起来，目击到生灵的现象本身，可理解成二哥被正式定为谷生家继承人的事实已得到认可。但是，与熊之介那时的情况一样，一旦开始频繁地看到生灵，便意味着虎之介死期将近。

不会吧……

不过，龙之介只目睹过一次二哥的生灵，当时他为了见生还的虎之介，在谷生家逗留了一段时间。

因此，只要没继续见到二哥的生灵，猛隐退之际，虎之介必将继承家业，成为谷生家之主。

不料，虎之介复员后过了大约两年半，另一个虎之介回来了。

五

"另……另一个？"龙之介的漫长故事告一段落时，言耶忍不住叫出声来。

"是的，就在上星期，第二个虎之介回来了。"

"难……难不成是生灵？"

"不不，是实实在在的人。"

"第二个虎之介先生容貌如何？跟最初复员归来的那位一模一样吗？"

"其实第一个虎之介据说面容也变了，这话也可以用在第二个虎之介身上。而且他脸上负了伤，左边的手脚也有些不灵便。所以，连智子从他脸上寻找出征前的影子，都费了很大的劲。"

"啊？这么说，智子女士认定第二个也是虎之介？"

"这事说起来可就复杂了……把两位放在一起比较，能看出毕竟是不同的人。但仔细观察的话，又总觉得有点像。"

"这下可就麻烦了。"

"就连亲生母亲也很难靠面容和体形来分辨吧。"

"就算没办法靠外表判断，只要智子女士跟他们说点过去的事，不就真假立判了吗？"

龙之介无力地摇了摇头："这两位都几乎没有出征前的记忆了。尤其是跟母亲生活的那部分，完全被遗忘了。当然，智子不像是一个为子女操心的人，对于和母亲一起生活的往事，可能虎之介原本就印象淡薄。即便如此，关于谷生家的事，他们还有些片断式的记忆。很讽刺吧。"

"那在军队服役的事呢？关于虎之介先生所在部队的出征地区，肯定是要问的。而最好的办法是找到同一部队的人，让他和两位虎之介先生见面……"

龙之介再次摇头道："现在根本不能提战地的话题。因为一提他俩就恐慌得不行。浦边医生也阻止我们这么做。"

"嗯……"言耶沉吟一声后，说道，"可是，总有一个是假货吧？"

"是啊，只有这一点是确凿无疑的。"

"动机是攫取谷生家的财产吗……战时也好、战后也好，都发生过各种被称为'复员诈骗'的犯罪，但这么露骨的案例恐怕不曾有过。"

"事实上智子也说了同样的话。她说战时熊之介死了，战后虎之介倒是平安回来了，所以肯定是茜婆不甘心，不知从哪儿搞来一个假货，送进了谷生家。"

"考虑到你之前说的那些事，倒是有可能。"

"确实。总之，智子认为第一个是她真正的儿子，第二个纯粹是假货。"

先前言耶还肯定这种说法，现在却立刻反驳道："可是，这不是很奇怪吗？第一个虎之介先生早在两年半前就复员了，现在才让假货登场也未免太迟了吧。"

"按智子的说法，这是因为找到一个长得像虎之介的人，花了不少时间。"

"结果却也不怎么相似？"

"嗯……果然很奇怪啊。"

"假如茜婆真找人冒充了虎之介先生，这个冒牌货反倒应该是第一个人吧？"

言耶指出这一点后，龙之介似乎吃了一惊。

"特地找人冒充敌对方的孩子，把他送进谷生家吗？见虎之介生还，所以不甘心找了个假货，我还能理解。这反过来的，算是怎么回事啊？"

"嗯。这想法确实有点牵强。说起来，当初智子女士可是毫无抗拒地接受了第一个虎之介。就算她再怎么希望孩子平安归来，也不至于那么容易受骗吧——看我，又把自己说的给否定了。"

"越整越迷糊了。"龙之介用右手手指揉起了自己的太阳穴。

"两个当中必有一个是冒牌货。不过，要认为茜婆是幕后指使，那无论哪个是假货都会出现问题。"

"这么说是单独犯罪？"

"这样的话，假货就是第一个人。"

"此人在某处听到虎之介战死的传言，想试试运气，所以上了谷生家的门？"

"真人既已复员归来，假货还要上门声称自己才是真的，怎么看这成功率都非常低啊。"

"说得有理。不过，这里又出现了刚才的疑问。智子为什么会上当呢？而且呢，我说过的吧，他俩对谷生家留有片断式的记忆。关于这些记忆，智子虽然显得不情不愿，但也承认确是事实。"

"两个人都是？"

"是啊。茜婆对他俩分别提了相同的问题，回答基本都合得上。"

"调查一下指纹怎么样？"

"智子母子以前的家因为空袭被烧毁了。而在她带入谷生家的行李里，找不到一件像是粘有虎之介指纹的东西。"

"竟然没有办法分辨真假，这听起来简直就像笑话。"

"可要说……"龙之介面露难以言喻的表情，"把其中一个视为虎之介的生灵吧，这本体也未免太多了。"

"说到生灵，学长不是见过第一个虎之介的生灵吗？"

"嗯……"

"当时是什么情况？"

龙之介的讲述如下：

在谷生家逗留的第三天傍晚，龙之介打算明早返校，便去向猛打了声招呼。随后他返回自己的房间，发现虎之介正伫立在走廊的隔扇前。

是来找我的？

这么想着，龙之介便要上前搭话，忽然又犹豫起来。因为二哥的样子有些奇怪。

虎之介一直站在隔扇前，纹丝不动，却也没觉得他是在窥探屋内，只是呆呆地杵在走廊上。然而，不知为何他始终凝视着龙之介的房间所在的方位。

龙之介激灵打了个冷战，瞬间过后，他慌忙把伸出走廊转角的脸缩了回去。

难、难不成那东西……是虎之介的生灵？

犹豫片刻后，他胆战心惊地伸头瞄了一眼，那东西不见了。如果是沿着走廊往前走，必会发出脚步声。然而，龙之介什么也没听见。他走到房间前，见隔扇稍稍开了条缝。

这时一个女佣从走廊的另一头走来。龙之介问她，刚才虎之介是否从她那边走过，女佣答说没有碰到任何人。

这么说，那东西是从眼前的细缝滑进了房间？

龙之介惊惧不已，不敢进房间。也许那东西正在室内等着他。

犹豫许久后，他终于鼓足勇气拉开了隔扇。屋里没有人。

吃完晚饭，龙之介来到虎之介所在的别栋向他辞行，并婉转打探对方在傍晚时分的活动，结果得知二哥一直在别栋看书。当然，这种事恐怕连他本人也无法证明，但龙之介不觉得虎之介有必要对自己说谎。

"是啊。"听龙之介讲述完毕后，言耶对他最后提到的想法表示赞同。

"那个果然还是虎之介的生灵！"

"第二个虎之介情况如何？有没有出现过生灵？"

"不，那边的我没见过。"

"但也不能因此就拿见过生灵的事，来证明第一个虎之介先生是真的。"

"嗯，没错。"

"话说……"言耶交叉双臂，显得饶有兴趣，"对如今存在两位虎之介先生的谷生家来说，生灵现象真可谓一种极具象征性的传承。"

"是啊。不过，这两位都拥有确凿的实体。现在的问题可要活生生得多。"

"我喜欢的侦探小说家里，有一个叫狄克森·卡尔的……"龙之介面露惊讶之色，但言耶还是继续道，"在听你讲述的过程中，我想起了他的一部作品，叫《歪曲的枢纽》。"

"哦，内容很相似吗？"

"某日，一名男子出现在肯特州的贵族——约翰·法恩利爵士的府邸，宣称他才是真正的约翰·法恩利。据此人所言，小时候乘坐泰坦尼克号时，他与一个出身马戏团、名叫帕特里克·戈尔的孩子交好。两人都羡慕对方的境遇。不久，泰坦尼克号发生事故，即将沉没，当时他被帕特里克趁乱打倒，醒来时人已在救生艇上。后来他抵达美国，得知约翰·法恩利和帕特里克·戈尔都被归为下落不明者。于是他冒充帕特里克·戈尔，加入了自己所憧憬的马戏团。然而，不知从何时起，在英国那边竟有人自称是约翰·法恩利，继承了爵位。这肯定是与自己互换了身份的帕特里克·戈尔干的好事。为了揭露这种不正当的行为，他决定自曝身份。"

"于是本书的谜团就是——两个约翰·法恩利中，哪个为真哪个为假？"

"是的。我觉得这个设定非常有趣。"

"那么，哪个是假的呢？"

对方直截了当的询问令言耶十分为难。

"这个我不能说。把侦探小说的真相告诉未读者是绝对不行的。"

"我倒是不在乎。"

"小说里是在泰坦尼克号上，现实中这两位虎之介先生没准也有过类似的相遇。"

"你的意思是在战场上？"

"对。他们互相追忆故乡的点点滴滴，所以冒牌货也能回答茜婆的问题。"

"嗯……倒也不是不能这么想。"

263

“只是这么一来，真正的虎之介先生就该知道对方的真实身份。”

“那是自然。不过，说起来他俩甚至都不想见对方一面。”

“两个都是？”

“按浦边医生的说法，这是因为他俩无论如何都不想回忆起战争的事。”

“这个能够理解，不过关于谁真谁假，他们各自是什么说法？”

“两个都说自己是真的，对方是假的。”

“原来如此。对了……”言耶就自己一直很在意的事问道，“恕我现在才来提这个问题，你为什么要告诉我这些？”

龙之介显得非常意外，好似在说“你这是什么意思”。

“当然是为了请你这位名侦探来辨认哪个是假虎之介啊！”

六

同一周的周六下午，刀城言耶和谷生龙之介为赶赴谷生家，一起坐上拥挤的电车，前往神户地区的村落之一——芦生。

几乎所有乘客都怀抱着在空袭中留存下来的衣物等，想来他们是要去乡下与农家交换食物。这种地下交易当然属于违法行为，倘若在归途中遭遇警方的盘查，会被强行没收。出卖贵重的财产，又失去了换回来的粮食，一旦沦落到这等地步，那可真叫一个苦不堪言。虽说是违法行为，但当时每个人都这么干——否则就得饿死——鉴于这样的事实，会不会遇到盘查可以说全凭运气。

这些人外出采购岂是为了日常生活，而是关系到一家人的死活。也许只有言耶和龙之介二人是车中的异类。

"上次我也说过，在谷生家逗留期间，至少不用担心食物的问题。"龙之介留意着四周的情况，低声说道。

"这一点确实值得庆幸，不过……"

"怎么了？"

言耶面露为难的表情，龙之介颇觉奇怪似的看着他。

"就算你要求我充当侦探……"

"怎么还在说这种话啊。把你推荐过来的可是木村老师。"龙之介像是在说"你绝对没问题"。

"一开始我就说了，那位老师太高看我了。"

"虽然我不太了解木村老师的为人，但他那么器重你……"

"请等一下。"言耶从龙之介的言辞中觉出了疑点，"说起来谷生学长是其他学部的吧？你是在哪儿认识老师的？"

"……"龙之介面露为难的表情。

"老师好像知道谷生家生灵的事，可是如果他和学长并没什么往来，又怎么会知道得那么清楚呢？"

"这个嘛……"龙之介支吾片刻后说道，"有人不许我说，不过也无所谓了，反正你要跟我一起去谷生家了。"

某种不祥的预感忽然从言耶脑中掠过。

"把你的事告诉我的是阿武隈川乌。"

"呃……"连言耶自己都没想到，不祥的预感竟如此精准。

阿武隈川乌身为刀城言耶的学长，万事都严于律人、宽以待己，是一个尽招惹麻烦、性格乖张的家伙。此外，这个危险分子尤其喜欢耍弄言耶，并从中感受到无上的快乐。

"你认识阿武隈川学长？"言耶战战兢兢地问道。

然而，得到的回答完全出乎他的预想。

"我在朋友寄宿的地方吃火锅，当时他也在场。他那个大块头特别有存在感，又一手张罗火锅的事，我还以为肯定是哪个人的同伴呢，后来才知道谁都不记得叫过他，不，应该说没一个人认识他。大家全都傻眼了。"

言耶确信，当时阿武隈川乌之所以在那屋里，不过是因为恰好在晚餐时间从附近路过，敏锐地嗅到了火锅的味道吧。

到底是黑哥，还是那么嘴馋。

话虽如此，就算那里只是学生寄宿的地方，也不能随意跑进陌生人的房间，还给大家张罗火锅吧？这人真是可怕。顺带一提，"黑哥"是言耶给他起的外号，只因阿武隈川的名字叫"乌"。

言耶打心眼里庆幸当时他没在场。

"餐桌上阿武隈川说起武藏茶乡一个叫什么家的地方发生的案子。我一直记着，所以这次就来找他商量了。结果阿武隈川说这点事不用他亲自出马，找他的徒弟刀城言耶就行。"

谁是他徒弟啊……言耶本想发火，但最终只是在心里抱怨了一句。

"只是，当时阿武隈川说你破案失败后，由他接盘完美地破解了谜团，所以，这话虽然有点伤人，但我确实是有点担心你。"

到底是谁破的案啊……当然，这次言耶依然选择在心里暗骂。

"但是，按阿武隈川的说法，你很嫉妒他的侦探才能，所以他建议不要由他来介绍，还是找对你误会甚深所以颇为器重你的木村老师为好。"

到底是谁在嫉妒谁的才能啊……想归想，但此时言耶只能目瞪口呆了。

"阿武隈川还说他会事先给老师打好招呼，所以不用搬出他的名字，直接拿谷生家的问题找老师商量就行。"

打招呼云云，自然是谎话无疑。阿武隈川应该什么都没做。木村有美夫对刀城言耶的侦探才能评价极高，所以只要告知谷生家发生的事，他一定会把言耶介绍给龙之介。想来阿武隈川已预料到这一点。

"啊！"

"怎、怎么了？出什么事了？"

言耶再次产生了不祥的预感："话说……关于这次的事，阿武隈川学长有没有向你索取报酬？"

"啊，我已经请他吃了好几顿饭。"

果然……言耶心下释然。而且不止一回，这还真是阿武隈川乌的风格……言耶不禁发出一声叹息。

"另外我们约好了，如果徒弟，也就是你解决了这次的事，接下来的三到六个月里谷生家要给他送粮食。"

"啊？"

"最初他要求一年，可是以我在谷生家的地位，实在是很难办到，所以就改成了三到六个月的不定期间。其实我希望是一个月，但阿武隈川好像不太满意，所以我取了个中间值，总算让他点头了。"

"他不、不太满意？"

纯属不劳而获不算，还要对条件挑三拣四，这家伙脸皮到底有多厚啊！

"当然，对你我也会准备谢礼……"

"不，不用客气。"

"这可不行。"

龙之介一再坚持，于是言耶说有了成果可以再考虑，把这事揭过去了。

不久，电车抵达大垣外站，两人坐上战后开通的木炭巴士，先是到了初户。然后，他们又在那里换乘前来迎接的马车，赶赴芦生地区。

这里明明没有高山，却有不少低谷，进而也许是地形复杂的缘故，山道九曲八弯，到处都能见到堪称险关的场所。因此，当言耶琢磨这种地方怎么会有村落时，突然出现在山谷中段、仅坐落着几户人家的村庄令他吃了一惊。

从初户出发后的路上，他已见过好几个这样的小村子。或许是这印象过于强烈，抵达芦生时言耶又吃了一惊。因为这地方虽比不上初户，却也意外地开阔。

马车行进在村内时，前方可见到谷生家背后的山。那山恰好被映照在黄昏的余晖下，染上了一层薄薄的血色。这不祥的景象仿佛预示着今后将要发生些什么。言耶骤然感到了不安。

抵达谷生家后，言耶被引入客厅。

"我去去就来，你在这儿休息一会儿。"

说着，龙之介走了。等了好一会儿，他才终于回来，而且一副愁眉苦脸的样子。

"我去见猛……父亲，才知道他病倒了。"

"是急病吗？情况如何？"

"据浦边医生说，应该没什么大碍。不过，据说他又表示绝不能掉以轻心。"

"我来得真不是时候……"

"不不，这种时候正需要你这样的侦探。"

即使反驳也只会变成车轱辘话，所以言耶硬是没吭声。

"哪知父亲大发雷霆，叫我少节外生枝。"

"果然我还是……"

"事先我就通知过谷生家，说要带侦探过来，搞清楚两个虎之介孰真孰假。"

"啊？"言耶慌了神。此前他从没听对方提过这件事。

"父亲的意思是，这事早晚必能弄明白，现在不用去管它。可是，这也太慢条斯理了吧。"

"这、这个确实是。不过话虽如此，我并不是真正的侦探，你要期待我解决这件事……"

言耶委婉地提出抗议，然而龙之介好像压根儿就没听进去："还有啊，父亲卧床不起，万一就这么去世了，你觉得情况会怎样？他俩之间立马会爆发继承权争夺战，这不是明摆着的事吗？"

"你父亲的情况，他们二位……"

"应该不了解详情吧。据说家里人只告诉他们，父亲有些小恙，正在卧床休息。"

"难不成学长已向你父亲指出了这个继承权之争的问题？"谨慎起见，言耶这样问道。

"指出了呀。"龙之介坦然点头。

"不、不要紧吗？对病人说这种话？"

"那个人才不会在乎呢。好吧，就算他在乎，我也不会把它当回事。"

虽说是亲父子，但考虑到两人过去的关系，龙之介的反应恐怕也是情有可原的。至少轮不到旁人来说三道四。

"可是，猛先生都说了不用去管它……"

按常理判断，言耶觉得自己不可以在谷生家擅自行动，但龙之介不这么想。

"我已经打好招呼，让病人不必过于操心，接下来的事就交给我了。"

"那……"

"嗯，你先到浴室洗个澡，然后我们一起吃晚饭。完了再去见那两个虎之介。"

"果然还是……"

"一个一个地见比较好吧？"

"可是，我见了又能怎么……"

"还是说要两个人一起见？"

"不，要见的话，我想当然是一个一个地来比较好……"

回过神时言耶才发现，不知不觉中这事已经定了。

"都到了这个地步，也就没啥好说的了，不过这事还真愁人。"

言耶服从龙之介的安排一边洗澡，一边忍不住自言自语起来，"正因为关系到老式家族的继承人问题，我也得注意谨言慎行啊……"

言耶甚至觉得，遇上奇奇怪怪的杀人案倒还比现在的情况强些。

洗完澡，言耶被带入和室，单独与龙之介一起用晚餐。摆上饭桌的菜肴在平日的寄宿生活中是难以想象的。而且还有酒水招待，令言耶惶恐不已。

黑哥没跟着一起来真是太好了。

阿武隈川乌要是也来了，肯定会把"两个虎之介"问题推给言耶一人，自己只管吃喝。

酒席宴间，龙之介递来了一张照片。照片中映有一名身穿军装的精悍青年。龙之介说这是从智子那里借来的虎之介的照片。

晚餐过后，言耶稍稍醒了醒酒。接下来终于要去见那两个虎之介了。由于二人各被分配了一幢别栋，所以须拜访不同的房间。

来到第一个虎之介所在的别栋时，茜婆和智子已双双到齐，正在等待言耶他们。

"晚上好。"

龙之介发出问候后，茜婆只是恭敬地点了点头，随即将目光指向言耶。她肆无忌惮地望着言耶，看那眼神，明显像是在品评对方，着实让人不舒服。

"嗯，晚上好。"另一边的智子则以亲切的语声回应道。只是，她同样也在频频打量言耶。

"哎哟，听说是侦探，我还一个劲儿地以为是个威严的男人呢，结果却来了个可爱的美男子。"

不过观察完毕后，她又嘻嘻哈哈起来。这一点和茜婆全然不同。而且，看来智子已从猛那里了解到了言耶的情况。

这下可糟糕了……

言耶本打算以龙之介的学弟这一身份，不动声色地接触两位虎之介，尽可能自然地探寻线索。然而，如今侦探的身份一开始就已暴露，那就没办法了。

第一个虎之介就在言耶与龙之介的正前方。茜婆与智子分坐在两人的斜左方和斜右方，虎之介位于其间，众人构成了一个略有些扭曲的五角形。

虎之介以锐利的视线牢牢地盯住言耶，这一点与那两个女人并无不同，但只有他不知为何显得有些不安。或许是早已听说要来的侦探当真出现在自己眼前，令他感到了紧张。

总之，别栋的前和室里充斥着紧张的气息，目前需要先拂去这异样的氛围。

然而——

"这是我校大名鼎鼎的名侦探刀城言耶君。"

龙之介的介绍把现场的紧张感又推高了一层。虽说他大概并无恶意——看起来倒更像是为了照顾学弟——但起的效果却完全相反。

连言耶本人都想找个地洞往下钻了。

"好了刀城君，接下来的事就拜托你了。"

龙之介冷酷无情地把主导权交给了言耶，令他大为着慌。

"那、那个，呃……我叫刀城言耶，这次突、突然前来叨扰……那个，还、还请多多关照料。"

即使在说话的时候，言耶也被那三人看得浑身难受。茜婆的不信任感，智子的期待感，虎之介的不安感，虽说从各自的眼神中感受到的情绪各不相同，但三人的视线都令言耶难以招架。

不过，言耶好歹开始向第一个虎之介发起了询问，只是这过程比他预想的还要艰难。

对方寡言少语，无论问什么都只回答一句，完全无法进行具体的会话。而且回答也尽是"不知道""不记得了""忘了"之类的否定句。特别是问到与战争有关的话题时，他还会加上一句新的抗拒之词——"不愿回忆"，所以根本无法深入交流。

就算言耶是真正的名侦探，碰到这种情况也只能举手投降。由此，他所获取的信息也是微乎其微。

回忆孩提时代，印象最深刻的是在神乐坂家中的狭小庭院里独自玩耍的事。

战地在中国的东北地区，除此之外什么也不想说。

疗养期间时间充足，所以订了好几份杂志，特别爱看在《新青年》上开始连载的横沟正史的《八墓村》。

最终言耶只问出了这点东西。至于横沟正史的最新连载作品，言耶也只是出于个人爱好才提起了这个话题。这种信息不可能成为辨别真伪的线索。

那张照片也毫无作用。要说像确实有点像，但又觉得是另一个人。最关键的是，如果能靠照片来判断，问题早就解决了。

会见第二个虎之介时，言耶吸取教训，要求单独会面。结果，只有龙之介不情不愿地点头同意，智子则露骨地显出遗憾之色。言耶在侦探方面的蹩脚表现似乎让她乐不可支。反之，茜婆早就对言耶的侦探才能失去了信心。

前往第二个虎之介所在的别栋时，龙之介再次充当了向导。不过，他只介绍了一下言耶，就立刻离开了。此后只剩下二人面面相对。

面对第二个虎之介，言耶产生了一种难以名状的感觉。两人确实微妙地相似，但也没到分不清彼此的地步。若称第一个人为甲，第二个人为乙，则可以平常地分辨出甲、乙的区别。换言之，认识虎之介的人——母亲的话就更不用说了——当然能认出哪个是真正的虎之介。

然而，他们竟然看不出来……

这恰恰证明一个青年所受到的战争创伤有多残酷。即便把智子身为母亲对虎之介漠不关心的事实考虑在内，也完全可以这么说。

第二个虎之介的脸上有一道裂伤留下的巨大疤痕，从左额划过鼻梁，一直延伸到右颊。因此，他的脸确实颇为扭曲，面容有了相当大的变化。

可是，两人似乎确有相似之处？

言耶暗自思忖之际，不知为何产生了一种逆向思维。

不，是否可以认为，正因为如此两人才有了相似之处呢？

换言之，正因为第二个虎之介脸上受了重伤，容貌才变得和第一个虎之介相似了。言耶脑中突然浮现出这样的反向解释。

不过遗憾的是，一时之间言耶说不清这种思考转换有何意义。他想静心思考，但目前必须与第二个虎之介交谈。

这位虎之介目光中也蕴含着难以言喻的不安感。当然言耶无法判断，这是对战争所抱有的不幸记忆所致，还是因为太害怕冒牌货的身份被揭穿。在第一个虎之介身上，言耶也感受到了与之完全相同的情绪，所以越发说不清、道不明。

说到共同点，第二个虎之介也是沉默寡言。虽然感觉比第一个容易接近，但几乎不主动说话。言耶的问题他倒也回答，只是仍以"不知道""不记得了""忘了"之类的回应居多，抓不到任何线索。

结果，从第二个虎之介口中探得的信息与第一个没有多大差别。

回忆孩提时代，印象最深刻的是猪佐武从谷生家庭院里的大树上摔下来受伤的事。

战地在中国东北地区，如今只留有片断式的记忆，一回想就头痛。

疗养期间时间充足，所以正在愉快地阅读熊之介书房里的书，比如柯南·道尔的《血字的研究》、泷泽素水的《怪洞的奇迹》等。

只有在谈论小说时，对话才稍稍热络起来。告辞离开别栋的言耶只觉得自己已经穷途末路。

回房间的途中，言耶在走廊上被龙之介叫住。龙之介把他让进附近的房间，只见茜婆和智子也齐聚一堂。看来是一直在等言耶。

"情况怎么样？"

听着龙之介满怀期待的声音，言耶自然而然地垂下了头。

"到底哪个是真、哪个是假？"听这语气，分明是认定言耶已得出结论。

"不知道……"言耶有些犹豫，不过如今只能实话实说。

"完全不知道？"

"是的，完全不知道。"

茜婆嗤之以鼻似的把脸转向一边，智子咯咯大笑，好似听到了什么滑稽的事，龙之介则像力气突然被抽走了一般，颓然塌下双肩。

"对不起，没能帮上什么忙。"言耶低头道。

"不，这事可能从根儿上就没辙。"龙之介虚弱地摇着头，"就连认识虎之介哥哥的人也没法搞清楚，我却突然把你拉过来要你分辨，完全就是鲁莽之举。"

"你能这么说……"

"不过，如果换上你师父阿武隈川乌呢？应该能一眼就看出真假来吧。"

言耶自然不能说"不不，你只会眼看着谷生家的粮食一天天地少下去"，只好四平八稳地答道："黑哥嘛，你看他那个大块头，我觉得要把他带到这里来，真的很困难。"

"原来如此，他不太愿意出门啊。"

"是的。"

其实只要能吃上白食，无论是什么地方，阿武隈川都会手脚利索地赶过去。当然，这项事实也是不能往外说的。

"看来没有冬城牙城这样的名侦探，果然还是不行。"

"我想问一下……"龙之介刚说出父亲的名字，言耶便突然开口道，"各位是怎么看待那两位虎之介先生的？"

与之前缺乏自信的语调不同，这次言耶的措辞清晰有力。

"嗯？"也许是一时之间不明其意，龙之介面露讶色。

"听说他俩与入伍前相比，外貌和性格都有了巨大变化。但我想，这里的两位女士以及猛先生毕竟是谷生家最了解虎之介先生的人。"

"哎哟，"智子语带讥讽地回应道，"你是想说，连家里人都觉得困惑，自己哪有可能做出判断吗？这倒也是，毕竟连当母亲的人也分辨不出来……可是，你不是名侦探吗？"

"不，有此称号的是一个叫冬城牙城的人。"

"那就把那个人……"

"我想说的是，我理应事先充分地向各位听取你们对二人的印象，以及虎之介先生的相关信息。现在我正在深刻地反省这一点。"

"这倒也是。"看来龙之介认可言耶的说法，"怎么说呢，突然让你们见面是我不好，对不起。"

"既然如此，我打算明天再会会他们二位。"

"感觉这位侦探先生终于拿出了点干劲。"出言挖苦的又是智子。不过她似乎对言耶并无恶感，倒不如说更像是单纯地对现状感到有趣。

"在此之前……"言耶依次打量三人的脸，"请你们告诉我虎之介先生入伍前的情况，无论是什么样的事都可以。喜欢什么，讨厌什么，性格如何，你们个人与他之间的往事，等等，希望你们把能想到的都告诉我。"

"可是侦探先生，"智子以饶有兴趣的口吻说道，"那孩子真的完全变了样。就这么说吧，哪个是虎之介都……"

看智子的态度，总觉得她好像已经放弃了。

"除了外貌，比如说还有什么地方变了？"

"虎之介是不读书的。不，他喜欢读书，但以前他蔑视小说，说那种东西全是胡编乱造的。"

277

"然而，他俩现在都爱看小说。"

"这也是没办法吧。"龙之介像外国人似的耸了耸肩，"疗养期间闲来无事，可在这里又什么也干不了。而且我们也可以这么想，在战场上体验到的真实死亡带来的恐惧，使他们开始向虚构的世界寻求安乐。"

"问题就在这里！"智子强调道，"哪些地方出于什么原因发生了变化，我们全都不知道，对吧？既然如此，关于入伍前的虎之介，不管我们向侦探先生提供多少信息，最终也毫无用处，只是白费工夫，不是吗？"

"也许正如你所言。"言耶先肯定智子的意见，随后说道，"但即便如此，我认为还是有尝试的价值。我无法向你们立下任何保证，所以也不敢夸什么海口……"

"没事。"不料，智子干脆地一点头，"毕竟我是站在侦探先生这边的。"

话虽如此，言耶不太清楚她打算拿出多少认真劲儿来协助自己。

"茜婆婆意下如何？"

言耶也试探了一下茜婆，不过那边就不太好对付了。这或许是因为与第一个虎之介交谈时，言耶的表现实在太差劲。尽管言耶解释说自己不会重蹈覆辙，但仍难以打动对方。

在智子和龙之介的声援下，茜婆终于勉强答应协助言耶。

此后的数小时，言耶对三人进行了询问，直到茜婆喊累为止。他把所有信息记录在大学笔记本上，就寝前在客房又读了一遍，同时思考该以什么样的顺序放出什么样的问题，才能有效地辨别真伪。

不料，翌日清晨龙之介叫醒言耶，给他带来了一个惊人的消息。

"虎、虎之介死了……那第二个虎之介上、上吊了。"

七

第二个虎之介在其居住的别栋的中和室内，从衣柜上格抽屉的把手垂下腰带，自缢身亡。尸体好似双膝着地一般，以极不稳定的姿势软绵无力地悬挂在那里。

"不……不会是被杀害的吧？"言耶确定实施心肺复苏已无济于事后，龙之介以惶恐的声音问道。

"这个不验尸的话……啊！对了，有没有报警？"

"来叫你之前，我已派用人去村里的派出所，应该马上就能到吧。"见言耶点了点头，龙之介继续问道，"是不是也存在被杀害的可能？"

"被腰带勒住的颈部留有右手指甲的挠痕。"

"这、这么说，是有人勒住了他的脖子……"

"不过，人在自缢的情况下，有时也会下意识地挠脖子。"

"是这样啊。那不就搞不清楚是哪种情况了吗……"

"不。"

"能、能搞清楚？"

"无论是上吊自杀还是勒毙，都会在颈部留下索条痕。在这个案子里，自然是腰带痕了。"

"应该是吧……"

279

"上吊自杀时的索条痕和勒毙时的索条痕，也就是索沟，是不一样的。"

"怎么个不一样法？"

"如果是上吊自杀，索沟会从颈部的正面，也就是咽喉上部，近乎倾斜地划到两耳的下方。如果勒毙，由于要用腰带勒住被害者的脖子，索沟会绕颈部一圈。"

"原来如此。"

"观察下来，我感觉这具遗体上的索条痕明显符合上吊自杀的特征。"

"自杀啊……"

"你看，遗体的裤子上找不到腰带。"

"用的是自己的腰带？"

"还有，遗体的对面……"言耶指着衣柜前，"榻榻米上放着的那一沓不正是白寿衣吗？"

"哦？啊，还真是的。"

"看起来像是有准备的自杀。"

"也就是说，这个人是假货啊。"

龙之介舒心地叹了口气，这时女佣带着派出所的警察来了。

断定死于非命的自缢者确实已无法救治后，警察借用谷生家的电话，联系了终下市的警署。随后他封锁别栋，向龙之介等人询问详情。此后警察又叫住茜婆，试图努力从她嘴里打听出什么来。两人似乎是老相识。

言耶待龙之介被警察放回后，向他恳求道："你能否对终下市警署的负责人这么解释呢，就说我是到你家来玩的，是你大学里的学弟。可以的话，请别说出我的名字，如果不得不回答……对了，不要说'刀城'，就说我叫'东城'吧。"

"这个没问题，可是为什么呢？"

"这种时候说我是侦探，简直就像在挑衅警方，肯定会搞出麻烦来。"

"这倒也是啊……"

言耶给出的理由根本无法解释隐姓埋名的必要性。好在龙之介似乎也认可了。警察有可能从言耶的名字联想到他的父亲冬城牙城，才是真正的原因。

名侦探的儿子涉案——

言耶绝对不愿被外界如此看待。这是他从过去遭遇的案子中得到的教训。

"说起来，假虎之介的自杀方法还真奇妙啊。"相比言耶奇特的嘱托，龙之介好像更在意尸体的姿态，"要上吊的话，在门楣上挂一条绳子不就好了吗？从衣柜抽屉的把手吊一根腰带下来，谁都不敢保证能死成吧。"

"不，上吊者之所以会死，是因为绳子之类的索条造成了气管的阻塞。因此，施加于索条的下坠力有本人体重的四分之一左右即可。"

"是这样啊。"

"自杀者是老人的话，踩上凳子、在高处绑绳并不是一件容易的事，所以会利用那种衣柜上的把手。过去也有过这样的案例。"

"可是，那个冒牌货还很年轻啊！"

"第二个虎之介左手左脚不太灵便。他的情况和老人一样，应该很难选择在高处上吊。"

"这倒也是……"龙之介显出信服的模样，但马上又用疑虑重重的口吻说道，"假如把人勒死后再伪装成自缢，按你在别栋里的说法，脖子上留下的痕迹是不是就不一样了？"

"是的。勒死后伪装成自缢的话，被害者的颈部会留下双重索沟，一眼就能看穿。"

"那么先做一个上吊用的绳圈，拿它来勒人呢？"

"这种时候要看绳圈的另一头，也就是绳端的状况。假如事先被绑在高处，那么在旁人看来，这绳子显然是用来上吊的，对吧？"

"嗯……"

"在这种情况下，如何才能把被害者的头套进绳圈呢？这个可是相当困难的。再看绳端不固定的情况，虽然可以做到趁被害者不注意，把绳圈套上对方的脖子，但必须绕到对方的背后。而且，手里得拿着一根有圈的、外观很不自然的绳子。怎么看我都觉得，对方应该会有所警觉吧。"

"不让对方发现，悄悄地靠近呢？"

"你觉得呢？用的可是被害者裤子上的腰带啊。"

"也就是说，从各种情况来看，那家伙并不是被杀害的？"龙之介再一次确认似的叮问道。

"当然，我不知道警方会怎么看，不过被判定为自杀的可能性应该很大。"如此回答后，言耶反过来问龙之介，"学长认为第二个虎之介是被杀害的？"

"……"龙之介欲说还休，最后只是默默地点了点头。

"为什么这么想呢？"

"侦探来了，可最终还是分不清谁真谁假……啊，我并没有责怪你的意思。但是，有人会这么想也不足为奇吧？"

"很有可能。"

"所以我就想了，没准……"

"没准是冒牌货杀了本人，或是本人杀了冒牌货？学长的想法到底是哪个呢？"

"这还用说吗……"话至中途，龙之介面露困惑之色，"两种都有可能吗？"

"我们可以这么想，如果冒牌货是凶手，那他就是打算趁自己还没被揭穿，杀死本人并伪装成自杀，然后登上继承人的宝座。"

"啊，我就是这么想的。"

"但也可以想成如果本人是凶手，那他就是因为谁真谁假总也没个定论，一着急便亲自动手除掉了冒牌货。"

"原来如此……还有这样的可能啊。"

"话虽如此，凶手是冒牌货、被害者是本人的概率更大。怎么看我都觉得，在这种情况下凶手的形势更为紧迫。"

"虽说侦探失败了，但毕竟是来了。而且，第二天你还要和他俩再次交谈。"

言耶接过龙之介的话头："只要不怎么说话，就不必担心冒充的事被揭穿。但是，另一个人是真虎之介的事实终将得到证明吧——冒牌货抱有这样的焦虑也很正常。"

"这么看来，剩下的第一个人是冒充者，被杀害的第二个人是本人……"

看龙之介的态度，好似在说结论已定。言耶不由得着了慌。

"不不，说到底，只有在假定为他杀的情况下才能这么思考。刚才我也说了，就以被害者的状态而言，我并不认为是他杀。"

"这倒也是。第二个人是假货，害怕第二天和你对话，所以就自杀了。果然这才是真相吧。"

将近正午时，终下市警署的刑侦人员终于到了。据说他们受困于迷宫似的山路，为此耗费了不少时间。抵达谷生家时，每个人看起来都很疲惫。

即便如此，警员们立刻展开了现场勘查工作，对谷生家的人一一进行讯问。

言耶也不例外。不过，得知他是龙之介的学弟，只是偶尔在此逗留后，警察的问话便草草结束了。但是，警察对前往别栋看到尸体时的情况，还是问得极为细致。

据说第二个虎之介的死亡推定时间是昨晚十一点到今晨一点。顺带一提，谷生家的人都没有不在场证明。不过，考虑到这样的时间段，有不在场证明反倒不自然。

理所当然的是，警方对两个虎之介表示了关注。他们对难辨真伪一事感到吃惊和困惑，同时又认为无论是自杀还是他杀，动机皆在于此。

由此，言耶曾模仿侦探行事的事实也无法再向警方隐瞒了。无奈之下，龙之介只好掺入些许谎言，声称是自己请这个正好上门来玩、喜欢当侦探的学弟以局外人的身份来会见二人。

好在警察感兴趣的是言耶与二人的交谈内容，而非其本人。于是言耶一五一十地都说了，连约好了第二次见面的事也没隐瞒。

警方姑且得出结论，认为是自杀。正式判断须在确认完司法解剖的结果后做出，但终下市警署的警部认为他杀的可能性极低——据说这些情况都是驻村巡警悄悄告诉茜婆的。

当天晚上，言耶吃过晚饭、洗完澡后，回客房读书。看的是木木高太郎的《三面镜的恐怖》。此时，终于能起身的猛和茜婆、智子正聚集在内和室。龙之介也被叫走了，估计一时半会儿回不来，所以言耶才看起了书。

然而没过多久，龙之介便来到了客房。

"好快啊。"

见言耶惊讶，龙之介面露苦笑，说道："父亲呢，已经取得了大家的同意，要把最初复员归来的虎之介认作本人。"

"谁都没反对？"

"嗯。智子好像也认可了。"

"毕竟按你的说法，她认为第二个虎之介是茜婆准备的冒牌货……"

"所以她应该不会有什么不满。"

"这件事算是尘埃落定了。"

言耶话音刚落，龙之介便低头道："这都是拜刀城君所赐，给你添麻烦了。"

"哪里哪里。我什么都没做啊。"

"不不，多亏你学侦探的样儿……"话到一半龙之介支吾起来，恐怕他已意识到，这听起来就像在说假冒者是因为言耶而自杀的。

"光靠我们家的人，是什么也干不成的。之前我们都已经走投无路了，是你改变了现状，让事情有了转机。"

"不是吧……"

"好啦好啦，这样不是挺好吗？本来我想说接下来你就好好放松一下吧，可是继承人这一确定啊，我好像又成家里的累赘了。我打算明天就回学校。"

"就这么定了。"言耶当即点头，顺便问了一件自己颇为在意的事，"对了，自杀的那位假虎之介先生，遗体会怎么处理呢？"

"据说因为没人会来领取，所以决定由谷生家受累处理。他们说准备办个葬礼，虽然会很简单。"

"那就好。"

"关心那种搞复员诈骗的家伙，刀城君也真是异于常人啊。"

龙之介再次面露苦笑，言耶则神情严肃地说："我关心是因为事情确实已尘埃落定，但还留有一些让我很在意的谜。"

"什么谜？"

"当然是假虎之介先生的真实身份和特地混入谷生家的动机了。"

八

第二天，刀城言耶用完早饭，和谷生龙之介一同踏上了归途。

“你好像很困啊？”见言耶在颠簸的马车上直打哈欠，龙之介惊讶地问道。

“昨晚钻进被窝后，我一直在思考。”

“莫非是关于假冒者的真实身份？”

言耶点了点头。龙之介讶然道：“你也太好事了吧。或者该说成你毕竟是一个业余侦探吗？”

“呃……我根本没打算当侦探，只是这件事实在让我无法释然。”

“这不就是侦探的秉性吗？”龙之介意兴盎然地打量着言耶的脸，“那么，你明白假冒者的身份了？”

“好像是明白了……”

“真、真的吗？”

大概是没想到言耶竟做出了肯定的回答，龙之介似乎真的吃了一惊。

“话虽如此，但没有一个物证，终究只是案情证据，或者说是……”

“又不是要马上去通报警方，现在有这些就够了。”龙之介兴奋之情溢于言表，对言耶紧追不放，“那个人到底是谁啊？”

“在这里说没问题吗？”

言耶以表情暗示对马车夫的疑虑。他害怕被村里人听去后，招来流言蜚语。

“啊，这位老爹没问题的。他耳朵有点背，而且好像听不到我们在马车后部的对话。”

"明白了。"

即便如此，言耶仍稍稍压低声音，缓缓地开始讲述昨晚思考了一夜后得出的解释。

"首先是两位虎之介先生有相似之处这一点，反向思考一下的话，这事也许是理所当然的。"

"反向？"

"此人是要冒充虎之介先生混入谷生家，所以当时他与真虎之介先生相似，可谓理所当然。"

"嗯，那是自然……换言之，是某人把一个长得像虎之介的男人送进了谷生家。又或者是此人单独作案，混进了谷生家？"

"没错，两者必居其一。不过，倘若是前者，那幕后的黑手除茜婆外不做他想。"

"也没其他人了吧。"

"但是，正如我最初指出的那样，真正的虎之介先生早在两年半前就复员了，如今再准备一个冒牌货，也未免太迟了。鉴于两人并不怎么相像的事实，找相似之人需要时间的解释也不太能成立。想靠脸上的伤蒙混过关的话，负伤更重的复员军人少说也有五万八万吧。"

"从这层意义来看，假冒者的伤有点不上不下。你的意思是，其实没有黑幕？"

"是的。不过，这么一来有些事就说不通了。"

"什么事？"

"假冒者拥有谷生家的相关记忆。假如存在茜婆这个幕后黑手，自然可以请她事先告知。原本提问的人就是她，做什么手脚都行。"

"确实啊。所以，后来你又提出了一个假说——两人是战友，可能在战场上互相倾诉过往事。"

"没错。但是，这样的话，真虎之介先生应该能认出假冒者的身份。"言耶如此回应后，继续说道，"即使真虎之介先生没能察觉，茜婆的提问里也总会有一两个是假冒者绝对答不上来的。一旦做出错误的回答，我想此后假冒者的身份被揭穿就只是时间问题了。"

"这么看来，茜婆果然还是幕后……"

"这么想的话，就会像前一个解释一样，出现难以解决的问题。"

龙之介脸上的表情就像在说"喂喂，你没问题吧"。

"你这不是在兜圈子吗？"

"我所在意的是……"然而，言耶径直说了下去，"关于孩提时代印象最深刻的记忆，假冒者举了猪佐武先生从谷生家庭院的大树上摔下来受伤的事。"

"这个怎么了？"

"如果我说这桩事故鲜明地印刻在了真虎之介先生的记忆里，其实也是不奇怪的。眼见一个与自己年龄相仿的孩子摔下来，任谁都会留下深刻的印象。"

"嗯，这个很正常。"

"我也这么觉得。不过，由此我突然想到了，留下的记忆比虎之介先生更为强烈的，绝对应该是跌落者本人吧……"

"你说什么？"

"当年虎之介先生与智子女士一起来到谷生家，猪佐武先生和他拥有共同的儿时回忆，绝非不可思议之事。从孩提时代起猪佐武先生便处处留意，让熊之介先生和虎之介先生和和睦睦地一起玩耍。"

"这么说……"

"猪佐武先生从树上跌落，瘸了一条腿。假冒者也是如此。那条腿入伍前就已不太灵便，而脸和一只手则是在战场上受的伤，你看这解释如何？"

"可、可是……"龙之介似乎极为震惊，声音完全走调了，"如果假冒者是猪佐武，那他与虎之介有相似之处是怎么回事？这也太奇怪了吧。"

"昨晚我突然想到了一个逆向思维式的解释——正因为假冒者脸上受过重伤，容貌才会变得与真虎之介先生相似。"

"我不懂你的意思。"

"学长第一次见到熊之介先生时，曾经困惑自己的父亲——猛先生与他有何相似之处。但是，从另一个角度看去，你才发现哥哥的脸上有父亲的影子。"

"啊，确实是这样。"

"与之相同，猪佐武先生这边恐怕是脸上的伤造成了这样的效果。"

"喂！难不成……"

"我想，猪佐武先生莫非也是学长同父异母的哥哥？没准他是谷生家的三子，学长是四子。"

"……"龙之介完全说不出话来。

"母亲非常漂亮，在谷生家打过工。父亲的情况一概不知。他遗传了母亲的相貌。母亲去世，外祖父母也离世后，他被允许居住在谷生家。征兵通知书下来时，他离开谷生家入伍，猛先生特地出面相送。"

"只因为他是父亲的孩子……"

"智子女士曾说'老爷还对当地的女人下手'。"

"对啊，确实说过。"

"此外，咒骂体弱多病的熊之介时，她说过一句意味深长的话——从这个意义上来说，我看另一个人也同样是废物吧。"

"原来那是指摔坏了一条腿的猪佐武……"

"她是猛先生的小妾，知道其他境遇相同的女人的情况也不奇怪。因为是智子女士嘛，她甚至还会对那女人生的孩子格外虎视眈眈吧。"

"那女人恐怕是会这样。"

"猪佐武先生爱看书，但熊之介先生绝不会把自己的藏书借给他。而假冒者说他非常快乐地读着熊之介先生书房里的书。"

"那个假冒者竟然是猪佐武……"

龙之介目瞪口呆之际，言耶却又说道："你不觉得还是很奇怪吗？"

"嗯？"

"如果视假冒者为猪佐武，就会出现一个非常大的问题。"

"出现问题……可刚才那些话不都是你说的吗？"龙之介一脸茫然。

"没错。对假冒者的身份所展开的思考，把我引向了猪佐武先生。实话实说，我自己都觉得这个解释应该是正确的。但是，他的动机我怎么也搞不明白。"

"动机？"

"前面我也说过，真正的虎之介先生早已复员归来，这时有必要特意冒充虎之介，混入谷生家吗？

"确实很奇怪……"龙之介显得自信不足，"可是，动机还是有的吧。尽管猪佐武是猛的亲生儿子，但长年以来被当作用人使唤。因此，不知从何时起，他产生了报复谷生家的念头。复员归来时，他听说回到谷生家的虎之介外貌与入伍前相比仿若他人，过去的记忆也模糊了。于是，猪佐武计划假扮虎之介，以攫取谷生家的财产……"

"这个动机可以成立，但如果是这样的话，他理应多多强调自己才是真正的虎之介先生。"

"这倒也是……"

"因为他混入谷生家的目的就在于此嘛。而且，考虑到猪佐武的性格，我总觉得对谷生家生出怨气什么的，有点不太对劲。"

龙之介边思索边道："毕竟他从小就一直在调解熊之介和虎之介之间的关系。"

"虽说有可能因为战争性格发生了变化，但他混入谷生家后的言行总让人觉得难以理解。"

"那么，这个假冒者究竟是谁呢？"

"是真正的虎之介先生。"

"你、你说什么？！"

龙之介情不自禁地探出身子，言耶则淡然回应道："只要反过来想，就能对上了。"

"你的意思是，第一个是假冒的，第二个才是真正的虎之介？"

"虎之介先生战死的通知是战争结束一年多以后到的。而第一个虎之介先生归来是在这年的秋天。换个角度看，此人简直就是在等战死通知，然后缓冲期过后再回来。"

"这个假冒者其实是猪佐武？"

"如果是单独作案，以他的性格会有些困难。换言之，是茜婆在背后操纵……"

"可是，为什么偏偏是茜婆要把虎之介的假冒者送进谷生家呢？"

"很奇怪吧。"

"嗯？"

"这么做只会让敌对方的智子女士欢欣雀跃。"

"我说刀城君……"

言耶颠来倒去的说辞，貌似把龙之介一半的情绪转为了愤怒。但他不为所动。

"而且，第一个虎之介先生两条腿都没毛病，所以不可能是猪佐武先生。"

"……"

龙之介的眼神开始呈现出某种情绪，与其说里面充斥着对学弟的不信任感，倒不如说像是看到了一个非人类的奇异生物。

"学长曾见过第一个人的生灵。"

"是的……"龙之介好不容易做出点头的动作。

"所以，学长曾认为第一个人是真正的虎之介先生。"

"倒也不是因为相信生灵的传说才如此确信……不过，可以这么说吧。"

"但是，回顾我之前所做的解释，一些迹象又让人觉得第二个人才是真正的虎之介先生吧。"

"互相矛盾了。"

"不，合理的解释只有一种。"

"什么解释？"尽管语气中显示出对言耶的不信任，但龙之介还是追问道。

"第二个人是真正的虎之介先生，第一个人是熊之介先生。"

"什么？"

"熊之介先生是长子，所以将来会成为谷生家的继承人。其生灵的出现也符合你们家的传承。"

"等、等、等一下！"龙之介好不容易拦下言耶的话头，以谆谆教诲的口吻说道，"你可听好了，熊之介已经死了。我们正式地办过灵前守夜和葬礼，连我都参加了呢。"

"如果一切都只是一场戏呢？"

"这怎么可能？"龙之介死死地盯视着言耶，低语道，"他被放进桶棺，也确实下葬了。对了，在这之前还用绳子一圈圈地把他给缠上了。"

"当时茜婆说'弄得那么紧，熊之介少爷不是很可怜吗'。这不正是因为熊之介先生其实还活着吗？"

"……"

"埋葬方法大致分为伸展葬和屈葬两种。伸展葬使用寝棺，而像这里一样实施屈葬时，则使用桶棺。相比寝棺，桶棺估计要狭窄不少，但对熊之介来说还有些余裕。这些空间里塞满了形形色色的供品，饭团和点心等食物也包含在内。进而，我想挂在遗体脖子上的头陀袋里恐怕也装有食物和饮用水。"

"你、你的意思是，他……"龙之介面露惊恐之色，"他被活埋后，在地下生活了一段时间？"

"是的。"

"可……可是，食物没问题了，那空气呢？"

"有呼吸竹。"

"那个只是在坟堆上一插而已，不可能把空气送进桶棺。"

"把供品放入桶棺时，猪佐武先生掀去了棺盖。后来合上盖子时，你发现不知为何顶部饰有死花。这个棺盖是另外准备的，其实开有孔洞。为了掩盖孔洞，才要在棺盖上装饰死花。"

"茜婆每天往呼吸竹里浇水，也是为了给棺中的熊之介喝吗？"

"事实上真的存在这种风俗，不过当时确实是为了把水送进去吧。我推测活埋一直持续到了村民不再来访，即头七结束的时候。"

"那拉撒呢？"

"既然棺盖里设置了机关，底部可能也有。"

"下面也开着洞啊？"

"全部排出可能不行，不过我觉得他也没吃多少东西……"

"也是……不可能有什么食欲。"或许是想象了一番桶棺中的情况，龙之介的脸有些扭曲。

"总之要忍耐一个星期。"

"然后再挖出来……"

"茜婆进行占卦以决定埋葬地点之际，考虑到把人救出时的情况，肯定做过一些手脚。她选择了人迹罕至、土质疏松的地方。"

"那里确实冷冷清清的。我见过他们挖洞，土质也很松软。"龙之介正要表示认同，又立刻摇头道，"不对不对，熊之介确实体弱多病。而且，最主要的是，他有什么必要装死呢？"

"熊之介身子骨弱应该是真的。但智子女士说过，其中的一半是类似任性病一样的东西。"

"好吧，我认为确实也有这方面的因素。"

"而且，学长说了，装死的前一天他还很精神。换言之，他们趁熊之介先生身体状况良好的时候实施了这个计划。"

"这么说，浦边医生也是他们一伙的？"

"参与这项计划的恐怕是猛先生、浦边医生、茜婆和猪佐武先生四人。制订方案的我看应该是茜婆。"

"出于什么目的？"

"躲避兵役。"

"喂喂，体弱多病的熊之介不可能收到征兵通知书……"

"观战争末期的情况，你真敢说不可能吗？"

龙之介无言以对，微微摇了摇头。

"令茜婆产生忧虑的契机，当是发给村里那个四十三岁男人的第四封征兵通知书。而给予最后一击的则是智子女士所说的'战病死'。"

"她觉得即使没被送往战场，就熊之介那样的，光是过个军营生活就会没命？"

"事实上有过这种惨痛的例子。"

"哦……"

"猪佐武先生收到的征兵通知书，证明了茜婆的这一先见之明。虽说病弱，但熊之介先生毕竟四肢健全。就这么在谷生家待下去的话，指不定哪天就得被迫去服兵役。"

"原来还有这样的担忧。"

"葬礼过后，茜婆之所以精神萎靡，是因为对活埋于地下的熊之介先生的身体状况过于操心了。"

"可是……好吧，这事做得的确大胆。"

"茜婆逐渐恢复健康，是从头七结束后开始的。当时他们已经挖出熊之介先生，把他保护起来了。"

"确实是这样。"

"然而，很快她又病倒了。"

"这是为什么呢？"

"为了制造借口把浦边医生叫来，医生的诊疗对象其实是熊之介先生。"

"也就是说……"龙之介惊愕不已，"从那以后熊之介一直在原来的别栋里，过着与世隔绝的生活？"

"或者是住在某间仓房里。以你家那么大的宅子，找个藏身之所想来并不困难。"

"那倒是。"龙之介点头道，但又立刻露出讶异的表情，"可是，熊之介为什么没在战争结束的同时现身呢？"

"掌管芦生地区的头号地主家的继承人，居然假装病死以逃避兵役，这事毕竟影响不好。村里应该也有战死沙场的人。虽说战争已经结束，可他真能满不在乎地出现在人们的面前吗？"

"听你这么一说……还真是的。"

"迟迟想不出好的方案，唯有岁月一天天地流逝。接着，就在战争结束了一年多的时候，虎之介先生战死的通知来了。"

"于是，他们就开始想办法了？"

"猛先生或是茜婆想出了让熊之介先生以虎之介先生的身份复员归来的方法。他俩的脸与父亲有相似之处。此外，由于被活埋时品尝到的恐怖滋味，熊之介先生的容貌恐怕也发生了巨大变化。"

"不是因为战争的缘故啊。"

"他们利用了这一点。还顺便放话说不光是身体，连精神方面也出现了问题，以此来蒙蔽智子女士。"

"策划得很细致啊。"

"虎之介先生入伍前从来不看小说，复员后却读得很快乐。这是战争带来的影响。至于熊之介先生嘛，他本来就爱看小说，可谓理所当然。"

"是啊。"

"不过，同是读书，两人之间还是表现出了本人与假冒者的区别。"

"难道是……"

"虎之介先生复员后爱上了小说，开始看起手边的熊之介先生的藏书，这行为还是很自然的吧。而那位熊之介先生则沉迷于横沟正史先生开始在《新青年》上连载的作品《八墓村》。也就是说，他每个月都要特地订阅《新青年》。要问为什么，自然是因为他早已读完了自己的藏书。"

"这种细节你都……"

"我们把话稍微往回拉拉，给虎之介先生办完葬礼后，他们没来留你，这事原本就很奇怪吧？"

"嗯……我也有一点这样的感觉。"

"长子病死，次子战死，真正的三子猪佐武先生至今仍未复员。在如此情况下，他们却轻易把仅存的一个儿子——学长你放回了学校。这是为什么呢？"

"因为长子其实还活着……"龙之介的言辞中似乎充满了感慨，随即他的表情又僵硬下来，"喂……如果第一个虎之介其实是熊之介，那第二个毕竟还是真正的虎之介吧？"

"是的。"

"这么说，那个不是自杀吧？"

"没错。"

"凶手不是熊之介就是父亲吗？不对不对，你，还有警察不也说那是自杀吗？你说过，那种情况不可能是他杀……"

"话虽如此，现在既已推理到这一步，我们就不得不承认虎之介先生的死是他杀了。抱着这个想法重新审视一番后，其手法我也看明白了。"

"到底是怎么做的？凶手是谁？"

"我认为凶手是茜婆。"

"不是吧……那种老婆子也能杀人？"

"就数她能够最轻松地使用这个手法。"

"是怎么做的？"

"猛先生卧床一事，熊之介先生和虎之介先生都知道，但并没有被告知详情。"

"嗯，确实是这样。"

"于是茜婆谎称猛先生病危，并说万一不治，将由真正的虎之介先生担任丧主。想来当时她曾对第二个人说'我认为你是真正的虎之介'。然后以'突然成为丧主也不至于发愁'为由，装出要把谷生家葬礼的成规面授给对方的模样。"

"成规？"

"你不是说过吗，给熊之介先生办假葬礼时，担任丧主的猛先生穿着和死者一样的白寿衣，还在脖子上挂了个稻草绳圈，用双手抱住被绳头缠绕着的灵牌。"

"啊！所以现场才会有白寿衣啊。"

"茜婆讲解这项特殊的成规，声称忘了拿绳，向虎之介借来裤子上的腰带，做成圈挂在他的脖子上，随即迅速把腰带穿过衣柜的上格抽屉的把手，用尽全力拉拽。"

"原来是在征得被害者的同意后，把用来勒人的凶器套上了对方的脖子……"

"接下来只需把腰带一头绑在把手上，看起来就很像自杀了，大致步骤就是这样。毕竟用的是被害者本人的腰带嘛。"

"也就是说，这一切都是为了她侍奉过的千鹤的孩子，那个自己一手养大的至关重要的继承人啊。"龙之介发出深深的感慨，随后他再次注视着言耶说道，"话说你竟然能从我见过第一个虎之介的生灵这件事，推理到这一步！恕我失礼，现在我可要对你刮目相看了。"

"哪里，我只是运气好罢了。"

"哪有此事，是你实力强劲。"

"全仗当事人自掘坟墓。"

"嗯？"

看龙之介的表情，像是要询问什么，于是言耶轻描淡定地答道：

"经历了一星期的活埋，出来后又度过了一年多近乎幽禁的生活，终于能够抛头露面了，却不得不以虎之介先生的身份活着。熊之介先生遭受了这些苦难，为发泄胸中的郁闷，他终于给学长来了一个和以前一样的恶作剧。"

"你说和以前一样，也就是说……"

"生灵是熊之介先生捣的鬼。"

"也就是说，是一场恶作剧？"

"既然其本人和生灵从未同时出现过，那么就可以做到一人分饰二角。"

"但是，熊之介和猪佐武在别栋说话时，我在正房的走廊里见到了那东西。然后熊之介去后院的那次，我追过去时，他可是马上就在别栋的窗边出现了。"

"不管是哪一次，只要有猪佐武的协助，就完全不难做到。第一次是猪佐武先生演了一场独角戏，第二次是他穿上熊之介先生的洋装冒充本人。"

"那第一个虎之介的生灵呢？"

"既然没有沿走廊往前跑的痕迹，那肯定就是进了学长的房间，贴着榻榻米逃走了。至于隔扇为何开了条缝，要么是为了演这场戏，要么就是因为匆忙之下没关紧。"

"这个恶作剧未免太过分了吧。他到底为什么要做得那么……"

"因为戏弄学长让他感到快乐。"

"就这个理由？"

"请你回忆一下熊之介先生的性格。当然，还得把学长你的性格也考虑在内。"

"我的性格？"

"学长讨厌恐怖故事。熊之介知道后，便讲些怪谈，看学长害怕的模样，以此为乐。"

"确实有这样的感觉，可是……不对，这里有矛盾啊。我是在目睹生灵之后，才听熊之介提起生灵的。在我还一无所知的时候，再怎么假扮生灵搞恶作剧也毫无意义吧？"

"姑且不论'生灵'这个词，总之熊之介先生知道学长具备这一现象的相关知识。"

"怎么说？"

"学长提起母亲的事时，对熊之介先生说过，母亲曾忠告你去了谷生家后，'如果在不同的地方看到了同一个人，你也要装作没看到'。"

"说起来确实……"

"你就生灵一事找茜婆商量时，她慌忙闯进了熊之介先生的住处。后来她还非常生气地说'更别说拿来开玩笑了'。因为茜婆知道这是熊之介的恶作剧。谷生家的生灵既是户主和继承人的身份证明，也是预示其人将死的一种现象。如此重要的事物偏偏被拿来开玩笑，怎能不叫茜婆震怒呢。当然，她生气的是熊之介先生，只是学长也受到了波及。"

"还真是的。"

"户主和继承人死亡的先兆——按谷生家的这一生灵传承来看，刚死不久倒也罢了，灵前守夜的当晚还出现可就太奇怪了。"

"好像……是没什么意义啊。"

"其目的只在于吓唬学长。他想到第二天葬礼过后，自己就要被活埋一个星期，如果不搞点恶作剧排解情绪，怕是会撑不下去的。"

此时，马车正好抵达了初户的村落。马跑得比来时悠闲得多，所以耗费了相当长的时间。

"你说累了吧。要不要休息一会儿？"

见龙之介要寻找可以休憩的店，言耶踟蹰片刻后，还是摇了摇头。

"不用了。其实还有一种解释。我很犹豫，不知该不该说出口……"

"啊？竟然还有啊！"龙之介吃惊之余，催促道，"是、是什么样的解释？"

此时，言耶仿佛终于下定了决心："杀害虎之介先生的真凶，其实是谷生学长你。"

九

神社漫长的石阶延伸至一座小山丘，刀城言耶和谷生龙之介来到石阶中段，各自坐下，之间隔开了少许距离。马车停在巴士站附近的空地上，赶车的老者美滋滋地抽着烟，与过往行人闲聊。大人们辛勤耕作，孩子们从旁协助，四周的农田里点缀着他们的身影。

从石阶俯瞰到的这片风景悠闲宁静，然而两人之间却散发出一种难以言喻的氛围，充斥着似将有恶事发生的气息。

"好了，"自从指着神社的石阶建议言耶到这里来之后，龙之介始终一言不发，此时才又开口道，"你推理出我才是真凶，到底是开的什么玩笑？"

言耶能从对方的语气中感觉到怒意，但他只是淡然应道："谷生学长是通过阿武隈川学长知道我的。当时黑哥把我介绍成了一个破案失败的侦探。然而，谷生学长还是要委托我调查那两位虎之介先生。"

"这是因为木村老师……"

"因为木村老师对我赞赏有加？可是，你已听黑哥说过，木村老师是太高估我了。当然，说到黑哥和木村老师哪个更可信，其实只见一面就能做出判断……但话虽如此，我自己也明确地告诉过你，老师对我有误解。然而，谷生学长还是认为我是你所需要的人。这究竟是为什么呢？"

"……"

"晚饭拿酒出来这件事也很奇妙。明明饭后我们得去见那两位虎之介先生，为什么还要请我喝酒呢？"

"不就是因为你是客人吗？"

"鉴于你带我来的目的，这事明显透着诡异。要喝酒，也可以等到见完那两人之后。"

"……"

"见到第一个虎之介先生，也就是熊之介先生时，你唐突地介绍我说'这是我校大名鼎鼎的侦探刀城言耶'。忘了事先提醒，固然是我的错，但学长当时的言行实在令人费解。"

"你、你到底想说什么？"

面对咄咄逼人的龙之介，言耶毫不退缩，依然以冷静的语声答道："你明知我是无法辨别真伪的蹩脚侦探——啊，正因为如此，你才会把我带入谷生家。因为事实上，要是我看破了真伪，你可就麻烦了。不过，你给对方造成我是名侦探的印象，然后杀害了真正的虎之介先生并伪装成自杀。换言之，你是想制造出一种假象，即这个人才是假冒者，因害怕真实身份被揭穿而上吊自杀了。"

"上吊自杀的诡计非茜婆……"

"没有的事。更何况，茜婆是第一个虎之介先生那边的人。第二个虎之介先生真会轻易地相信她吗？关于这一点，学长倒是处于中立的位置。只要说一句'关于谷生家葬礼的成规，那个人有茜婆教，所以你这边就由我来教吧'，想来并不难使用这个诡计。"

"……"

"当我解释上吊和勒毙在颈部留下的索沟有何区别时，学长明明已经知道真相，却频频装出钦佩的样子。"

"这、这个你是怎么看出来的？"

"熊之介先生讲述过内容后，借给学长的书里有山本禾太郎的《小笛事件》。这本犯罪纪实小说里出现过自缢而亡者和被勒死者的尸体，并对其进行了详细的描写。"

"我不是说了吗，借来的书全都马上还回去了。"

"我听你说过，还书之前只读了《小笛事件》。"

"……"

"至于你一个劲儿地问我是不是他杀，不过是希望有人承认你成功地制造了自杀假象，即便此人是个蹩脚侦探。这个算是一种罪犯独有的心理吧。"

"我、我可没有动机吧？"

龙之介再次显出咄咄逼人的样子，言耶轻盈地转开视线，说道："你有。"

"我有什么动机？"

"你自己不都知道吗？"

"知道什么？"

"你知道最初复员归来的虎之介先生其实是理应早就去世的熊之介先生，而第二个人才是真正的虎之介先生。谷生家除了茜婆，只有学长你和熊之介先生关系亲密。假如你连生灵的恶作剧都看破了，我想你应该能轻而易举地发现第一个人的真实身份。想想连亲生母亲智子女士都辨别不出自己的孩子，这事还真是讽刺。"

"……"

"第二个虎之介先生出现之际，学长制订了以下计划——制造本人是冒牌货、冒牌货是本人的假象，杀害本人并伪装成自杀，让冒牌货成为谷生家的继承人。然而，这个假虎之介其实是体弱多病的熊之介先生。'任性病'的因素固然存在，但身子骨弱也是事实。他极有可能在不久的将来病逝。到那时，你就可以愉快地成为谷生家的继承人。我说得对吗？"

"……"

"学长来谷生家避难时，智子女士不是说过吗——你打算一辈子当外室的儿子、小妾的崽子？就没想过接老爷的班，把谷生家的财产据为己有？"

"……"

"学长对这句话始终难以忘怀。你识破了第一个虎之介先生的身份，当第二个虎之介先生归来时，这句话在你脑中苏醒了。这便是我的想法……"

"你有证据吗？"

言耶摇了摇头。

"原来只有案情证据啊。"

"是的。如果从熊之介先生的书房里采集指纹，与第一个虎之介先生的指纹进行比对，当能查清其真实身份。但即便如此，这也无法成为学长杀人的证据。"

"从我们去芦生之前开始，你就对我抱有怀疑了？"

"不是。否则我想我是不会跟着你去的。"

"那到底是从什么时候开始的？"

"是我在这马车上讲述一连串解释的时候。"

"……"

"可惜的是，你好像没有发现猪佐武先生的秘密身世啊。"

"他肯定是战死了吧。"

"就算化身为虎之介的熊之介先生病死了，一旦猪佐武先生复员归来，继承人的位子可能就是他的了。"

"……"

"战争是会改变一个人的。"

"刀城君……"龙之介缓缓起身，"多谢你了。我们就此别过。"

说着，龙之介走下石阶，招呼正在休息的马车夫，再次坐上马车，掉头朝芦生方向而去。言耶成了送行者，而龙之介竟不曾回头看他一眼……

于是，言耶不得不乘坐木炭巴士回到大垣外，然后独自回家。途中他一直在想：也许是自己造访谷生家导致了一个被害者的出现……

几天后，言耶听说龙之介退学了，只是不清楚他是否在谷生家生活。在初户，在神社的石阶上分手后，龙之介返回芦生究竟做了些什么，也完全是一个谜。

言耶回归大学生活后，有那么一段时间深受阿武隈川乌言行上的困扰，被搅得不胜其烦。

"喂！那家伙什么都没送来吗？"一见到言耶，阿武隈川便会扑上前来，怒气冲冲地说出这句话。

"我不是说了吗？因为我破案失败了……"

"胡说！你怎么可能失败啊！"

平常阿武隈川总是贬低言耶的侦探才能，只有在这种时候才会对他致以全方位的信任。这可真是怎么方便怎么来啊。

"啊！难不成你是让人家把粮食搬到你住的地方去了？"

"没有的事，而且谷生家也不可能送过来。"

"你可不能独吞啊！"

"我都说了……"

"你拿一成，其余的都归我。"

"我说黑哥啊……"

直到这年秋季快结束的时候，阿武隈川才终于断了念头。

深秋的某一天，言耶和往常一样去神保町逛旧书店。某家旧书店有一些关于送葬仪式的民俗学书籍。

就在言耶热心打量书籍时，突然感觉有人在看自己。他条件反射式地抬起头，向身旁望去，只见书架的一头露出了半张脸。

言耶吓了一跳，瞬间过后那脸"嗖"的一下缩了回去。

"是谷生学长吗……"

言耶连忙走到书架的边缘，向另一侧张望。然而，岂止是龙之介，连一个人也没有。唯有摆放着旧书的书架延伸至里处，见不到一个人影。

此时，刀城言耶确信谷生熊之介已经死了。不过，言耶并不打算核实。他决定不去硬行打听谁成了谷生家的继承人。

至少也要等到再次目睹龙之介的生灵为止……

如
颜无掳掠之物

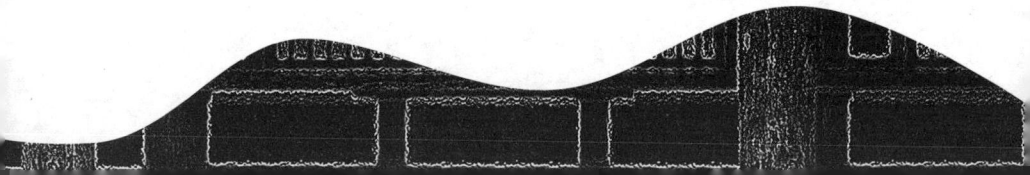

一

"说不准算不算怪谈……我七岁那年，附近有个小孩在前面没路的空地上消失了。"四个学生里最沉默寡言的平山平太，以颇为稳重的语气开始了讲述。

"小时候我在大阪居住。出生地在摄津的一个叫能生箕的地方，是一座很偏僻的农村，山阳道的支道——西国街道从那儿的中心地带穿过。所以我从小就见多了朝圣者、江湖艺人和小摊贩。因为这些居无定所、云游全国的人很多都会走西国街道。接下来我要讲的那件可怕的事，就和这些跑江湖的人有关——当然，到底是有关还是完全无关，其实我也不清楚——总之，是我小时候经历过的事。"

与之前的讲述者不同，从平太身上完全感觉不到想吓怕听众的气势。正因为如此，反倒每个人都在全神贯注地听。

刀城言耶也是其中之一。出于某种缘由，他刚刚参与这场即兴"怪谈会"。

在大学上完课后，言耶异想天开，竟然在淅淅沥沥的阴雨中散起了步。他没有目的地，也没有既定的路线。硬要解释的话，言耶可能是想在一度成为荒野的帝都日渐复兴、天天展露新貌的过程中，寻找时不时会跃入眼帘的战前遗影。

不过，言耶本人并未意识到这一点。他时而信步拐弯，时而突然潜入小胡同，随心所欲地走着。只要前方能遇到令人怀念的风景就好。即使没有，也可以享受闲逛的乐趣。这便是属于言耶的散步。

言耶如往常一般在某个街区徘徊时，下意识地看了一眼晦暗的小巷，只见一个男孩伫立在胡同的中段处。

咦？

仔细一瞧，这孩子好像在窥探他面前的窗户。那幢建筑貌似是学生宿舍，少年全神贯注地望着一楼的某个房间，通过微微打开的窗缝窥视室内。

这孩子在看什么呢？如此热心。

言耶觉得好奇，情不自禁地停下脚步，凝目细看因雨天而没有光线射入的黑暗胡同。

也许是男孩感觉到言耶的存在后吃了一惊，竟一下子没了踪影。

瞧我干的好事。

言耶绝无打扰少年的意思，只是想知道他被什么所吸引了，如果有趣自己也想与他一同观赏。

他一边暗自反省一边走入胡同，不料却听到了人声。感觉那说话声是从少年窥探过的窗户里漏出来的。

"这个叫板婆的怪物啊……"

刀城言耶在大学攻读民俗学。他的动机很单纯，无非就是想对日本各地流传的种种怪谈、奇谈进行收集、分类和研究。对怪异故事的无比喜爱水涨船高，最终使他下定决心，要把这当作学问来钻研。不过，由此言耶那出人意料的特性也被发掘出来了。

毕竟是出身于原贵族之家，言耶总给人一种风度翩翩的感觉。这并非冷漠和装腔作势，而是一种与生俱来的自然气质。倘若用夸张一点的措辞，可以说从他身上能感受到贵族之气吧。话虽如此，言耶从来不自视清高。他的性格招人喜爱，对谁都一视同仁，因此即便对方是个难伺候的人，大多也能立刻和他变得关系融洽。

事实上，在开始民俗采风活动时，这一点比什么都有用。无论对方如何讨厌外乡人，如何顽固而笨嘴拙舌，如何害怕见到生人，都会向言耶开口。当然，有时需要耗费很长时间，但直到最后仍三缄其口的人极为罕见。绝大多数的人回过神时，发现自己正在协助刀城言耶。不知不觉中他们已和言耶谈得兴起，予取予求地说出当地的怪异传说。

总之，刀城言耶相貌堂堂，是个性格招人喜爱的学生，正符合"大好青年"这个词。不过，只有一个癖好令人头痛。不，或许该说成经历了数次民俗采风后意外浮出水面的恶癖吧。

只要听到自己尚不知晓的怪异，比如当地特有的怪物的名字，言耶便立刻浑然忘我，不计后果地对怪谈讲述者展开狂风暴雨式的逼问，除非已心满意足，否则断然不会放过对方。

之前说话还彬彬有礼的青年骤然像变了个人似的，大多数人当然会惊愕不已。准备拔腿就逃的人也不在少数。只是，恶癖发作时，刀城言耶绝不会让他们跑了。对方害怕也好，发怒也罢，不把最重要的怪谈故事讲完，言耶绝不会放行，会永远执着地追问下去。最终大多数人都不得不放弃抵抗，说与不说只是时间问题。这怪癖实在是可怕。

如今他的怪癖在这街区内，就着偶然听到的一丝语声，突然爆发了。

"板、板婆究竟是什么怪物啊？"窗户在胡同前方隐约可见，言耶冲到那里，贸然向室内的众人发问道。

室内十分昏暗。现在已是傍晚，雨又下个不停，然而屋里并未点灯，四个男人围作一圈，正热烈地说着什么。人圈的中央摆着标有英文的盒子和罐头，其周围散落着香烟、饼干和巧克力。看来有人从黑市上购买了美军的K-口粮。

刚才的少年可能是附近人家或房东家的孩子。多半是他看到陌生的、散发着西洋芬芳的盒子和罐头后，出于孩子特有的好奇心才一个劲儿地窥视。而这又给喜欢怪谈的言耶带来了意想不到的好运。

顺带一提，所谓K-口粮是指美军在二战中使用的便携式单兵军用口粮。当主粮吃的罐头，以及干果、饼干、速溶咖啡、果汁粉等包装成三份，被放在蜡纸盒中，供早、中、晚饭食用。当日军还在战场上埋锅造饭时，美军已轻松摄入营养均衡的食物。据说战后很多日本人看到K-口粮时，纷纷感慨"怪不得日本会输"。

能在黑市上买到这些，说明这四个学生中应该有手头比较宽裕的人。挑K-口粮买而不选普通食材，或许是出于年轻人特有的好奇心。

不过，在言耶露脸发问的一瞬间，所有人的视线都离开稀有的军用口粮，齐齐指向窗户，似乎全都吓呆了……

"板婆的婆，是那个老婆婆的婆吗？"言耶这边全然不顾四人的反应和散落在榻榻米上的诱人食物，把头伸进窗框，滔滔不绝起来，"带婆字的怪物，光是一下子能想到的，就有小豆婆、蛇骨婆、纳户婆、白粉婆、撒砂婆、疱疮婆、古库里婆、手长婆、借箕婆等。如果再加上山姥这种不带婆字但外表像老婆子的妖怪，恐怕数量就更多了。然而，板婆这种怪物，我还是第一次听说。到底写成什么字啊？是头痛的痛[1]字？木板的板字？居家的居[2]字？嗯……不管是哪个字，听起来就觉得很有趣啊……"

"我、我说你……"这时，终于有一个学生开了口，"到底是谁啊？"

"啊，我不是什么坏人。"言耶笑嘻嘻地说。

"我看你是够可疑的。"第二个学生嘟哝道。

"啊！"这时，第三个人突然叫起来，"你、你小子是刀、刀城言耶吧？"

"对，是我。"

见言耶大点其头，第一个人问第三个人："你认识他？"

"不不，我只是听过一些传闻。倒是龟井你真的不认识他吗？虽然专业不同，可他是你大学的学弟啊。"

"哦？"名曰龟井的第一个人瞪大了眼睛，"和我在一个大学啊……不过，他这么有名吗？"

"从某种意义上来说啦。在你们大学，提起民俗学科的刀城言耶，应该有不少人认识他。"

1　日语中的"痛"字可训读为"いた"，与板婆的"板"发音相同。——译者注

2　日语中的"居"作动词时读为"いる"，其过去式读作"いた"，与板婆的"板"发音相同。——译者注

"这我就不太清楚了。到底是因为什么他会那么出名？"

"好了，关于板婆……"对方正在谈论言耶的来历，而其本人却只想推进怪物的话题。

第三个人颇为忌惮地注视言耶片刻后，又把脸转向其余二人，低声说道："这么一来，就只能让这小子参加了。"

"为、为什么？"龟井一脸吃惊地说，"为什么我们非得接受这个突然闯进来的家伙？就算是我大学里的学弟……"

"这个人不好对付。"

"这家伙好像是有点奇怪，但看上去不像什么坏人。我倒是觉得他教养不错。"

听了第二个人的发言，第三个人皱起眉头，仿佛在说"你什么也不懂"。

"听说每个人都是这样被他的外表所蒙蔽的。佐佐塚，你也没听说过这家伙的传闻吗？"

名曰佐佐塚的第二个人显得饶有兴趣："他的事都能传到另一所大学的你那边，真是不简单啊。你知道他的事？"

语至末尾，佐佐塚把脸转向至今未发一言的第四个人。此人看上去性格温顺。他也摇了摇头。这四个学生似乎都来自不同的学校。

"喂！你倒是把话说清楚啊。"

龟井耐不住性子，连声催促，第三个人终于打开了话匣。

"这家伙把收集日本各地流传的怪谈当作人生的价值，所以只要有一点点他不知道的怪谈奇谈，就会像发了疯似的。这人有个恶癖，除非熟悉这个怪异现象的人详细地说给他听，否则他将永远缠着你，

317

到处跟着你。不把一切都说出来的话，他绝对不会善罢甘休，一定会揪着对方不放。这家伙简直太可怕了。"

"你说得是不是有点夸张了？"佐佐塚面露疑色。

"哪有！"第三个人大声喊道，"龟井的大学的哲学系里不是有一个叫今西的教授吗，这人不太好相处，脾气也急躁，非常有名。有一次，今西在教授会议后的联谊会上，讲了家乡的一个非常少见的怪谈。刀城言耶从其他教授那里听说了这件事。当时今西喝醉了，话只说了一半，所以这家伙打听不到全的。结果你猜怎么着，刀城言耶竟然跑去求见今西。"

"哦，跑今西的研究室里去了？"

"是人家家里啦！"

"……"龟井瞠目结舌。

"可是，教授不是醉了吗，完全不记得当时说了啥。这家伙把听来的故事一说，可人家非但什么也没想起来，还说不知道这个怪谈。"

"那他是什么反应？"

"他怎么也不肯放弃。教授最后也发火了。可这家伙寸步不让，真就是死缠烂打啊。到头来教授也顶不住了，只好向老家的人打听，调查这个怪谈的全貌。"

"脸看着很和善，其实挺厉害啊。"佐佐塚睁大了眼睛，望着窗外的言耶。

"话虽如此，"龟井一度惊愕不已，此时又开始大唱反调，"被一个任性的学生折腾成那样，今西确实丢脸，但我可不会由着他的性子。这是我的房间，我不想放进一个不请自来的家伙。"

"可是……"

"说起来,连个招呼都不打就从窗口突然朝我们这些不认识的人发问,也未免太失礼了。"

"关于这一点,刚才我不是解释过了吗?"

"这家伙的恶癖我明白了。可是,我们干吗一定要和他搞在一起啊?"

"当然是为了别被他缠上啊。"

"这种事无视就好。怎么赶也赶不走的话,可以用武力……"

"别这么干为好。"

"泽本,你少替他说话!"

龟井诧异地看着名曰泽本的第三个人,而泽本却回以绝望的眼神。

"据说除了那个恶癖外,这家伙算是一个极为正常的人。不,倒不如说性格直率,堪称大好青年。"

"既然是这样……"

龟井说到一半,佐佐塚拦住他的话头,插嘴道:"不过,只有那个恶癖不是开玩笑的。所以还不如早点把他想知道的怪谈说出来,麻溜地把他打发走是吗?"

"也有这方面的考量。"泽本没有完全肯定佐佐塚的说法,令对方有些疑惑。

"难道还有其他方面的理由?"

"这个理由更重要。"

"什么理由?别卖关子了,赶紧说!"

"这家伙的背后有某人坐镇。"

泽本突然压低了声音，佐佐塚也以嘀咕似的声音问道："是黑社会老大，还是光头帮的首领？总不会是GHQ[1]吧？"

战后，由于日本的生产及流通组织遭受了破坏，以粮食为首的物资全面匮乏。总之这就是一个没有物资的时代。然而，只要去黑市就能得到大部分东西。那里固然有价码条件，但什么都能买到。很多黑市就建在废墟的空地上，不过银座的人行道上也常常排列着一溜溜摊子，呈现出一派兴旺景象。

大行其道的黑市当然是彻头彻尾的非法地带。来历不明的各种物资被源源不断地运来，人们公然将这些本不该有的东西以高价出售，这岂是一句违法可以涵盖的。于是，品行不端者汇集此地，掌控了黑市。不过，这里聚齐了生活所必需的物资，没人会在意买卖背后的老板是谁。因此，战后的数年间，谁都对这些露天市场趋之若鹜。

话虽如此，那些人若是离开黑市，介入了自己的生活，则又另当别论。而这似乎正是佐佐塚情急之下产生的担忧。

"不不，他不是那块儿的人。我听说这家伙的老家——刀城家还是贵族来着。"

"哦？"

与发出感叹的佐佐塚不同，龟井显得焦躁不安："那你到底在怕什么？你倒是说说看，这家伙的背后有谁？"

经此逼问，泽本猛一皱眉，颇不情愿似的说出了一个名字："阿

1　第二次世界大战结束后，麦克阿瑟为执行美国政府"单独占领日本"的政策，以驻日盟军总司令的名义，在东京建立盟军最高司令官总司令部（英语：General Headquarters），在日本通称为"GHQ"。——译者注

武隈川乌。"

"哦……"

"你、你、你说什么？"

佐佐塚和龟井的反应异乎寻常，就连依然保持沉默的第四个人也瞪大了眼睛。尽管大学不同，但东京的学生对阿武隈川乌的流言如数家珍，看来已是不争的事实。

"阿武隈川称这家伙是自己的徒弟。据说刀城言耶有当侦探的资质，是阿武隈川提升了他的能力。事实上，这家伙好像是解决了好几桩现实中的杀人案。"

"真的吗？"佐佐塚直率地发出了一声惊叹。

反之，龟井则以焦虑的口吻说道："这么说，要是过后阿武隈川乌知道我们怠慢了他的弟子……"

"那就不知道他会干出什么事来了。"

听了泽本的话，龟井打了个寒战，立刻说道："喂，喂，你小子……不不，刀城言耶君！你给我进来。"

他拼命向言耶招手。

"你是要打听板婆的事对吧？我全都告诉你，你绕到玄关那边，赶快给我进来。"

此前四位前辈的对话片断言耶也听到了。好多事他都想反驳，比如自己在怪谈收集方面的怪癖被理解得过于夸张，比如被误认为阿武隈川乌的徒弟等。不过，当务之急还是"板婆"。

言耶朝窗内鞠了一躬，从胡同返回，转至面向外马路的玄关，穿过一楼的走廊直奔龟井的房间。

"打扰了。"言耶姑且打了声招呼，但一进房间他便立刻向四位学长逼进。

"事不宜迟，请问这个板婆……"

"先、先别忙……喝口茶再说。"

龟井刚要伸手拿茶杯，言耶轻施一礼，说道："不，我不喝茶。"

"那要不吃点什么？我们这儿还有巧克力、奶糖、口香糖呢。"

"不用了，这个板婆到底是什么东西……"

"好好，我知道啦。你等一下，现在就开始说明。喂，你行不行啊？"说着，龟井往身边瞅了一眼，看来讲这个怪谈的是佐佐塚。

这位佐佐塚一开口，言耶就听入迷了。

"这种怪物出没于信州、飞驒、越中三地交界的三叉岳，正如你所说的，写成'木板'的'板'加个'婆'字。"

言耶完全没注意到其余三人正用胆怯的目光注视着自己。

"攀登峭壁的时候，这东西不知从哪儿就会冒出来，一下子抱住登山者的腰。人一吃惊，再加上这个分量，登山者自然会被拽下石壁。就算一时之间能摆脱，板婆也会像蜘蛛一样沿着石壁爬过来。所以，要逃脱的话……"

言耶静静地听佐佐塚说完。通过之后的疑问与回答，言耶终于心满意足了。这时，他突然醒过神来。

"啊……对、对不起。突然这样闯进来，真是抱歉。多亏你们宽宏大量，不但原谅了我的冒昧之举，还亲切地为我讲述，真是太感谢了。"

见言耶深深地低下头，四人无言以对，脸上挂满了愕然的表情。

不久，龟井耳语似的对旁边的泽本说："现在是不是没问题了？"

"可能是吧……"

"不会被这家伙附体了？"

"大概是吧……"

"那我们是不是可以安心了？"

"应该是吧……"

龟井忐忑不安地听着泽本含含糊糊的回答，突然又将目光指向言耶："怪谈收集活动顺利结束了？"

"是的，托你们的福，让我听到了非常有意思的故事。"

"那就好。也就是说，我们算是帮了你一点小忙。"

"哪是什么小忙啊。这次得到你们的巨大帮助，我打心眼里感激你们。"

"哦哦，是吗。"此时，龟井脸上露出了安心的笑容，"那好，我有一个小小的请求。"

"什么事？"

"希望你不要把我们的事说给阿武隈川乌听。你能否向他隐瞒在这里和我们见过面、说过话的事呢？"

"呃……这个完全没问题……"言耶虽然答应了，脸上却是一副难以释然的样子。

这时，龟井又一次耳语似的问泽本："他应该回到正常状态了吧？"

"嗯，看起来已经没问题了。"

"好嘞。现在我可要实话实说了，"龟井转回脸，再次面对言耶，"我们呢，是担心留下哪怕一点点破绽，都会被阿武隈川乌钻空子。听说一旦被他粘上，宿舍里的食物就全没了。连乡下送来一点粮食，他也会突然出现，把它们席卷一空。"

龟井明显面露胆怯之色，说出了担心的理由，其余三人也"嗯嗯"地直点头。

四人的反应把言耶羞得无地自容。不过，如果阿武隈川乌本人在场，他肯定不会觉得害臊。然而，正因为知道这一点，言耶的脸才烧得更红了。

"情况我已非常了解。我绝不会对阿武隈川学长说，请你们放心。"

"是吗！那可太感谢了。"

四人皆笑逐颜开，这时却听言耶嘟囔了一句："不过呢，那个人就跟天灾一样。"

"嗯？什么意思？"

一瞬间众人的表情又僵硬了。

于是，言耶讲述了上月发生的一件令人难以置信的事。有几个学生搞了一场火锅聚会，阿武隈川乌与他们素不相识，却硬挤进来张罗这张罗那，俨然一副发起人的样子，吃得比在场的所有人都多，最后满意而归。由于这桩可怕的擅闯私宅、白吃白喝案，言耶被卷入了一桩与生灵有关的复员军人杀人案。此事发生在神户地区芦生村的谷生家，不过言耶隐去了这一节。

"只是闻到学生宿舍里飘出的火锅味，就、就能干出这种事啊？"

龟井震惊不已，言耶则诚实地纠正道："准确地说，好像是他在一幢像是学生宿舍的建筑旁，闻到了一种像是火锅的味道。总之是在一种很不确定的状况下。"

"结果他就大摇大摆地进了别人的住处？喂喂……"龟井探出身子，以严肃的目光注视言耶，"真的，你绝对不要把我们的事说给他听啊。"

"嗯，我保证。"

也许是言耶的恳切言辞让他们安下了心，四人的脸上恢复了笑容。不过，其实他们心里都有些担心，看刚才刀城言耶的举止，基本上也就和阿武隈川乌一个样吧。只是，没有人打算向其本人指出这一点。

"对了，你们为什么会说起板婆的故事呢？"

言耶再次提出心中的疑问，已平复情绪的龟井面露苦笑，说明了原委："其实我们是在黑市上认识的。有个摊贩看我对K-口粮有兴趣，漫天要价，当时泽本正好路过。他在美军基地做过事，说这价格是暴利，替我解了围。结果那老板发火了，说你不要多管闲事，这时佐佐塚又跑来助阵。然后，也不知道是什么时候，平山也到我旁边来了……"

龟井瞥了一眼至今还没开过口的第四个人。

"不知不觉中，我们四个不同大学不同专业的人，竟然和摊贩砍起价来了。不过，平山自始至终只给对方施加了无声的压力。"

龟井的说法把平山在内的其余三人逗乐了。

"托他们的福，我以合理的价格买到了K-口粮。既然有缘相识，为了进一步增进关系，我把他们三个请到了我的住处。"龟井指着眼前的蜡纸盒和罐头说，"一开始我们吃得很欢快，大家都感叹这东西做得真好。可是，你看这阴雨连绵的，后来吃着吃着天也暗下来了，也不知是谁起的头，我们就开始讲那种像怪谈一样的故事了。后来我们决定，说都说了，不如就各自拿出老家那边的稀奇古怪的故事吧。"

"听起来很有趣啊。"言耶默默地听龟井讲完后，眼中突然放射出光芒，"能让我参加吗？"

一瞬间，四人面面相觑。看他们的模样，应该是盼望言耶就此离开，却又忌惮其背后的阿武隈川乌。

"可、可是……像刚才那样的失控……不、不，这个……怎么说呢……"

"失控？"

见言耶居然面露惊讶之色，佐佐塚嘀咕道："你自己没感觉吗？"

"那岂不是更吓人了？"

泽本连连点头，对龟井的看法表示赞同。

"说是对板婆的回礼可能有点那个，下一个故事就由我来说吧。"

吵吵嚷嚷之间，言耶开始讲述自己知道的怪谈。看来他已经完全把自己当成即兴怪谈会的一员了。

那四人最初似乎也很为难，只好无奈地听言耶讲述，心里肯定是盘算着姑且让他说完，然后请他走人。

然而，随着故事的发展，所有人都渐渐地被吸引了。不久，就在言耶尝试对某种怪异现象做出合理解释之后，每个人都长出了一口气，向他送上了热烈的掌声和喝彩声。

此后，龟井、佐佐塚、泽本开始竞相发表怪谈。一轮过后言耶又讲了一个故事，这时龟井向平山搭话道："我说平山平太啊，你也别不说话光顾着听了，至少要给我们讲一个可怕的故事啊？"

"说不准算不算怪谈……我七岁那年，附近有个小孩在前面没路的空地上消失了。"

如此这般，平山讲述了下面这段令人毛骨悚然的亲身经历。

二

平山平太出生于摄津的能生箕，上小学时从大阪极富自然气息的北部，迁移到了楼房、工厂、民居杂糅一处的南部。

当时还是战前，在近代化方面，城乡之间的差距非常大。不过，城市也存在相当明确的阶级差异。人们在衣食住等方面的差异，导致不同居住区的氛围也截然不同。

大阪亦是如此。富裕阶层早早汲取了西洋文化，在名曰御屋敷町的地方，建起有高墙围绕的独居小楼；而贫穷的庶民阶层则居住在下町，生活在脏乱的长栋房内，一家人仅拥有两到三间[1]的狭小空间。

当然，长栋房只是统称，从沿着外马路排开一溜门板、施工质量低劣的房子，到带有大门和玄关的高级建筑，其实种类相当丰富。

平太的新家位于钟埼的釜浜町三丁目，是一个有点特别的地

---

1 此处的"间"是指日本建筑中柱子与柱子的间距，约 1.82 米长。——译者注

方。那里就有上述的"高低"两种长栋房各一幢，隔东西走向的道路相望。

从南北走向的大马路进入东侧的岔道后，位于右手方向即南侧的是高级长栋房，位于左手方向即北侧的是劣质长栋房，两幢楼各自向里处延伸。也许是土地本身的问题，感觉道路略有些弯曲，呈一个反向的"く"字，于是两侧的长栋房便也随之出现了若干凹凸。

两幢楼均有二层，北侧的长栋房并无门柱加以分隔，各户人家紧密相连，化为一座长方形的巨大建筑。与之相对，南侧的长栋房设有大门，看起来像是由外观相同的一户户人家并排连接而成的。道路的尽头是一条由北向南的运河，无法从那里去往任何地方。平太的家在南侧高级长栋房的西端，紧挨着大马路。

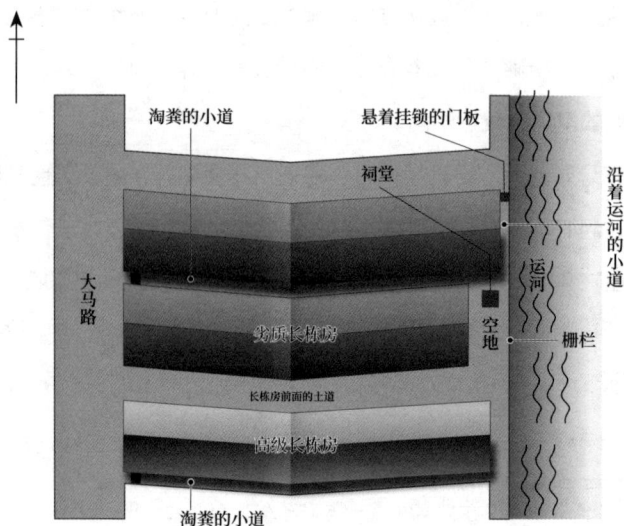

釜浜町三丁目示意图

淘粪的小道
悬着挂锁的门板
祠堂
沿着运河的小道
大马路
运河
空地
栅栏
劣质长栋房
长栋房前面的土道
高级长栋房
淘粪的小道

当时，在长栋房生活的居民互相帮助，邻里之间借用味噌或酱油乃理所当然之事。红白喜事亦是如此。从某种意义上来说，这里所运行的机制与乡村的"互相扶助"一般无二。

但是，在这三丁目的长栋房街区内，北侧与南侧的人际交往略有不同。北侧劣质长栋房的居民之间交往频繁，而南侧高级长栋房就差一些。南侧的居民可分为三类：与南北长栋房的居民都有交往的人，只与本侧居民交往的人，以及几乎不与左邻右舍往来的人。

其中第一类人最多，第二类人寥寥无几，至于第三类人嘛，其实只有一户人家。这家人姓花田，似乎总觉得住在这里纯属是哪里出了岔子，只有御屋敷町才配得上他们。因此，别说是北侧的住户，一家人对南侧的居民也是一副瞧不上眼的样子，让人很不愉快。

平山夫妇是第一类人，所以平太和两边的孩子都能玩在一起。原本孩子们之间的关系主要就建立在玩耍之上。就算素未谋面，很多时候只要一起玩过一次拍洋画、铁陀螺、玻璃球、竹马等，就互相视对方为朋友了。孩子选择自己的伙伴，与大人们之间的纠葛和双方父母之间的交往无关。

不过，父母们的影响也不可小觑。即使父母没有明说"不许和对面的孩子一起玩"，孩子也能察知父母以及周围大人们的想法和情绪。由此，釜浜町三丁目的孩子们也自然而然地形成了若干个小集团。

平太是新来的，所以被拉进了离他家最近的孩子们组成的集团。集团内会有哪些成员，固然取决于北侧还是南侧、何年生人等条件，但更关键的还是住得有多近。父母们之间的交往亦是如此。长栋房向东西延伸的建筑特征，也直接反映在了人际关系上。

然而，只有平太身上发生了例外。花田家的独生子——与平太同一年级的优辉，死命地缠上了他。

没过多久，平太的那颗孩子心便理解了缘由。花田家在此地被孤立——准确地说是自命清高——因此，优辉和两边的孩子都没法好好地玩在一块儿。而他又是当时尚属罕见的独生子，没有兄弟姐妹，一直觉得很孤单。就在这时，平太一家搬来了。优辉大概是这么想的，趁平太什么都不知道，和他交个朋友吧。花田家在高级长栋房的东端，与平山家正相反，这一点恐怕也给他带来了便利。要是住在平山家附近，就没法躲过母亲烦人的眼睛，和平太一起玩了。

上述推测的一大半都来自平太的姐姐。姐姐不愧是一个擅长察言观色的人，搬来才几个星期就得出了结论。

"那家的阿姨确实讨人厌，但优辉还是很可怜的，要不你就做他的朋友吧。你带着他一起去的话，我想大家也就不会排斥他了。"

听姐姐这么一说，平太觉得有理，他也没多想，把优辉带进了附近的孩子们组成的集团。

起先气氛确实有点紧张。平太很担心大家会不会把他也轰走。不过，最终没有人使坏心眼，大家和往常一样开始了玩耍。岂止如此，年长的孩子还颇为照顾优辉。平太松了口气，年幼的他甚至觉得有点得意，自己算是做了一件好事。

但是，这种意气风发感并没有维持多久。无论玩什么游戏，优辉都笨手笨脚。仅仅是不擅长倒还能补救一下，毕竟谁也不是从一开始就能玩转拍洋画和铁陀螺的。模仿朋友的玩法、一个人暗中苦练或是对洋画和陀螺进行改良，渐渐地实力就提升了。任何游戏皆是如此。

然而，优辉却把自己的拙劣归咎于他人，毫无顾忌地说什么"我的洋画和铁陀螺是最新的高价品，怎么可能输给你们那些又旧又寒酸的破烂货"。对此平太也极为震惊，心中忐忑不安，仿佛这话是出自他的口。

即便如此，年长的孩子也不生气，选择玩一些只靠身体的游戏，比如捉迷藏、躲猫猫、木头人等。想来其中也包含着对优辉的关照，希望他能尽快和大家打成一片。

然而，这最终只是暴露了优辉在体力和毅力上的缺失。进而，他动辄大发脾气，中途放弃游戏，不到一个星期便再也无人理睬他。

好在——这么说也许不妥——平太并没有遭到同样的对待，还是和过去一样跟大家一起玩耍。不过，真正棘手的问题产生了。优辉对平太的纠缠愈演愈烈。

受尽困扰的平太找姐姐商量。如果今后优辉也一直不离左右，没准连平太自己都会被大家排斥。

姐姐和优辉本人及邻家年长的孩子交谈过后，决定让平太每周一到两天单独与花田优辉玩耍。平太气恼三人擅自做主、无视自己的意愿。没承想，和优辉一起玩耍却给他带来了意想不到的好处。

彼时"资产阶级"一词颇为流行，花田家不愧是以此自居的人家，给的零花钱之多，在整个街区也是数一数二的。优辉拥有好几种高价玩具，每次上平山家玩，都会把它们带过来。话虽如此，除非自己先玩个够，否则优辉绝对不会出借。但事实上，由于能玩到原本完全无缘得见的玩具，平太非但没有不满，还举双手欢迎这个问题

331

儿童。

况且，优辉带给平太的不只是玩具。他还把名曰《少年俱乐部》的月刊带来，让平太读里面连载的江户川乱步的《怪人二十面相》。这使他了解到了小说的趣味性。读完过期杂志后，平太对《少年俱乐部》最新刊的期待便超过了玩具，无论那些玩具有多高级。借杂志的话，总要晚一个月才能读到《怪人二十面相》的后续，但平太没打算自己去买。他欢欣雀跃，一心等待着杂志转到自己手中。

随着与优辉交往渐深，平太去花田家的机会也增加了。最初优辉的母亲没个好脸色，一来二去后，倒也开始认可平太了。这可能是因为相比劣质长栋房里的那些活泼而又吵闹的孩子，平太为人老实、彬彬有礼。

开始出入花田家后，平太发现了一件不可思议的事。从釜浜町的大马路进入三丁目，可看到南北两侧的长栋房自西向东一路延伸。然而不知为何，北侧长栋房的最后一户却是孤零零的一块空地。这幢低质长栋房的北侧另建有一幢相同类型的长栋房，与其背靠背。那里的最后一户倒是好好地造着屋子。

在那个年代，大阪的长栋房为缩短横宽，把厨房设在门口的土间旁。这种被称为"前厨房型"的格局是当时的主流。走上土间便是狭窄的门厅，其侧旁是放有矮桌的客厅；前方连通着中室和内室，再往前则是种有花草树木的庭院和厕所。构造如此细长，简直就像鳗鱼的被窝。

因此，那块空地也呈长方形，被北西两幢劣质长栋房的背面与侧面以及东侧运河的栅栏围在当中。只要往里稍走几步，就不会被站在道路上的人看到，对孩子来说多半是一处绝佳的玩乐场所。

然而，不知为何平太从未见过有人在那里玩耍。

孩子团的成员大多住得很近，所以基本都在自家门前玩耍。北侧长栋房那边，出了玄关便是一片由水泥浇筑而成的狭窄空间，越过一条小沟渠与外面的道路相连。小沟渠只在各户人家之前架有桥板，玩限定场所的游戏时，通常使用这个水泥和木板之地。即使踏入外面的道路，也绝不会侵犯到其他小集团的领地。

鉴于这种地盘意识，劣质长栋房东头的孩子们自然会视那块空地为自己的领地。然而，他们当中没有一个人试图踏入其中。

"为什么没有人去那儿玩耍呢？"有一次平太这样问道。

优辉一脸鄙夷地说："听我爸爸说，是因为那边的大人和孩子全都又愚蠢又迷信。"

平太不知道"愚蠢"指的是什么，不过他再次认识到花田家的人非常看不起北侧的居民。尽管心里很不舒服，但当时他更在意的是那块空地。

"刚才你说到迷信，那地方怎么了？"

"听说对面的长栋房当初也和这边一样，在运河的栅栏旁边有住户。"

花田家是三年前左右搬来了釜浜町。听优辉的说话方式，感觉是关东人。三年都过去了，按理他应该习惯说当地的语言了。成年人姑且不论，小孩子是会顺应环境的。然而，优辉的言辞并无变化，多半是因为不和当地孩子玩耍的缘故。

"那为什么没了呢？"

只有那空地上的屋子没了，这让平太百思不得其解。

"听说是发生火灾烧毁了。"

"只烧了那里？"

"而且还烧了两回呢。第一次火灾后还像模像样地重建了一个，没想到又被烧掉了。"

"只烧了那里？"

相同的话平太说了两次，优辉饶有兴趣地看着他，说道："听说在两次火灾里，都有一个和我们差不多大的孩子被烧死了。从那以后就没再造屋子。"

听他这么一说，平太想起来了，那空地的里处供着一座像小祠堂一样的东西。原来是为了祭祀被烧死的孩子们。

"两次火灾都是其他的屋子没事，只有那家被烧毁了。而且两次都有孩子死去。所以街坊里的人都害怕那块空地，说肯定是有东西在作祟——这个是我听父亲说的。"这时，优辉脸上露出得意扬扬的表情，"但是呢，父亲告诉我，这些都是迷信，他们相信这种东西是因为愚蠢，证明他们没有文化。"

在摄津的能生箕时，平太是听着祖父祖母讲各种旧闻掌故长大的。其中也不乏可称之为迷信的传统风俗，但祖父祖母从未因此就嗤之以鼻。他们曾告诫平太，祖宗传下的话必有可取之处，所以不可加以鄙薄。

当天平太回家后，问姐姐关于空地的事。他以为姐姐能知道一些什么，不料她也是头一回听说。不过，第二天傍晚姐姐就已得到相关信息，并告诉了平太。

"这事好像是真的。那里以前有过屋子，后来发生了两次火灾被烧光了，两次都有一个男孩被烧死了。"

"都是什么时候的事？"

"第一次是六七年前，第二次是四五年前。其实建造对面的长栋房时，那里原来有一座地藏庙。听说第二次火灾的时候，大家吵吵嚷嚷，都说是因为擅自把庙移走，所以遭了报应。"

"地藏？"

"听说那个地藏还挺奇怪的，脸上遮着一块布。"

"干吗要遮着脸啊？"

"现在已经没人知道了。听说过去的人管它叫'颜无地藏'。不过平太，这事绝对不要跟父母说啊。"

按姐姐的说法，老住户的大人们一向不许自家孩子提起空地的事，尤其严禁他们告诉新搬来的人家。

"所以年纪小一点的孩子都不知道这个事。"随后，姐姐压低了声音，"因为什么都不知道嘛，所以很快就零零星星地有几个小孩跑空地上玩去了。但奇怪的是，过不了多久，大家就像约好了似的，没人再去那里玩了。并没有大人或年长的孩子跟他们说什么，反正就是自然而然地不去那块空地了。结果那里就变得空——荡——荡了。"

"别、别这样啊！"姐姐开始发出一种让人毛骨悚然的低语声，平太半躲开身子，抗议道。

"不，这可不是开玩笑。"姐姐突然换上严肃的表情，"听说三年前，对面有个男孩在那里失踪了。"

"不会吧……"

"大家觉得是掉运河里了，可那里有很高的格子栅栏，这就有点难以想象了。而且阿菊说，就算掉进去了，下游人家应该也会有人看到才是。"

这里有两个女孩和平太的姐姐关系非常亲密，一个是住北侧的阿菊——菊代，一个是住南侧的阿里——里子。

"当时正好来了一个马戏团，在离我们街区挺远的草地上建了个帐篷，阿菊觉得他是被人贩子拐走了。"

马戏团的艺人巡游全国各地，在所到乡镇的宽阔空地上建起帐篷、进行即兴表演乃司空见惯之事。如果当地观众稀少，三四天后他们便会收起帐篷，前往下一个地方。这就是所谓的江湖艺人。

总有人煞有介事地散布流言，说在这种马戏团里干活的孩子是他们巡游各地时让人贩子掳来的。不光是孩子，连大人们之前也是口口相传，简直称得上是一种都市传说了。因此，怀疑失踪的孩子是被马戏团拐走的，倒也情有可原。

"可是呢，马戏团的帐篷离这里很远。而且阿里说，要是有人贩子之类的可疑分子在这里出没，绝对会被人发现。"

两幢长栋房相对而望，道路有一头不通，但凡有陌生人进来，不想看也看见了。想在这样的情况下掳走孩子，确实可以说几乎不可能。

"还有啊，听阿里说，有个女孩曾看到失踪的男孩进了那块空地。"

"从哪儿看到的？"

"从花田家往回走的第二户人家的二楼窗口。那家有个叫怜子的姑娘。当天傍晚，她清楚地看到那个男孩一个人走进了空地。"

"可是人却没在那块空地上？"

"过了一会儿，男孩的母亲从屋里出来，喊孩子回家吃饭。她问了附近人家的孩子，谁都摇头说不知道。最后是怜子在二楼窗口告诉她男孩在哪儿。哪知他母亲左瞧右瞧，空地上就是一个人也没有。可是，怜子一直都看着空地。那母亲出门时，怜子没准瞧过她一眼，但男孩要是从空地出来了，一定会被怜子的视线捕捉到。"

根据姐姐从里子那里打听到的情况，空地并非一条彻底的死胡同。它的西边是没被火烧毁的长栋房侧墙，北边是背靠背而建的另一幢长栋房的背面，但两幢长栋房之间有一条细长的通道，据说是为了便于各户人家从厕所里淘出粪尿。

与京都的铺面房不同，当时许多大阪的长栋房不设"通庭"[1]，所以会在背后留下一条用来淘粪的小道。淘粪工用扁担挑着桶，打这里经过，收集粪尿当肥料卖。不过，从东边的入口走到西头，也就是面向大马路的地方，是出不去的。因为两幢长栋房的西墙之间竖着一块板，好似把两者连接在了一起。因此，这条用来淘粪的小道只有一个出入口，就在空地的西北角。

"男孩的母亲当然也张望过小道，也进去寻找过。可是哪儿都不见孩子的人影。"

"那么，淘粪工是从哪儿进去的呢？从大马路进去，走长栋房前面的路吗？可是我从来没见过他们啊。"

平太提出了一个单纯的疑问，姐姐当即向他做了解释。

"空地的角上，沿着运河有一条很窄的小道，小道的尽头有一

1　通庭：贯穿整个住宅、连接前门与后门的通道。通道的地面不铺设木板。多见于大阪的商家。——译者注

扇门。"

釜浜町一丁目到五丁目的长栋房均为东西走向，建于街区北半部分的为劣质长栋房，建于南半部分的为高级长栋房。三丁目的横道恰好是两者的分界线。每一处相对而望的长栋房之间的道路，东头都被运河堵死了。不过，沿着河其实还有一条小路，可从一丁目走到五丁目。这是仅供淘粪工使用的专门通道。为了防止一般人误入其中，各小区都竖了一扇木板，好让小道不那么显眼。

当时平太完全不了解当地的情况，对上述事实也是一无所知。其实，釜浜町北侧住着一群被歧视的人。长栋房的淘粪工作是他们宝贵的收入来源。换言之，之所以设置这条沿运河而行的小道，一来是为了能高效地进行淘粪作业，二来则是出于一种带有歧视性的"考量"——尽可能不让长栋房的居民看见他们。

几乎所有的孩子都对此一无所知。不过，平日里父母们总是严厉地告诫他们不得靠近运河边的小道。加之孩子特有的敏锐，他们已敏感地从中嗅出了某种不可触及的东西。因此，没有人会往运河那边走。对长栋房的孩子们来说，被堵死的道路东头即所谓的禁忌之地。

姐姐简单地解释了一通后，继续道："但是呢，偶尔也有小孩就是想看看可怕的东西找点刺激，趁道上没大人跑进了空地。我想那男孩也是这样吧。"

平太打定了主意：我的话，是绝对不会去的。

"不过呢，空地角上的那段小道的前头，平常都悬着挂锁，所以只有淘粪工能进出。"

顺带一提，淘粪通道西头的门板和运河小道的门板都很高，小孩子没法攀上爬下。难以想象失踪的男孩能翻过其中的任何一扇门。而且，这里还有一个疑问：男孩不惜这么做，到底是想去哪儿呢？

人们一度怀疑淘粪工。不过，据说掌管挂锁钥匙的男工拥有不在场证明，所以嫌疑被洗清了。然而，出于对这群受歧视者的偏见，据说至今仍有人坚信是淘粪工干的。

"阿里说，这种人和认为是马戏团的人贩子拐走的人，大致是五五开。"说到这里，姐姐再次压低了声音，"不过呢，听说那个叫怜子的女孩没多久又看到了很奇怪的东西。"

"没多久？"

"就是在男孩的母亲确定孩子不在空地之后。明明空地上没人，却有个孩子从那里露了一下脸。"

"不会吧……是他们正在找的男孩吗？"

平太完全摸不着头脑，这样问道。姐姐立刻摇头说："好像连怜子也不清楚。"

"为什么呢？"

"因为从长栋房东头冒出来的脸上，蒙着一块像白手巾一样的东西。"

平太顿时想到了建造长栋房前的颜无地藏。

"然后，就在怜子要叫出来的时候，那东西抬头看了她一眼。"

"……"

"怜子吓得一哆嗦，什么话也说不出来，那东西又'唰'的一下从长栋房的那头缩回去了。"

"……"

339

"北侧的大人们搜索了空地和运河，但没能找到男孩。这个期间，怜子一直在二楼监视空地。可是，那奇怪的孩子没再出现，而且没有一个大人号称自己也看到过。"

"说到底，那个蒙着手巾的孩子到底是谁啊？"

其实不想知道，但平太忍不住要问，这种奇异的情绪让他感觉很不舒服。

"是不是跟你刚才说的那个奇怪的地藏有关？"

"这个嘛，好像是有点关系……"

姐姐少有地含糊其词起来。平时谈论这类话题时，她总是直击命门吓唬平太，这次却不知为何犹犹豫豫的。

"你肯定知道些什么吧？告诉我啦。"

"知是知道，可是……"

"这也太狡猾了吧，前面都说了那么多了。"

"告诉你的话，没准你会尿床的。"

"哈……"一瞬间平太目瞪口呆，火一下子就冒上来了，"怎么可能！"

"是吗？"

"你以为我几岁啦？我早就不尿床了。"

"明明前不久还尿过。"

"哪里尿过啦？"

"好了好了，我知道啦。可你要是真尿床了，过后老妈一生气，说是因为我多嘴多舌，我可受不了。"

姐姐大耍贫嘴，让平太的火气越来越大。只是，光在这里一个劲儿地求姐姐说，姐姐肯定是不会开口的。自从上了小学，平太多少也学聪明了一点。

"看你这么说，其实是因为你也很害怕吧？"

"我吗？"

"所以才不想说。"

"你小子竟然说这种话……行行，那我就告诉你。阿里的哥哥参加过第二个被烧死的孩子的葬礼。在最后的遗体告别仪式上，他往棺材里看了一眼，发现那孩子脸上蒙着一块白布……"

"……"

"你知道是为什么吗？因为是烧死的，所以遗体告别的时候不能让人看到脸。"

不该问这个事的。平太后悔不已，但为时已晚。

"第一个小孩肯定也一样吧。说起来，移走那座奇怪的地藏庙是不是搞出火灾的原因，谁也不知道……"

貌似有些来头的颜无地藏、在火灾中被烧死的男孩、怜子姑娘目击到的神秘小孩……这一切事物的共通点是蒙在脸上的白布。

其中肯定有内在的联系。

当过度的恐惧令平太浑身战栗时，姐姐仿佛要给予致命一击似的说道："后来，进入过那空地的孩子中，有好几个都说自己看到了一个脸前垂着白布的孩子。所以，大家都说那里出现了颜无怪，很快就没人再去那附近了。"

"……"

"你给我听好了，不想被颜无掳走的话，你也绝对别去那里。"

<h1 style="text-align:center">三</h1>

第二天平太就直奔花田家，把姐姐说的那些可怕的事告诉了优辉。这天不是约定一起玩耍的日子，但现在哪还顾得上这种细节。

优辉好像不知道男孩失踪和颜无的事，完全被平太的话吓着了。然而，他还是装成若无其事的样子。

"所以我不是说了吗，这些都是迷信。"优辉又搬出父亲的那套说辞，试图把一切都归结为长栋房居民的无知。

平太非常清楚，对方不过是逞强罢了。他深切地感受到了优辉的那种近乎祈求的心态——只要加以否定，就不用害怕。

正因为如此，优辉绝不会提议去空地玩。原本优辉的父母就不愿与长栋房的住户来往。尤其是对北侧的居民，眼中甚至还清晰地流露出鄙夷之色。而空地正是北侧地基的一部分，他们不可能允许儿子去那里玩。

结果，平太和优辉二人还是和往常一样，只在花田家的屋内一起玩耍。

不久过了年末，新的一年开始了。釜浜的长栋房街区也是一派正月景象。其中最典型的要数挨家挨户恭贺新禧的"门付"艺人们。

门付艺又叫祝祭艺或放浪艺，顾名思义，是指艺人们巡回千家万户表演喜庆节目，以此换取金钱或谷物等报酬。他们主要出现在初春、立春前日等特殊的日子里。

跨坐在马头道具上跳舞的"春驹"；太夫[1]与才藏[2]一边口念祝词一边演奏乐器，表演对口相声的"万岁"；披红色头巾，戴大黑天面具，手持万宝槌，口唱庆贺之辞，载歌载舞的"大黑舞"等。据说包括各种相关的街头表演在内，种类一度多达三百个。

平太在摄津能生箕居住时，拜附近的西国街道所赐，自孩提时代起便与这类江湖艺人亲善。这些都成了他的美好回忆。搬到钟埼后，其实他一直觉得有点寂寞，以为从此再也体验不到那种热闹的氛围。

然而他不知道，纪州街道就在这附近。纪州街道出大阪后，途经堺，一路通往和歌山。于是，搬家后他也意外地有了与江湖艺人接触的机会。这可比什么都让平太高兴。

如今正月已至，艺人们的数量也为之猛增，令平太快乐得无以复加。他跟着来自一丁目的艺人们走到五丁目，一会儿在钟埼神社境内的小货摊上买零食吃，一会儿去附近的草地放风筝，度过了梦幻般的三天。

不过，到了第三天，平太还是陷入了一种难以言喻的倦怠感。总觉得自元旦开始的亢奋状态、连日来的蹦跳欢闹带来的副作用在同一刻爆发了。是节后充斥于四周的"正月已然过去"的冷清氛围所致，还是因为被压岁钱焐热的腰包由于无谓的花销又变凉了呢？

总之，此时平太正悄然伫立在高级长栋房西端的自家门前。无论看到什么样的江湖艺人，也激不起多少兴奋了。

就在这时，优辉突然气喘吁吁地跑来，说出了一件让人吃惊

1　一般是指日本游廊最高等级的艺伎，俗称"花魁"。——译者注
2　相声演员中的捧哏。——译者注

的事。

"我、我、我看到小偷了。"

"真的吗？在哪儿看到的？"

"现、现在，就在这里。"

所谓的"这里"，多半是指长栋房前的道路。

"你怎么知道人家是小偷的？"

"刚才我想起来了，以前我见过这个人。"

据优辉所言，大约从两年前开始，釜浜町不断有住户遭小偷闯空门。每年总有两三次集中作案，其他时候则平安无事。听说警察因此认为是流窜全国的窃贼干的好事。

"其实不是的。小偷是利用自己的行当，物色可以闯空门的人家，然后过段时间再回来。"

"这么说，小偷是经常来我们这儿的艺人、修理工或小商贩？"

听了平太的话，优辉大点其头。

在一年中的特殊日子里走街串巷的绝非只有江湖艺人。拆洗工、木屐齿更换工、弹棉花工等修理行业的人，以及卖药、卖护符的生意人也不少。这些工商业者平日里自然也出入普通人家，在年末年初需求高涨之时亦是如此。想在过年前修理东西；想在正月里筹齐物资。有此想法也是人之常情。

如今——第三天傍晚——也是如此，来三丁目的人里掺杂着艺人和修理工。

"你说以前见过，是在这里吗？"

"去年一月，我家隔壁的隔壁被闯了空门。那天午后，那家伙从屋里出来的时候，我看到了他的脸。虽然觉得这家伙脸生，不过你也是知道的，我们家跟长栋房的人没有来往。所以当时我没在意，以为只是哪个去他家玩的亲戚。"这时，优辉突然把脸凑过来，"现在那家伙就在这里。"

"可是，没准真是那家的亲戚呢？"

优辉大摇其头："就在刚才，我一直盯着那家伙，看他去了隔壁的隔壁。可是，完全没那个感觉。如果是老熟人，一般总会寒暄几句吧？"

"那这个人是谁啊？"平太忍不住追问道。

优辉见状，脸上露出了满意的笑容："我可不能告诉你，这是我的功绩。"

"我可没打算抢你的功劳。"

"我要找到那家伙是小偷的证据，然后再报警。"

"啊？"

看这意思，优辉是打算以少年侦探自居了。

《少年俱乐部》从新年的第一期开始，继《怪人二十面相》后又推出了新的连载——《少年侦探团》。平太和优辉都是狂热读者，而优辉的痴迷程度尤为严重。虽说当时的孩子们大抵如此，但在几乎不外出玩耍的他看来，少年侦探系列的世界可能比什么都光辉灿烂。

"别做这种危险的事。"

"不要紧的啦。"

"那我可要告诉你母亲了。"

优辉对平太的忠告置若罔闻，但听到这句话后慌了："这怎么行。你绝对不能说。"

"为什么？"

"要是她知道我在模仿侦探，就不会再买《少年俱乐部》给我了。平太君也不想这样吧？"

"嗯……"

其实最后报警的话，自然也就瞒不住优辉的母亲了。当时他俩没能意识到这理所当然的事实，脑子里想的只有读不到《少年侦探团》的后续可就糟了。

"要不我也去吧？"话虽如此，只有优辉一个人的话，平太有些不放心，"功劳就算花田君一个人的。"

"这倒也行。要不我就让平太君当少年侦探团团长的助手吧。"

这话一下子把平太惹火了。但是，如果不遵从优辉的意思，他肯定会独自去面对小偷。

"行，我就当助手。那花田君……"

"错了错了，应该叫团长。"

平太不禁心头火起，但还是忍住了没有发作。

"那……团长到底制订了什么样的作战方针？"

"作战方针……哪需要这种东西。我都清楚地看到罪犯的脸了。"

看来他是打算贸然跟小偷展开正面对抗。

"也许是不需要，但……"

这事毕竟太危险了。平太刚想最后劝诫一次，优辉已经催道："好了，赶紧赶紧。再不走那家伙就要回去了。"

无奈之下，平太只好跟着优辉向长栋房的东头走去。

"那家伙在哪里？"

"在那块空地上啦。"

优辉说，来这里的艺人或修理工回去前大多都会在空地上整理行李，或小憩片刻。得知优辉一直在观察这些事，平太倒有点佩服他了。

"再往前走就危险了。"

沿长栋房前的道路向里走到五分之四的地方，优辉伸手示意停下。听这口气，他已经完全化身为少年侦探团的团长了。

"接下来的事就交给团长我了。你的任务是监视。"

"明白。"平太也像演戏似的敬了个礼，心里却在想一旦发生异常情况就马上通知大人们。

优辉摆架子还了一礼，随后径直向空地走去，最后消失在了北侧长栋房的东头。平太只能看到空地与道路的交界部分。优辉一进入空地，平太便极度不安起来。他总觉得两人正在做一件无可挽回的事，突然心里变得越来越没底。

要不还是把优辉叫回来吧……

但是，这么做优辉多半会勃然大怒。姑且只能让他再任性一会儿。

对了，今天来我们这儿的究竟是什么样的人呢？

此时平太正站在南侧长栋房的某两户人家的交界处，事到如今他才想到要确认有哪些人还在这里，于是开始观察出入空地的人们。

观察结果显示，当时在釜浜町三丁目的有表演角兵卫狮子的门付艺人、卖蟾酥的街头艺人、表演人偶剧的江湖艺人，修理行业这边则有磨刀匠和修伞工，以及名曰"六部"的行脚僧。这个组合可谓十分罕见。

所谓角兵卫狮子，是新潟的越后狮子进入江户地区后被按上的名字。不过，这项曲艺自明治初期以来便逐渐衰落，又因昭和八年（1933年）的《儿童虐待防治法》而几乎绝迹。当时之所以还存在"角兵卫狮子"，不过是因为那是山寨货。

真正的角兵卫狮子，一般得有被称为班主的吹笛人和击鼓手各一名，七岁至十四五岁、头戴狮子头跳狮子舞的孩子四名，总计六人。而山寨货只有班主和狮子舞者各一名。但即便如此，舞者配合班主的开场白而表演的一个个高难度动作，仍然使观众为之沸腾。尤其是孩子们望着与自己年龄相仿的狮子舞者展现出的美妙身姿，除了叹息还是叹息。

来到釜浜町的也是一个二人组合。狮子头和服装十分破旧，节目倒是相当精彩，观众也都看得赞叹不已。

卖蟾酥是江户时代江湖艺人们在庙会或节日时，进行的一种街头表演。蟾蜍被视为有灵力的动物，从它们身上榨取的油，可以迅速治愈任何切割伤——艺人说着这样的开场白，用日本刀割开自己的胳膊，流出血来，然后展示如何用蟾酥治伤。艺人当然不会真割，一切都是做戏。江户时代居住在地方上的人还好，观众也都心知肚明，乐得看个热闹。但孩子就不同了，几乎所有小孩都信以为真，大惊失色。

据说蟾酥并非真的来自蟾蜍，而是把香蒲花粉与蜡或油搅拌后制成的软膏。只是，关于成分另有种种说法，也可认为是随着时代和地区的不同而有所变化了。

眼前这位卖蟾酥的艺人，怎么看都觉得可疑，不像是可以信赖的人。不过，按他的说法，他想卖的是靠凝血作用止血的治伤药，所以倒也不像是完全骗人的假药。

人偶剧顾名思义，就是利用人偶演戏。艺人用扁担挑来两只挟箱，从中取出木偶人，一边说唱净琉璃[1]一边表演。顺带一提，所谓挟箱是过去的武士因公出差时放置衣物的一种长方柜，由随从挑在肩上，在人偶剧里则被用作即兴舞台。由于是仅供一人使用的串连人偶，所以适合独立演完全场的艺人。

平太在能生箕时，每到春秋季的农闲期，人偶剧艺人便经常来巡回演出。尽管对净琉璃不太感兴趣，但最后必会发生变化的人偶是他所期待的。平太记得自己观看过好几次。人偶那张普普通通的脸，会突然转为鬼的狰狞模样。这也算是对小观众们的一种附赠吧。

不过，这天的人偶剧最后给出的变化是无面怪。有鼻子有眼有嘴巴的人偶的脸上一瞬间什么都没了，把围观的孩子们吓了一跳。

这个就是颜无啊……

绝对有其他孩子也和平太想法一致，吓得直打冷战。

演人偶剧的男人似乎很喜欢孩子，也许是欣喜这个无面变化颇受欢迎，他的脸上挂满了笑容。

磨刀匠主要是给家庭主妇使用的菜刀、和式剪、裁衣刀等研磨刀刃。锯子的话，则另有名曰"錾磨匠"的修理工。男人们在工作中使用的专用刀具也是如此。

当时出入此地的磨刀匠，无论是斧子还是柴刀，凡是刀具都能处

1　净琉璃：日本传统音乐的一种说唱故事。——译者注

理，所以好像深受长栋房居民的器重。

修伞工以修理破损的油纸伞或蝙蝠伞为生。油纸伞始于江户时代，蝙蝠伞则是从明治时期开始出现的。孩子们使用由材料便宜的油纸和竹骨做成的油纸伞，大人们使用布制的蝙蝠伞。不过，这两种伞都容易破损。

平太亲眼看到，几户年底没来得及修伞的人家叫住了修伞工。

最后的六部乃云游四方的修行僧，他们把自己抄写的佛经收入笈中背在身上，走遍全国六十六处灵场，将佛经一一奉上。其实，他们的正式名称是"日本回国大乘妙典六十六部经圣"，后被简称为"回国"或"六部"。六部在镰仓时代就已出现，当时从一国进入另一国相当困难，因此可谓极其严酷的修行之一。

及至江户时代，又出现了冒牌的六部，他们非但不会走遍六十六处灵场，连佛经也念不好。其实质近乎乞丐，不过是挨家挨户讨要财物罢了。这些人里当然也有真正的行脚僧，但不知从何时起，巡回各地的修行沦为了日常乞食的权宜之计。

在平太家摇铃敲钲的六部身穿灰色木棉衫，双手套甲，两脚裹着绑腿，足下蹬一双草鞋，身后背着细细长长、与其身高相当的笈，一手握念珠，一手执金刚杖。

笈是一种箱形衣柜，附有四只脚，用来放置佛具和衣物。其类型有两种，一种是背负用的肩带与箱子直接相连的箱笈，另一种是如背架一般可将箱子卸下的缘笈。笈原本用来放置抄好的经书，如今其内部往往安有佛龛，供奉着佛像或佛教绘画。六部造访民居时，会展示佛龛内部，借对方叩拜佛像或佛教绘画之机，求得若干布施。

平太的母亲接待的那位六部，佛龛里供奉的是地藏菩萨的画像，画像四周贴着婴儿和孩子的照片。母亲虔诚叩拜后，奉上些许施舍，亲切地把六部送出了家门。

平太记得老家附近的老人说过，能生箕也曾有这样的六部上门来。佛龛里往往放着夭折婴儿的照片，是应父母的请求贴上去的。而六部则代替父母们巡回诸国的寺庙，祭奠死去的孩子。

平太上面有两个哥哥，都在婴儿时期夭折了。现在他也理解了，母亲逢六部必亲切待之，是为了给长子和次子祈求冥福。

以上便是当时聚集在釜浜町三丁目的人们。仔细想想，除了走街串巷赚点日薪这一共同点外，他们之间没有任何交点，完全就是互不相干的一个个独立体。如今是正月前三日的最后一个傍晚，只能说是这个时间点偶然把他们召唤到了一处。

问题在于究竟哪个才是闯空门的窃贼。然而不知从何时起，平太开始怀疑是否真的存在小偷。

难道只是优辉太沉迷于少年侦探系列，想象出了一个并不存在的小偷？就算上次目击到小偷是真事，这次也可能只是长得像，实则是毫不相干的人。平太越来越觉得是这么回事。

怎么去了这么长时间？

从优辉消失在空地的转角处到现在，已经过了将近二十分钟。在此期间，所有人至少都进去过一次。甚至还有人出入数次。然而，左等右等也不见优辉出来。这么长的时间他究竟在干什么呀？

难不成……

平太开始担心优辉莫非是遭了小偷的毒手？他大言不惭地说什么

要去抓证据，但对小孩子来说毕竟是太难了。对方要是知道优辉见过自己的脸，没准马上就反过来把他抓了。

怎么办……

平太焦急起来，这时角兵卫狮子的二人组各自背着包袱，打道回府了。

年纪相仿的狮子舞者向平太挥了挥手，平太慌忙回礼。

"小朋友，太阳快要下山啦。"

听班主这么一说，平太才发现，在长栋房前的路上玩耍的孩子少了一大半，从大马路射入的夕阳的余晖也微弱了许多。

接着，卖蟾酥的艺人扛着装有治伤药的行囊，没看平太一眼便从他的面前走过。他行色匆匆，莫非是之后还要去别的地方？

人偶剧艺人用扁担挑起两只挟箱，慢悠悠地离去了。他嘴里念念有词，朝平太瞥了一眼，但也仅此而已。

磨刀匠将名曰"砂轮"的磨盘和出于某些原因暂时收下的刀具包进草席，放到两轮拖车上，随后拉着车踏上了归途。可能是被夕阳晃了眼，那车似乎又很沉重，磨刀匠皱着眉头默默拉车的模样给平太留下了深刻的印象。

修伞工骑着自行车。他把装有修理工具和材料的包放在车后座上，一会儿就跑没影了。

至于最后那位六部，道路上的任何地方都不见他的身影。看来是还在那块空地上。

这么说……

那个人是小偷？平太吃了一惊，就在这时六部从北侧长栋房的背后出现了。原以为优辉也会马上出来，却一直不见人影。

那家伙在干什么呀？

六部注意到平太后，轻轻合起双掌，从他身边走过。如此这般，所有人都离开了釜浜町三丁目。

搞什么嘛，到头来那家伙什么都没干啊。

平太展开了想象：关键时刻优辉怕了，没敢对那个他怀疑是小偷的人说半句话。他觉得害臊，怎么也不肯从空地出来吧。

话虽如此，平太并不打算嘲笑优辉，现在他只想结束这场"少年侦探团游戏"。

"花田君，天要黑了，我们回家吧。"说着，平太正要踏进空地，又站住了。

没有一个人……

空地上哪儿都不见优辉的人影。

平太猛地回过头，看了看花田家的门口。他想，莫非是优辉夸下海口却什么也没做成，一害臊就偷偷逃回家了？

但是，平太立刻又摇了摇头。

不对，不可能……

目送优辉进入空地后，自己从未挪开视线。诚然，平太确实追着江湖艺人和修理工归去的身影，曾几度回头向西望去，但他可以断言这时间不足以让优辉从空地出来，钻进花田家的门。如果优辉这么做了，一定会被平太看到。

然而，空地上没有一个人，只能看到最里处那座像祠堂一样的东西，其他地方则空无一物。

平太想起在这里失踪的男孩，当即打了个冷战。

他把视线投向道路，打算寻求帮助。但路上已经没有孩子玩耍的身影。唯有夕阳微弱而晦暗的光，将尘土飞扬的无人路映照得阴森恐怖，甚至连前方的大马路也几乎不见车辆与行人来往。看来在这正月前三日的最后一天，人们早已回到家中享受团圆的幸福了。

我该怎么办呢？

应该去通知花田家，还是应该先回家和姐姐商量呢？平太拿不定主意。他来回打量两家门口，陷入了选择的困境。

这时，平太感觉身后有动静，急忙回头再次望向空地，只见一个孩子消失在了两幢长栋房之间的通道里。

嗯？是花田君吗？

虽然只是惊鸿一瞥，但感觉像是花田优辉。

这家伙在开什么玩笑啊！

之前的不安和恐惧瞬间化为了愤怒。平太毫不犹豫地踏入空地，快步奔到里处，探头往淘粪通道瞧了一眼。

狭窄阴暗的小道一路向前延伸，由于两侧竖着围墙板，明明抬头可以望见天空，却感觉像是一条地道。或许是粪尿味刺鼻的缘故，只令人觉得这是一个污秽不堪的地方。对平太来说，这绝对是一个陌生的世界。

在细长的通道中，那个貌似优辉的孩子，不知为何正径直向深处行进。不，看那背影，确实是花田优辉没错。

"喂，你在干什么呀？"平太一步也不想踏入通道，便在入口处喊道。然而，对方没有任何反应。

"你要去哪儿？那里走不通的。"如此提醒后，对方仍是一言不发，不断向深处走去。

"别闹了，快回来！"

平太又喊了一声，但对方并未停下脚步，仿佛没听见似的。

这人怎么了嘛……

平太想果然还是因为害臊吧，可是他那样子未免有些奇怪。最关键的是，仔细想想，按优辉的性格，他反倒有可能破罐破摔。因过于羞愧而逃走，不符合自尊心强而任性的他。

"花田君……"

平太担忧起来，尽管心下犹豫，但他还是一狠心走进了通道。

"等等我……"

总之得先把人拉回来。但另一方面，平太又想尽早离开这个狭小、黑暗、臭气熏天、阴森无比的地方。两种截然相反的想法使平太加快了脚步。

二人走的这条细长通道在前方稍稍向右折去。此地的长栋房被排列成一个拉长的"〈"字，而前方正是弯折处，恰好位于北侧长栋房的中间。平太无论如何都想在拐弯前抓住优辉。

这么想着，他稍稍提高了声量："喂，我都说了等等我了！"

然而，对方依然毫无反应，完全没有回头的意思，只是默默地快步向深处走去。

太奇怪了……

望着那背影，平太渐渐感到了不安。

那个是花田君吧？

通道里虽然黑暗，但怎么看都像是花田优辉。至少外表看起来是。这么想的一瞬间，平太突然觉得其"内在"似有所不同。

要这么说的话，那孩子到底是谁呢……

平太停下脚步与前方的背影消失在"く"字拐角的另一侧，几乎发生在同时。

哎呀，我可不想再往前走了……

平太深感不安，总觉得跟着那东西拐弯的话，就再也回不来了。

啊……

此时平太展开了可怕的想象——没准那个失踪的男孩就是因为跟着这东西，才没能回来。

可是，现在的这个确实是花田君的背影啊……

平太彻底迷糊了，不知不觉中两腿已开始打战。他已经完全顾不上担心优辉，只想马上回头逃离这不祥的通道。然而，他的脚却无法动弹，只是微微颤抖，根本不听使唤。

在这里大声喊叫的话，长栋房里的大人们应该能听见。只要听出是孩子在求救，一定会有人赶来。但是，平太的精神已被完全压垮，连这种简单的事也无法思考了。

这时，从前方的拐角"哧溜"冒出一张脸来。面前挂着白布的脸，正从木壁后窥探平太。

"嘶……"平太发出吸气般的一声惨叫，转身就跑。

通道的前方明明露出了空地的一部分，可怎么跑也无法拉近一点点距离。脚底沉得无法迅速奔跑，动不动就有摔倒的危险。

要快，要快啊！

平太都要哭了。脚下的动作跟不上必须逃走的念头，导致他的身子好几次向前一趔趄，险些栽倒在地。

不成了……

再这么下去，就要被那东西追上了。一旦发生这种情况，那东西一定会把自己拖进狭小通道的深处，带往某个可怕的地方。

不、不要啊……

泪水一下子涌出眼眶，模糊了平太的视线。他几乎已看不清前方，最坏的情况来了。

不过，这时平太使出了全力。他不在意身体撞上两侧的木壁，咬紧牙关不让自己当场瘫倒在地，以空地为目标发足狂奔。

从害怕永远也走不完的通道出来，平太连滚带爬，迅速逃到空地的中部。随后，他放声大哭。

不一会儿，两侧长栋房里的大人们纷纷出门，向空地聚拢。优辉的父母也在其中。平太边哭边说，大人们完全不得要领，个个手足无措。

因为平太只是翻来覆去地说：花田君不见了。他发现了小偷。他自诩是少年侦探团。可是一直没从空地出来。花田君进了那条通道。但那不是他。颜无出现了……他的话零零碎碎，也没个顺序。

有两个男人进入淘粪用的通道，出来后说"里面没人，也没有任何可疑的地方"。运河边的小道也检查了，门板上还好好地悬着挂锁。不过，花田优辉不见踪影确是事实。

由此，大人们也后知后觉地意识到了事态的严重性。他们一边安抚平太，一边详细地询问究竟发生了什么。当时平太的父母和姐姐也已赶到，所以虽然花了点时间，最后他还是说清了来龙去脉。

"是人贩子！是被他们掳走了。"

有人说了这么一句后，几乎所有大人都表示出对江湖艺人的怀疑。甚至有人提议应该马上去追，当下就准备招募人手。

"不是的……"

平太软绵无力地否定道，但已经没人听了。他拉住姐姐的衣服，努力把看到的情况告诉她。姐姐总算是替他解释了几句。

"那些人回去的时候，平太都看到了。他说并没有人把花田君带走。"

大人们再次聚拢到平太身边，催他说得更详细一些，但最终每个人都表情发呆，像中了邪似的。

"如果不是他们中的哪个掳走的，还在空地上的孩子究竟会去哪儿呢？"

所有人都沉默下来，在一片寂静中，有个声音低语道："又来了……"

优辉的母亲方寸大乱，其父联系了警察，于是这起风波瞬间蔓延到了整个长栋房街区。

平太在父母和姐姐的陪同下，把相同的内容又向刑警说了一遍。由于是第二次，他已能稍微平静地讲述了。

警察检查了两幢楼之间的通道，保险起见，还疏浚了各家厕所的淘粪口。附近的运河段及下游也做了搜索，并调查了淘粪工。只可惜没有任何收获。

警方当然也追查了江湖艺人和修理工，但据说没能查清任何人的下落。而且不巧的是，第二年以后也无人再次出现。换言之，这群人确实都是偶然来到此地的流浪者。

最终，人们没能找到花田优辉。

他就这样从别无去处的空地突然消失了。

与三年前在空地上失踪的男孩一样，优辉的消失也成为一桩怪谈，不久便在钟埼地区传开了。

四

平山平太漫长的一席话结束了。在一些关键之处，他对江湖艺人或修理工等做了补充说明，把时间拖得更长了，但无人表示不满。想必是因为十多年前发生的这桩匪夷所思的孩童失踪案，让每个人都不知不觉地听入了迷。

"也就是说，"屋主龟井率先发言，"掳走花田优辉的罪犯就在当时来长栋房街区的江湖艺人或修理工之中？"

"还不能这么断言吧？"泽本知道言耶的一些传闻，当下提出了异议，"也许里面确实有闯空门的小偷，但是不是掳走了小孩，就我们现在所听到的，还不好说啊。"

"可是有动机啊。"佐佐塚嘟哝了一句。

"但是没有方法。"泽本立刻接过话茬，随后转眼看向刚讲完故事的平山，"而且，这故事是怪谈对吧？"

"我想应该是吧……不过，花田君的失踪可能是一桩刑事案件。因为虽然我不知道他是怎么消失的，但想来是有人拐走了他。"

"就是嘛。"龟井一副"深得我意"的样子，说道，"由于小偷的这重身份被发现了，所以罪犯就把那孩子干掉了。"

"嗯，可能是吧。只是，这样的话，在通道里的那个……是怎么回事呢？"

"……"

平山的疑问令龟井作声不得。这时泽本转向言耶，问道："刀城君怎么想？"

"这故事非常有意思。"

其实在听平山讲述的过程中，言耶突然对某件事在意起来，不过他特意没说出口。

"谢谢你让我们听到了这个宝贵的故事。"言耶向平山施了一礼，随后再次把视线投向泽本，"总体而言，我认为应该心无旁骛地去享受怪谈或怪异故事，不该强加解释，破坏来之不易的氛围。"

"可是，在你刚才说的怪谈里，你不是通过精彩的推理给出了合理的解释吗？"

"那个是因为不这么做，会有人受到伤害。在当时的情况下，我们不能再单纯地把它当怪谈来消遣了。"

"原来如此。"泽本似乎被说服了，"也是，平山说的毕竟是很久以前的事了。事到如今就算解开这个谜，花田优辉也不见得能回来啊。"

"如果……"平山客气地问言耶，"当时如果你在场，是不是会试图解开花田君的失踪之谜呢？"

"我想……我大概会努力解谜。"

听了言耶的回答，龟井探出身子："那好，要不你就在这里解一下谜如何？"

"啊？"

"务必让我们听听言耶君的推理。"

这下糟了……言耶慌乱之际，佐佐塚为他打圆场："刚才他就解释过了，只有在放任怪谈成为不解之谜会导致某些坏处时，他才会通过推理做出合理的解释。"

"话是这么说……解谜这东西本来就是一种智力游戏，何必这么认死理呢？"

龟井显得不太满意。不过，也许是被佐佐塚责备后，觉得不好再说什么，他没有继续强求。

一时之间，众人陷入了沉默。随后，平山再次客气地问道："为了让我安心……这个理由可以吗？"

"怎么说？"龟井立刻追问道。

"在我上小学高年级的时候，我们又从釜浜町的长栋房搬走了。在那之前，我一直做噩梦。不，后来我也一直做，就是次数少了。其实直到现在，我还会在淡忘这件事的时候做噩梦。"

"什么样的噩梦？"

言耶一问之下，平山脸色阴沉地答道："就是花田君出现在我面前的梦。由于脸前垂着布，其实并不清楚到底是谁。但我总觉得应该是他。以这个模样出现的，只可能是他。"

"然后优辉君做了什么？"

"邀请我和他一起玩。但不是像往常一样在他家里，而是要把我带出去。而且，我感觉是要把我一点一点地引向那条黑暗狭窄的通道深处。"

"梦中的场所是在釜浜町吗？"

"我想是的……但不是很清楚。总之我们在外面玩，回过神来的时候，才发现他在引诱我进一条黑暗狭窄、简直就像隧道一样的小路。"

"你进去过吗？"

"还没有。多半是因为每次刚想进去，脑海里总会闪出一个念头——把脚踏进去就完了……"

"下意识的警告……"

"可能就是靠这个得救的。"

此前静听二人对话的龟井，正中下怀似的嚷了起来："刀城君，你一定要用你的推理能力拯救平山！"

"可、可是……"

"这可是大大的善举啊！"

"但是……"

"平山一直受噩梦之苦，你能否为他两肋插刀呢？拜托啦！"

"呃……"

言耶软绵无力的应和声，不幸被理解成了同意的信号。

"太好了！你答应了呀。"

"啊？不不，那个……"

"我先代平山向你表示感谢。"龟井近乎夸张地深深低下头，随后他目光中闪耀出期待之色，盯视着言耶，催促对方扮演侦探的角色，"好了，开始吧！"

罢了罢了……

言耶在心里叹了口气，被迫下定了决心。

"在平山先生的故事里，关于三年前在同一块空地上失踪的男孩，只有南侧长栋房的怜子小姐的目击证词。所以我想，对此进行合理的解释是相当困难的。"

"那是自然。"

"所以，在此我只把焦点对准花田优辉君失踪案。"

"明白了。"

龟井表态后，其余三人也都点了点头。

"我认为优辉君目击到小偷的事与本案的背景有关，想先以此为前提进行推理。"

"我就说嘛。"龟井喜滋滋地插话道。

"一年前的一月，优辉君在不自知的情况下见到了小偷。而在案发当日，即一月三日的傍晚，此人来到了长栋房街区，优辉君看到他的脸后，意识到这家伙是小偷。于是他以少年侦探团团长自居，鲁莽地打算独自一人与小偷对抗。然而，他还只是一个年幼的孩子。很遗憾，他遭到反击，被罪犯掳走了。"

"你这段推理应该是没错的。"

"优辉君与罪犯之间有过怎样的对话，如今当然已无人知晓，但也不难想象。被指为小偷的罪犯，或逃跑，或装傻，或发怒，或威胁，总之是做出了某种反应，于是优辉君表现出了想放声大叫或号啕大哭的迹象。罪犯紧张起来，便捂住了他的嘴巴。但这样是无法逃脱的。如果把优辉留在空地上，就算往他嘴里塞东西，捆住他的手脚，也马上会有人发现并来追捕自己。"

"这个怎么说？"

"当时已是黄昏，出来玩的孩子们也大多回家了。因此，难以想象罪犯会没有发觉在道上监视空地的孩子，也就是平山平太先生。优辉君老是不出来的话，他早晚必会进入空地，发现优辉君并大喊大叫。"

"如此一来小偷的身份就被揭穿了，然后马上会有人来追捕他。原来罪犯是担忧这个。"

"因此，罪犯必须劫持优辉君一起逃走。根据平山先生的话想象一下当时的情况，我感觉这个解释最为合理。"

"我没异议。"龟井确定其他人也都赞同后，说道，"那么关于江湖艺人和修理工里哪个才是闯空门的小偷……"

"以现在的情况，要找出谁是小偷极为困难。除了优辉君的目击证词，我们没有其他任何线索。"

"啊？那我们该怎么找？"

"当时，现场的空地处于一种密室状态。"言耶没有回答龟井的疑问，继续说道，"与出入口相连的道路有平山先生监视；东侧沿运河有高高的木制格子栅栏；北侧对着另一幢长栋房的背面；西侧则被三丁目的劣质长栋房的侧墙所阻挡。至于运河边的小道，其尽头的门板上悬着挂锁，钥匙则由淘粪工在保管。而两幢长栋房之间的那条淘粪用通道，从空地的西北角向西延伸，在抵达大马路的地方被堵死了。"

言耶环视众人的脸，又道："侦探小说里经常出现密室之谜。这种时候，通常只有'罪犯如何制造了密室状态'这一物理层面受到重视，而往往疏于对心理层面的解释，即罪犯为什么必须制造出这种不可能状态。其实，制造密室的方法在物理层面上越是复杂，就越是需要有说服力的理由，以此来解释罪犯为何不惜如此大动干戈，也一定要把现场布置成密室。"

"原来如此。但是，现在这个情况……"

"嗯，罪犯完全没有制造密室的意图。应该这么说，现在的难题是如何从处于密室状态的空地掳走优辉君，而罪犯必须在极短的时间内找到答案。"

"这个没错。"

"所有嫌疑人都出入过那块空地。那么究竟是谁有可能掳走优辉君呢？是谁可能握有这样的方法呢？我们要解决这桩案子，就只能从这个角度进行思考。"

"你说'我们'，意思是我们也要推理？"

龟井冒失的语声令泽本苦笑起来："不过是之前的怪谈会从现在开始变成了侦探会而已嘛。但是刀城君，你断定孩子是被掳走了，这个没问题吗？"

"也是。'掳走'这个说法应该有活着被带走的意思吧。"

"这么说，也可能是在空地上杀完人后，把尸体搬走了？"

因佐佐塚的这声低语，此前颇有些活跃的气氛瞬间消失了。

"无论是哪种情况，总之优辉君是被人用某种方法从空地转移到了长栋房街区外。首先能想到的方法是扔进运河。虽然有高高的木制格子栅栏，但对方是小孩，还是可以越过栅栏扔出去的吧。"

"但这样会发出很响的水声啊，平山怎么可能没注意到呢？"

听龟井指出这一点后，言耶点头道："而且，警方搜索过运河的下游。"

"过了釜浜町的那几幢长栋房后，几乎所有人家的后院都对着运河。"平山露出追忆往事的神情，"运河上还有货运船来来往往。要是有小孩漂过来，我想运河沿岸的人家或船上的人肯定能发现。"

"这么一来，运河的选项就被剔除了。接下来比较可疑的是为淘粪工设置的小道。"

"门上都有挂锁了，还有讨论的必要吗？"龟井反驳道。

"换句话说，只要能拿到钥匙，就能自由地使用这扇门。"言耶却摇头道。

"喂喂！"

"平山先生的故事里说到当时日本存在各种等级差异——不，现在也几乎没变。御屋敷町的富裕阶层和居住在长栋房的普通百姓。就算同在长栋房居住，高级长栋房和劣质长栋房的居民之间，恐怕也存在等级差异的意识。然后，这种差异以歧视的形式显现出来的，便是被歧视人群的诞生。"

"确实是这样，但是这与孩子的失踪有关联吗？"

"流浪艺人和街头艺人，杂技篷和马戏团，巡回各地演出的剧团、行脚商、无固定职业的手艺人、六部以及盲人乐师——这些人过着近乎'当天挣钱当天花'的日子，可以说也多少受到了歧视对待。"

"是这样吗？"

针对龟井的疑问，佐佐塚和泽本点了点头。

"据说二十多年前的话，去地方上走一走，还能看到村口立着牌子，写着'来要饭的江湖艺人，严禁入村'。"

"川端康成的《伊豆的舞女》里也有同样的场景。"

佐佐塚低语，泽本出言表示赞同，于是龟井似乎也接受了这个说法，转而打手势催促言耶继续。

"总之我认为，持有那门钥匙的淘粪工与本案的罪犯存在关联。"

"因为彼此的境遇相同？"

"是的。当然，罪犯的目的在于偷东西。如果能利用除淘粪工之外无法通行的道路，就能轻而易举地潜入周围的人家。"

"淘粪工是共犯？"

"这倒不是。那通道是专为他的工作而设置的，难以想象他明知会被罪犯利用，还要把钥匙借给对方。我认为应该这样理解，淘粪工也是被某个冠冕堂皇的理由骗了。"

"那现在就要问谁或者哪种行业的人与淘粪工的交集最多了……"

"嗯。如此推进思考后，最终我否定了这个想法，觉得不可能。"

"啥？"

"尽管境遇相同，都受到了歧视，但是被歧视人群毕竟已在钟埼定居。而江湖艺人或修理工呢，虽然一部分人也在某处有家，但基本都是流浪全国的所谓的漂泊者。两者之间似乎产生不了什么交集，以至于一方会出借重要的钥匙给另一方。"

"这么说，运河旁边的那扇门是用不上了？"龟井一脸愕然，"我说，我们没必要特地搞这种讨论吧，一开始就把它们排除在外不就好了吗？"

"呃……"

"推理不都是这样的吗？"言耶惶恐不安之际，佐佐塚插了这么一句，像是在维护他。

"嗯，不愧是刀城言耶啊。"泽本也站在两人那边，结果让龟井生起了闷气。

即便如此，当言耶说"接下来要讨论的是淘粪用的通道"时，龟井还是不由自主地探出身子，说道："但是头上被堵死了呀。"

"只是把优辉君运出去的话，用那条通道也是可行的。只要把人推上朝着大马路的木板壁，让他在另一侧掉下来就行了。当时是正月初三，大马路上已经很少有来往的车辆和行人。动作够快的话，便有可能在被人看到之前，劫持优辉君一起逃走。"

"听你这么一说，我感觉这方法倒是最单纯最自然的。"

"顺便说一句，还有一种方法也可以纳入考虑范围，那就是在通道的某处越过围墙，把优辉君扔进某户人家的庭院……"

"这不可能吧。就算事先知道那家的人都外出了，事后不还得把孩子弄出来吗？"

"确实，这只是把难题往后推了。再者说，如果罪犯想看看情况，暂时丢下优辉君直到半夜里风头过去，那么在这之前孩子失踪的事就会暴露。"

"啊啊，那这个就算被否决了。"

"是的。不过，在通道尽头推落的方法也得否决。"

"为什么？罪犯跟在孩子后面，马上翻墙出去就……"说到一半，龟井闭上了嘴。

"问题就在这里。平山先生亲眼看到，所有人都是经由长栋房前的道路回去的。假如罪犯在通道尽头把优辉君推落到大马路上，那么他从通道返回空地，在平山先生面前走过，再去往孩子那边，所花的时间可就太长了。就算行人再少，也根本无法保证不被路过的人发现。我不太相信罪犯会如此铤而走险。"

"没有扔进运河；运河边的小道走不通，所以无法使用；淘粪用的通道也不行——那究竟是怎么回事啊？"

龟井的言辞中流露出走投无路、已放弃解谜的意味，其余三人也步调一致，连连点头，只有言耶眼中熠熠生辉。

"之前为保险起见，我们考察了所有嫌疑人都能使用的手段。现在既然都被否定了，那么接下来我们就以个人为对象进行讨论。"

"原来如此。"泽本感佩道。

"明白了，你接着说。"龟井迅速恢复了活力。

"把目光指向个人时，首先要关注各人所持有的可装纳物品的箱子或包。而其中尤为引人注目的恐怕是六部的笈。"

"应该很大吧。"龟井确认道，平山轻轻点了点头。

"按平山先生的说法，笈的长度与六部的身高差不多，所以很有可能装得下一个七岁的小孩。"

"但是……"

"没错，里面已有的东西是个阻碍。扔进运河的话，下游的人会发现，警方一调查就露馅了。然而，事实并非如此。至于淘粪用通道两侧的各个淘粪口，情况也一样。"

"是啊。"

"话虽如此，其他嫌疑人的箱子、包、头陀袋以及包袱显然又藏不住孩子。此外，无论里面曾经装着什么，都得把这些东西处理掉，从这个意义上来说，它们和六部的笈没什么区别。"

"确实。"

"仅追求手段、不考虑其他因素的话，倒是有一个办法，就是把六部的行李分装在其他人的箱包里，把优辉君藏进笈。但是，大家只是偶尔聚集在那里，又是头一次见面，没人会帮六部这个忙吧。更何况，这是绑架，一不小心可能还会变成杀人案。"

"嗯嗯，大家不可能帮这个忙。"

龟井当即下了断语，而泽本则歪下头，说道："这么一来，关于把花田优辉从空地转移出来的手段，不管是所有嫌疑人都可行的方法还是某个特定的人才能采用的方法，都被否定了呀。"

"没错。"

"也就是说，解谜以失败告终了……"

"不，现在说放弃还为时过早。"言耶将目光投向在场的所有人，"如果我说之前我们讨论问题的前提错了，才导致我们无法做出正确的解释，你们以为如何？"

"前提？原来还有前提啊。"

惊讶的不光是龟井，其余三人也露出了相同的表情。

"是一种下意识的前提。"

"怎么说？"

"我们下意识地断定，花田优辉君是在失去人身自由的情况下，或遇害后以尸体的状态被运出了空地，不是吗？"

"确实是这样……嗯？难道说……"

"他是自己走出去的。"

"什么时候？怎么做到的？"

"在角兵卫狮子的班主回去时，他扮成了狮子舞者的模样。"

"什、什么？可、可是……"

龟井大呼小叫，另外三人也骚动起来。而言耶则以冷静的口吻解释道："优辉君和狮子舞者在空地上互换了衣服。按平山先生的说法，狮子舞者看上去和他年龄差不多，所以这种互换并不困难。随后，优辉君扮作狮子舞者的模样，离开了长栋房街区。而真正跳狮子舞的那个孩子见平山先生进来查看情况，便假扮优辉君，故意展示背影以引起对方的注意。"

"啊！"平山发出短促的叫声，"原来那东西是跳狮子舞的小孩，只是穿着花田君的衣服。"

"正因为如此，他才能在淘粪用通道的尽头，轻易地越过木板墙。由于通道在中段弯成了'〈'字形，所以不用担心被你看到。装成颜无的样子吓你，也是为了赶你回去。"

"他知道颜无的传说？"

"只能这么想了。釜浜町有住户失窃始于两年前。多半就是在那段时期，班主或狮子舞者从居民那里听说了这个怪谈，于是便在情急之下加以利用。"

"原来小偷是他们……"

"虽然我说光靠优辉君的目击证词，很难锁定谁是小偷，但事实上，我心里从一开始就把嫌疑指向了角兵卫狮子的狮子舞者。"

"为什么？"龟井插入言耶与平山的对话。

"最初优辉君看到隔壁的隔壁有人出来，压根儿就没觉得那是小偷，还以为是来这家玩的亲戚。他目睹此事是在白天，如果对方是个成年人，他会以为这人是来玩的吗？"

"听你这么一说，还真是的。"

"而且，正因为狮子舞者身轻如燕，所以才爬得上二楼。然后再寻找忘了锁的窗户，侵入室内。从正面爬会被人看到，转到背面的话就没问题了。而且，长栋房的人家全都是无缝连接，就算盯上的那家不成，还可以马上找隔壁人家试试。"

"从这个意义上来说，所有嫌疑人中，就数这个行业的人最适合当小偷了。"

龟井由衷地感到钦佩，但泽本似乎不能接受："花田优辉确实能靠这个方法从空地消失。但罪犯到底是怎么劝动他演这场戏的呢？他以少年侦探自居，还要去告发小偷呢。除非是用了什么巧妙的说辞，否则即使对方只是个孩子，也没那么好骗吧。"

"班主是干这行的，多半是个能说会道的人。话虽如此，以当时优辉君的情况，就算是职业骗子应该也很难拉拢他。恐吓他、让他听话的手段当然也是有的，但如果对方哭闹起来，哪还演得成那出戏？如你所言，这个方法只在物理层面上说得通，却完全无法解释心理层面上的动机。"

"啊？这个也不对吗？"

"其实这个方法在物理层面上也有一个大漏洞。"言耶像是要给予目瞪口呆的龟井最后一击。

"什么漏洞？"

"角兵卫狮子二人组回去时，狮子舞者向平山先生挥过手。"

"啊……"

"没错，是这样。"

平山和佐佐塚几乎在同时发出了低语声。

"当时你有没有看到那孩子的脸？"

言耶询问之下，平山立刻答道："我想瞧是瞧了，但没能记住对方的脸。不过，至少那孩子应该不是花田君。如果是他，我肯定能察觉到。这一点不会有错。"

"等、等一下。"龟井显得有点慌乱，他来回打量着平山和言耶，问道，"如果角兵卫狮子的狮子舞者真的和班主一起回去了，那平山见到的那个打扮成花田优辉的孩子又是谁呢？"

"只能是……颜无了。"

言耶的回答令屋内突然陷入一片死寂。一瞬间，户外的雨声入耳而来，吵得人心慌意乱。此时，众人才意识到天已经完全黑了。

"平山的故事毕竟还是如假包换的怪谈吧。"晦暗的室内响起了佐佐塚沉吟般的语声。

"别把话说得那么阴森好吗！"龟井哆哆嗦嗦地站起身，打开了电灯，但笼罩着整个房间的异样气息并没有消失。

"虽然侦探会没搞成，但还是很有趣的。这种尝试相当有意思呢。"泽本特意用快活的语声说出了自己的感想。

"把事情说给大家听以后，我也觉得轻松了一点。"紧接着平山也低下了头，似在表达对言耶的谢意。

"这个也是拜刀城君所赐。"

所有人都点头赞同佐佐塚的话，然而不知为何，言耶本人却死死地盯视着眼前的K-口粮，仿佛压根儿就没听到周围的人在说什么。

"怎么了？你想吃什么尽管拿。"

龟井向言耶搭话，可对方全无反应，只是望着K-口粮。

"喂，你没问题吧？"

"你到底是怎么了？"

"这也是他独有的恶癖吗？"

"就算是，他这样子也未免太奇怪了。"

众人你一言我一语，这时言耶终于转过脸，将视线一一扫过四位前辈，说道："我终于明白了，花田优辉君是怎么从处于密室状态的空地上消失的。"

五

"真、真的吗？"

"快告诉我！"

龟井和泽本兴奋地探出身子。佐佐塚和平山也不错眼珠地注视着言耶。

374

"刚才我也说了，罪犯多半是怕优辉君大声喊叫或哭闹起来，想堵他的嘴。他是否一开始就怀有杀意，已无从知晓，但结果是他不幸杀死了优辉君。"

"花田君在那空地上被杀害了……"

平山似乎再次受到了打击，言耶向他投以歉意的目光："这终究只是我个人的解释，请别太往心里去。要不，我还是就此打住，不再继续解谜……"

"喂喂，事到如今就别再顾这顾那了。"龟井当即否决言耶的建议，以半是责问的语气对平山说，"你也不是没想过孩子死亡的可能性吧？"

"嗯……"平山点头承认道，"当然，那时我很难想到这一点，但没多久我就觉得……花田君大概是遇害了吧。"

"既然如此，那就接受这个说法。比起今后还是什么都不知道，听听刀城君的推理，搞明白孩子是怎么消失的，对你也绝对是有好处的。"

"说得也是。"平山看着言耶的脸，说道，"刚才听你这样的旁观者指出这一点，我好像是有点被吓到了。失礼了。现在请你告诉我，花田君身上究竟发生了什么。"

"呃……"

见言耶还在犹豫，龟井着急上火地催促道："亲历者都希望你说，你还烦恼啥呀。"

"话虽如此，我们也无权勉强别人……"

听了佐佐塚的嘀咕，龟井一皱眉正要反驳，泽本介入二人之间劝解道："你们可别自己争起来啊。"随后，他缓缓坐正，对言耶说道，"刀城君，既然平山也那么说了，若无大碍，你能否把你的解释告诉我们呢？"

"明白了。"

即便如此，言耶仍一一打量众人的脸，像是在征求所有人的同意。随后，他平静地打开了话匣："针对这个不可思议的现象，我的解释如下。角兵卫狮子的班主下手杀死花田优辉君后，从修伞工处买来制作蝙蝠伞的布和制作油纸伞的油纸，从卖蟾酥的人那里购得蟾酥，向磨刀匠借来了斧子或柴刀。接着，他在空地的里处铺好布和油纸，让扒光了衣服的尸体平躺在上面，用斧子或柴刀切下了头和四肢。由于是死后分尸，并不会流太多的血。就算血流不止，也可用具有凝血功效的蟾酥凝固住。随后他内用油纸、外用布，将尸体的各个部分包了起来。躯干部分收入包袱由自己背着，头和四肢则分别藏进六部的笈、人偶剧艺人的挟箱、卖蟾酥艺人的头陀袋、修伞工的自行车后座的包里、磨刀匠的拖车的草席下，如此这般把优辉君从密室状态下的空地带走了。"

言耶一口气说完后，屋内瞬时变得鸦雀无声。所有人都目瞪口呆地注视着他，一句话也说不出来。

"平山先生看到的颜无，自然是角兵卫狮子里跳狮子舞的孩子假扮的。他和班主一起来到大马路，等过往行人绝迹后，便翻过木板墙，进入淘粪用的通道，在那里换上了优辉君的衣服，然后故意把自己暴露在平山先生眼前。其目的有二：一是制造出他们离开空地后花田优辉君才消失的假象；二是通过让平山先生作证说颜无出现了，使大人们以为优辉君在空地上消失可能只是小孩子的妄想，当然这个与目的一是矛盾的。总之，无论发生什么情况，都不会有人怀疑他们。不，也可能是班主只考虑到了第一个目的，是跳狮子舞的小孩兴起捉弄之心，吓唬了平山先生。"

此处言耶再次停顿了片刻，又道："那三个江湖艺人和六部姑且不论，修伞工和磨刀匠竟也从第二年开始不再露面了。考虑到修理行业的性质，这实在是太奇怪了。通常他们会记住干过活的区域和时期，过个半年或一年后，估摸着又有活干的时候，再次来到那个地方。他们没这么做，是因为不愿第二次踏入长栋房街区。"

依然没有一个人能作声。

"啊，对了，平山先生说过，貌似喜欢小孩的人偶剧艺人回去时，嘴里在小声抱怨着什么，他多半是在诵经吧。毕竟自己挑着的一只挟箱里就放着孩子尸体的某个部位……"

"你、你、你给我打住。"龟井像是终于能开口了似的插话道，"你的意思是，所有人都是共犯？"

"啊，不是的。"

"可是……"

"小偷是角兵卫狮子的二人组，杀害优辉君的应该是班主。其他人与此毫不相干。"

"但、但是，你……"

"现场的其余五人在班主的强迫下，成为了事后从犯。"

"这怎么可能……"

龟井惊愕不已，其余三人也是一样的表情。言耶依次打量佐佐

377

塚、泽本和平山三人，说道："我想问三位学长，你们之所以在黑市帮助龟井先生，不正是因为当时萌生了'大学不同但都是学生'的同属意识吗？"

"怎么说呢……算是吧。"泽本代表己方回答后，佐佐塚和平山也微微点头。

"如果是在别的地方，也许情况就不一样了。而黑市这个混乱的世界对你们来说，是一刻也不能掉以轻心的地方。因此，当时各位的伙伴意识自然也就被激发起来了。"

"喂喂……"龟井显得难以置信，"难不成你想说，江湖艺人、修理工之间产生了类似的意识，所以他们才成了事后从犯？"

"按字面上的意思来说，你们的和他们的都是一种伙伴意识。但是，那五人因产生这种意识而感受到的情绪，与各位学长截然不同。"

"他们感受到了什么样的情绪？"

"恐惧。"

"因为受了班主的威胁？但这可是帮人遗弃尸体啊，而且还是孩子的尸体。他们不可能轻易答应帮忙。"

"班主的威胁方式就是能邪恶到这个程度。"

"他、他是怎么威胁的？"泽本显得异常兴奋，又朝言耶凑近了一些。

"我曾经说过，流浪全国靠日薪过活的人们，容易遭到世间的差别对待。"

"嗯，是这样。"泽本附和道。

　　"也就是说，尽管卖艺的内容或买卖的商品各不相同，但一不小心即被归为同类的恐惧始终伴随着他们。班主点中了这个心理上的死穴。管你怎么否认，反正我就作证说你也是小偷，坚称杀掉孩子也是你同意的。他靠这样的威胁将五人各个击破。"

　　"嗯……我可不觉得这样他们就会听话。就算是各个击破，可大家聚在一起就是五对一，不是吗？五个人团结一致的话，就不会屈服于班主的威胁。"

　　"我也这么想。"龟井赞同泽本的意见，"对面是一个人的话还好说，就这种程度的威胁，要让五个男人帮他遗弃尸体，这怎么可能嘛。"

　　"不，五个人越团结，班主那恶魔式的阴谋就越能发挥效力。"

　　"你这话是什么意思？所谓的阴谋又是什么？"

　　"就是切割优辉君的尸体。"

　　"我不懂你的意思……"

　　"罪犯为什么要切割尸体并把它们包起来呢？"

　　"……"

　　"其首要目的是想制造出这样一种状况——把尸体切割成六块，似乎是为了让班主及其他五人各运出其中的一个部位。不，准确地说，是为了让五人认识到一项事实——在长栋房的人和警察看来，就是这么回事。因此，杀死优辉君后他火速分尸，然后强行要求五人充当事后共犯。"

　　"啊？"

　　"如果那五人不是共犯，主犯不可能分尸打包，并试图把各个部位藏进自己以及他们的行李中运出去——班主反向利用这种合乎常识的思维方式，威胁了五人。"

"……"

龟井、泽本、平山说不出话来。这时，只听佐佐塚嘟哝了一句："这人真是可怕。"

"更何况，修伞工、卖蟾酥的艺人、磨刀匠还各自向班主提供了用于犯罪的布、油纸、蟾酥、斧子或柴刀。当然，其实是班主主动向他们借或买的，但他肯定也拿来当威胁的材料了。比如，警告对方说这些东西可以证明你们是共犯。"

"这人就像恶魔一样。"

没有人对佐佐塚的低语做出特别的反应，但是观其余三人的表情，可以充分察知他们应该也抱有同样的想法。

当场的气氛变得十分尴尬，这时言耶小心翼翼地呼唤道："那个，平山先生。"

"嗯？"

"刚才的推理终究只是我个人的见解，并没有确凿的证据，所以……"

"不，你不必担心我。"平山勉强展露出僵硬的笑容，"无论是什么样的解释，总之你给这桩不可思议、如噩梦一般的往事做出了合理的说明，真的非常感谢。"

"呃……"

"看来我也终于能从颜无的噩梦中解脱出来了。"

龟井和泽本接过平山的话头，也向言耶送上了赞美之辞。

"他说得没错。无论案子的真相有多悲惨，这也不是你的责任。你不用在意。"

"不愧是刀城言耶啊。虽然你总是很谦虚，但是除了你这个解释，估计没人能另行推理解开这个谜了。你应该对自己的侦探才能更有信心才对。"

而佐佐塚还是老样子，自言自语似的说道："好久没感受到这样的知性刺激了。"

在四位前辈的交口称赞下，言耶最终没能说出听平山平太讲故事时想到的某件事，便告辞离开了龟井的屋子。

出了宿舍楼，淅淅沥沥的阴沉雨声入耳而来，言耶望着龟井房间窗前的小胡同，暂时停下了脚步。

看来我也终于能从颜无的噩梦中解脱出来了……

言耶久久地伫立着，脑海中回响起刚才平山的话。

然而，真是如此吗……

言耶凝视着龟井房间的窗户，试图回忆最初路过此地时看到的景象。

一个孩子在窥视窗内……

总觉得那孩子的脸十分奇妙。

仿佛有一块被雨打湿的布粘在了他的脸上……

"哗啦"一声，雨势骤然大增。言耶下意识地用双手撑住伞，眼前的狭窄胡同顷刻间被从天而降的白柱所覆盖。

就在这时，雨幕背后隐隐约约浮现出一物。

嗯……

言耶凝目细看，下一个瞬间，那东西从胡同的深处向他迫近。

发现向自己靠近的是一个孩子的身影时，刀城言耶立刻快步逃离了现场，同时竭尽全力地从脑海中抹去想象中的一幕：那东西又一次依附在龟井房间的窗户上，一动不动地注视着室内的平山……